Romance em Amesterdão

TIAGO REBELO

ROMANCE EM AMESTERDÃO

ASA

ASA

Rua Cidade de Córdova, 2
2610-038 Alfragide - Portugal
Tel.: 210 417 410
Fax: 214 717 737
www.leya.com/www.asa.pt

Edições **ASA** é uma chancela do **Grupo Leya**

Título original: *Romance em Amesterdão*
© 2004, Tiago Rebelo © desta edição:
2014, Tiago Rebelo e edições Asa II, S.A.

1.ª edição: Maio de 2004
8.ª edição (1.ª na ASA): Maio de 2014
Depósito legal n.º 373 265/14
ISBN 978-989-232-6214

PRÓLOGO

Deram um com o outro, por acaso, à saída da estação do Metro do Rossio. Ele a sair, ela a entrar. E esse encontro improvável mexeu de novo com os sentimentos que o tempo havia aplacado.

— Mariana?

— Zé Pedro?

Ele fez que sim com a cabeça e ela correspondeu-lhe com um sorriso tímido.

— Há tanto tempo que eu não te via... — comentou Zé Pedro, abismado com a surpresa, como se fosse um sonho temperado pela nostalgia de uma recordação marcante.

— É verdade — confirmou ela, algo atrapalhada com os três sacos de compras que lhe ocupavam as mãos.

Eram dez e meia da manhã. Uma onda compacta de gente apressada que subia as escadas quase os arrastou pelos degraus acima. Encostaram-se à parede para não serem levados pela multidão.

— Aí há uns quinze, dezasseis anos? — indagou Zé Pedro.

— Pelo menos.

Ele abanou a cabeça. *Não estava nada à espera.* Depois inclinou-se para a beijar no rosto.

— E o que é que andas a fazer? Conta-me tudo — disparou, já refeito da surpresa. — Estás com pressa ou tens tempo para tomarmos um café?

— Estou com um bocadinho de pressa — desculpou-se Mariana. Fez menção de consultar o relógio, mas viu-se impedida pelos sacos e pela manga comprida do sobretudo de caxemira branco.

— Oh, que pena. Mas, olha, gostava de te ver, um dia destes. — Zé Pedro levou a mão ao bolso interior do casaco. — Toma o meu cartão. Telefona-me quando quiseres para tomarmos um café ou almoçarmos.

Enfiou-lhe o cartão no bolso do sobretudo.

— Combinado — assentiu Mariana. — Eu ligo-te.

Despediram-se. Zé Pedro subiu o resto das escadas, parou no topo e voltou-se. Mariana desceu e fez o mesmo. Ele acenou-lhe e ela retribuiu-lhe o gesto com um sorriso envergonhado. Depois desapareceu no interior do corredor do Metro.

Empurrou a porta da livraria às onze em ponto. A loja ficava na Rua Augusta. Não era muito grande nem tinha muitos clientes, mas era sua e Zé Pedro sentia uma certa paz de espírito pelo facto de não depender de ninguém para se sustentar. Estava com quarenta anos e achava que já tivera a sua quota-parte de empregos por conta de outrem.

— Bom dia, Rosa.

— Bom dia, Zé Pedro.

Rosa trabalhava para Zé Pedro desde o primeiro dia. Contratara-a por anúncio. Nunca mais o deixara, e ainda bem, porque, hoje em dia, não saberia o que fazer sem ela. Rosa era uma solteirona desempoeirada, de idade indefinida. Zé Pedro calculava que ela andaria pelos cinquenta e cinco, mas era apenas uma suspeita. Apesar de se conhecerem há dez anos, nunca estivera em casa dela e, tirando um ou outro almoço ou a troca de presentes simbólicos no Natal, não conviviam socialmente. Mas Rosa fazia-lhe companhia na livraria e Zé Pedro gostava dela como de uma verdadeira amiga. Talvez por ser mais velha e por nunca ter casado nem ter tido filhos, havia em Rosa uma certa condescendência maternal para com ele, que de todo o incomodava.

Atravessou a livraria, passando por entre as duas bancadas centrais e o balcão, e abriu a porta de vidro opaco do gabinete. Era um cubículo com uma secretária cheia de papéis, um computador, um candeeiro metalizado e um armário com as prateleiras atulhadas de dossiês antigos, empoeirados e inúteis.

Quando Zé Pedro se recostava na sua velha cadeira giratória de madeira e esticava os braços para trás para se espreguiçar na intimidade, tocava com as mãos nas prateleiras. O gabinete era tão pequeno que ele só o utilizava para escrever ao computador.

Atirou o casaco para cima de um caixote de livros que esperava destino, deixou-se cair na cadeira e acendeu um cigarro a pensar em Mariana. *Há quanto tempo é que eu não a via?*, fez contas à vida. Estava-se a chegar ao Verão de 2001... Desde Março de 1986, claro.

1

O café ficava na esquina da Vijzel Straat com a Herengracht. Era um daqueles estabelecimentos típicos de Amesterdão, com o balcão comprido, as mesas e as cadeiras em madeira robusta, as paredes com os tijolos à vista e grandes janelas panorâmicas. Chamavam-lhes *bruine café's* por causa dos seus interiores orgulhosamente obscurecidos ao longo dos anos pelo fumo dos muitos cigarros que iam enegrecendo as paredes e o tecto.

A mulher, jovem, entrou com pressa de se refugiar do frio, a soprar as mãos juntas em forma de concha. Pelo modo como o frio a atormentava via-se logo que não era holandesa, mas isso não tinha nada de invulgar em Amesterdão, uma cidade encantadora, com milhares de turistas a deambular pelas ruas, dedicando-se a explorar todos os recantos.

O empregado viu-a atravessar a sala em direcção a uma mesa junto à janela. Colocou duas pequenas canecas de vidro, transparentes, cheias de água acabada de ferver, e o cesto dos saquinhos de chá diante do casal que estava a servir enquanto a espreitava pelo canto do olho. Ela tirou o casaco, colocou-o em cima de uma cadeira e sentou-se na outra. Deitou um olhar de relance para a sala e depois deixou-se ficar, sonhadora, a contemplar o movimento na rua.

— *Good morning.*

Ela voltou a cabeça ao ouvir a voz cantada que a cumprimentava e deu com o sorriso do empregado. Ele ofereceu-lhe um cartão plastificado.

Sorriu-lhe também e levantou a mão para rejeitar a ementa. — *Just a tea, please* — disse.

Dali a pouco o empregado estava de volta com a caneca de água fervida e o cesto dos saquinhos de chá numa bandeja.

— Donde é que você é? — perguntou-lhe em inglês, num tom casual.

— De Portugal.

— Ah, bom. Então podemos falar em português.

O rosto dela iluminou-se com um sorriso encantado ao ouvi-lo. — Também é português — disse. Não foi uma pergunta mas uma constatação admirada. — Que engraçado.

— Também — confirmou ele, fazendo uma expressão de cumplicidade, como se estivesse a confessar um segredo.

— Vive cá ou é trabalho de férias?

— Um bocadinho das duas coisas. Vim passar uma temporada e, como gostei, tenho ficado por cá. E você?

— Eu estou só de visita.

— Sozinha?

— Hum-hum — assentiu com a cabeça. — Estamos em 1986, uma rapariga pode viajar sozinha.

— Claro — concedeu —, estava só curioso. É a primeira vez?

— Que viajo sozinha?

Ele riu-se, *tem graça, a miúda.*

— Em Amesterdão.

— É — respondeu ela.

Um cliente fez sinal de longe.

— Eu volto já — disse, e foi atender o cliente.

Os olhos dela seguiram-no curiosos. Ele pressentiu-os e voltou-se, sorridente. Ela baixou a cabeça, um pouco embaraçada.

Deitou um saquinho de chá na caneca e ficou a ver o lento processo do chá a misturar-se com a água e a tingi-la de castanho. Deitou o açúcar, mexeu a bebida com uma colher, ergueu a caneca e deixou-a esquecida na mão, concentrada no movimento da rua. Observou uma mulher que passava numa bicicleta com o filho, muito pequeno, encaixado entre a mãe e o guiador. Acompanhou-os enquanto atravessavam uma ponte por cima do canal, até desaparecerem na outra margem. Estava só há algumas horas em Amesterdão mas já percebera que a bicicleta era o meio de transporte favorito na cidade. Por vezes uma pessoa deparava com parques de estacionamento de bicicletas de dimensões inadmissíveis, e perguntava-se como seria possível alguém encontrar a sua bicicleta entre milhares.

Viera de comboio desde o aeroporto de Schiphol até à Estação Central, um edifício monumental acabado de construir em finais do século XIX e que desembocava na cidade. Esta abria-se aos visitantes a partir dali, formando um leque de canais fluviais circulares, ao longo dos quais se erguiam prédios datados do século XVII em diante. Os edifícios eram exemplares de uma arquitectura única e de uma conservação escrupulosa.

O empregado voltou à mesa dela.

— Eu saio às cinco — disse. — Se você quiser, apareça por essa hora que eu levo-a a conhecer a cidade.

— Ah, não sei — brincou ela. — Tenho de ver a minha agenda para hoje.

— Muitas reuniões?

— Pois é... — Levantou-se e vestiu o casaco. — Quanto é o chá?

— Não é nada.

— Não é nada?

— É oferta da casa. O patrão não está, sou eu que decido — declarou ele a rir-se.

Acompanhou-a até à saída e abriu-lhe a porta.

— Então, até às cinco?

Ela voltou-se, encarando-o, hesitante, mas depois o seu rosto abriu-se num sorriso despreocupado.

— Até às cinco.

2

Amesterdão era a cidade dos canais, das bicicletas e dos edifícios centenários, um modelo de tolerância e uma verdadeira festa para os apreciadores de pintura. Os quadros de Van Gogh, Rembrandt, Vermeer, entre muitos outros, enchiam as paredes de alguns dos melhores museus do mundo. De modo que não faltariam ao empregado do velho *bruine café* motivos de interesse para cativar a portuguesa de belos cabelos castanhos e olhos escuros e tímidos que lhe entrara, de surpresa, pela porta do café, ao final da manhã.

Ela regressou às cinco em ponto. Assim que a viu, livrou-se do avental preto com o logotipo do café, vestiu um casaco e convidou-a a sair.

— Vamos?

— Vamos.

Segurou a porta para a deixar passar e seguiu-a.

— Não tem frio? — admirou-se ela, abafada num casaco bem grosso por cima de uma camisola de lã com gola alta. Ele trazia apenas uma camisa de flanela aos quadrados em tons de castanho e calças de ganga pretas, além do casaco de camurça.

— Tenho — confessou —, mas já estou a habituar-me.

— Eu não — suspirou ela.

Ficaram ali parados no passeio em silêncio, a olhar um para o outro, num impasse momentâneo, até que ele quebrou o silêncio. — Então, como é que você se chama?

Ela sorriu-lhe, embaraçada, sentindo-se uma rapariguinha desajeitada.

— Mariana Torres — respondeu. — E você?

— Zé Pedro Vieira.

— Zé Pedro Vieira?, o José Pedro Vieira?!

— O próprio — confirmou, espantado por ela o reconhecer. — Conhece-me?

— Claro, é escritor, não é?

Ele torceu o nariz.

— Eu não sou escritor. — Fez um gesto com a mão, como se quisesse varrer essa ideia da cabeça dela. — Eu só escrevi um livro.

Mas Mariana levou a mão à boca e ele achou divertido aquele seu gesto quase adolescente.

— Zé Pedro — disse, enquanto soltava as alças da pequena mochila de couro que trazia às costas e a abria —, você não vai acreditar, mas eu tenho aqui o seu livro.

Ficou estarrecido. Era verdade, ela tinha um exemplar do livro que ele escrevera.

Era uma história de amor, passada em Amesterdão, uma edição de autor onde Zé Pedro investira todas as suas poupanças, animado por uma confiança desmedida, mas que não se vendera lá muito bem. Uma desilusão.

— Então foi você que o comprou — sorriu, a tentar fazer graça com o assunto.

— Como, fui eu? — protestou Mariana, indignada. — Eu *adorei* este livro. É uma história lindíssima.

— Achou, sinceramente?

Mariana fez que sim com a cabeça, peremptória.

— Obrigado — agradeceu então Zé Pedro, rendido ao entusiasmo dela.

— De nada.

Foi um momento estranho. Zé Pedro estava longe de imaginar que alguém pudesse aparecer-lhe à frente com um exemplar do seu livro e lhe dissesse que adorara lê-lo, muito menos ali em Amesterdão, longe de casa, do seu círculo de amigos e da família. Para Zé Pedro, tratava-se de um projecto falhado, um livro ignorado e a ganhar pó nas prateleiras mais recônditas das livrarias. Era, enfim, algo que preferia esquecer. Ficou comovido.

— Nem imagina como foi bom ouvir esse elogio.

Passearam ao acaso pelas ruazinhas estreitas da parte antiga da cidade. Mariana gostou de ver as montras das lojas de roupa, com os seus manequins de plástico vestidos com o último grito da moda. Entraram numa loja de *souvenirs* e percorreram as prateleiras recheadas de socas holandesas, túlipas de madeira, prediozinhos de loiça, bandeirinhas e mapas. Pararam diante da montra de um cabeleireiro que mais parecia um antiquário. Lá dentro *o artista* penteava as clientes entre dois goles de champanhe, num ambiente acolhedor e surpreendente. Mais à frente, entraram numa galeria de arte. Ficaram algum tempo a admirar os óleos, quase vivos, de um desconhecido russo. Os quadros, inspirados em propaganda panfletária, transmitiam a nostalgia revolucionária da União Soviética leninista. Zé Pedro sentiu-se atingido em cheio por memórias não muito distantes, mas não comentou o assunto, por achar desapropriado começar a desenterrar fantasmas íntimos.

Voltaram a sair para o frio e foram dar à praça Rembrandt. Zé Pedro sugeriu que entrassem no Grand Café l'Opera, velho poiso dos artistas de outras épocas, considerado um monumento da *Art Déco*. Sentaram-se a uma mesa, em confortáveis cadeiras de vime, e mandaram vir bebidas.

— Uma *Palm* — pediu Zé Pedro. — Quer experimentar a cerveja local?

— Prefiro um chá — disse Mariana.

— Uma adepta do chá.

— Não, é que não posso beber álcool.

— Não?

— Não.

— Porquê?

Mariana encolheu os ombros.

— Nada de especial — disse, e desviou a conversa para outro assunto.

Não foi difícil conversarem. Zé Pedro não falava português há muito tempo e aproveitou para desempoeirar a língua.

— Aquele café onde nos conhecemos?

— Sim...

— Fui para lá trabalhar quando cheguei a Amesterdão. Andava por aí com uma mochila às costas e o dinheiro estava a acabar-se. Ia a passar lá à porta, vi o anúncio e perguntei o que é que dizia, porque estava em holandês, e, como era uma oferta de emprego, candidatei-me.

— E o patrão não se importou por você não falar holandês? — Nem por isso. Aqui toda a gente fala inglês.

— Mas por que é que decidiu vir para a Holanda?

— Foi mais ao menos ao acaso. Eu queria conhecer a Europa e queria escrever um livro. Tinha um emprego estúpido num banco, despedi-me e meti-me num avião. Arranjei este emprego, aluguei um apartamento, e trabalhava de dia e escrevia de noite. Estive neste regime durante um Inverno. Depois, quando acabei o livro, voltei a Portugal e tentei editá-lo. Como não arranjei nenhuma editora que o quisesse, fiz uma edição de autor.

— E depois voltou para cá.

— Não foi logo, ainda fiquei por lá uns seis meses. Eu queria ser escritor, mas a venda do livro correu tão mal que fiquei desmoralizado. De modo que voltei.

— E recuperou o seu emprego.

— Exacto.

Mariana olhou para Zé Pedro, pensativa.

— O que foi? — perguntou ele.

Ela hesitou um instante, mas depois chegou-se à frente na cadeira e apoiou os cotovelos na mesa, como se tomasse balanço para dizer algo importante.

— Zé Pedro — os seus olhos escuros e grandes brilharam com intensidade —, tenho um segredo para lhe contar.

3

Com o passar da noite Zé Pedro foi tomando maior consciência da beleza de Mariana. Reparou nas sobrancelhas finas, nas maçãs do rosto polvilhadas por uma constelação de sardas, no nariz bem delineado e nos olhos de um castanho intenso. Mariana revelou-se afável, educada, meiga e fácil de se gostar, mas que se ria poucas vezes. Zé Pedro ficou com a ideia de que talvez tivesse necessidade de se sentir segura e que, por isso, se defendia com uma gentileza que, se não era cerimoniosa, era pelo menos controlada, pouco expansiva. O instinto dizia-lhe que havia qualquer coisa que a preocupava, mas como ainda a estava a conhecer decidiu não dar importância ao assunto. *Se calhar, é tímida,* ponderou.

A certa altura da conversa foram assaltados pela fome, e Mariana comentou que se esquecera de comer desde manhã.

— Com a excitação da viagem, nem me lembrei de almoçar. Zé Pedro fez sinal ao empregado

— Vamos já tratar disso. Tem de experimentar os croquetes com mostarda que eles fazem — declarou, decidido a iniciá-la na gastronomia holandesa.

Lentamente, Mariana foi-se soltando. Contou que tinha 24 anos, era formada em Direito, e terminara o estágio num escritório de advogados. Zé Pedro tinha 25, e desistira de estudar antes de concluir o curso.

Foi uma noite agradável. Eram quase onze horas quando saíram. Zé Pedro não a deixou pagar a conta e acompanhou-a ao hotel. Ao fim de quinze minutos a pé, desaguaram frente a um edifício charmoso com quatro séculos de existência, mas em perfeito estado de conservação.

— Então, gostou do seu primeiro dia em Amesterdão? — perguntou-lhe, ansioso por receber a sua aprovação, mas tentando não ser demasiado óbvio.

— Adorei o meu primeiro dia em Amesterdão. — Mariana esticou-se para lhe dar um beijo no rosto, porque ele era bem mais alto. — Obrigada por tudo.

— Foi um prazer.

— Boa noite.

— Boa noite.

Zé Pedro ficou a vê-la entrar, desconsolado por não achar as palavras certas que prolongassem um bocadinho mais a noite. Mas, no derradeiro momento em que ela passou a porta giratória de acesso ao átrio do hotel, não se conteve e chamou-a.

— Mariana, espere!

Ela deu uma volta inteira na gaiola de vidro e tornou a surgir, com graça, no exterior.

— O que foi? — perguntou, divertida.

— Amanhã é o meu dia de folga — disse ele a rir-se. — Quer fazer mais uma visita guiada?

— Costuma folgar muitas vezes às terças-feiras?

— Só quando aparecem portuguesas bonitas com o meu livro na mochila.

Mariana cruzou os braços e olhou para o céu como se estivesse a consultar as estrelas, demorando a responder, fingindo que ponderava o convite, deliciada com o elogio.

— Só se não me tratares mais por você.

— Combinado — concordou Zé Pedro, radiante. — Então, venho cá ter às nove e meia?

Ela torceu o nariz.

— É muito cedo?

— Hum-hum.

— Dez?

— Às dez está bem.

Zé Pedro foi a pé até à paragem do eléctrico, feliz como um tolo. Estava no segundo ano em Amesterdão e já tinha a sua lista de amores ocasionais razoavelmente preenchida. Alto, magro e musculoso, cabelo ruivo encaracolado, olhos castanhos calorosos, um rosto anguloso, maxilares fortes e um sorriso iluminado, bem, se havia uma coisa na vida em que Zé Pedro não sentia dificuldades era em conquistar mulheres. Aos vinte anos acabara um namoro em Lisboa e partira para o estrangeiro em busca de aventura. Não se arrependia nem por um segundo. Apartamento pequeno, alugado, emprego sem futuro e zero de preocupações. Nem carro tinha, andava de eléctrico, às vezes de bicicleta. Era uma vida simples, que mais poderia querer?

Chegou à paragem e sentou-se no banco à espera do eléctrico. Enfiou as mãos nos bolsos, «brrrrrrrrr, está um frio do caraças», disse para si próprio. A paragem não tinha ninguém. Levantou os olhos e sorriu para as estrelas. «Que noite incrível», continuou a falar sozinho. Abanou a cabeça, desconcertado, a pensar em Mariana. *Tenho um segredo para lhe contar*, dissera-lhe ela. Um segredo?! Aquilo não era um segredo, aquilo era uma bomba atómica em cima da sua cabeça!

— Eu não apareci no café onde você trabalha por acaso — revelou Mariana.

— Não? — Zé Pedro até se assustou. *Que mais vai ela inventar?* — Não. Eu fui lá de propósito.

— Hum...

— É que eu fiquei apaixonada pelo seu livro e quis conhecer o café onde se passava a história.

Quis encarar a situação com ar de *ah, pois, isso acontece muitas vezes. Se eu lhe contasse a quantidade de raparigas que aparecem para conhecer o café da história...*, mas falhou redondamente.

— E veio a Amesterdão só por causa disso? — perguntou, de olhos arregalados.

— Não. Quer dizer, não e sim. Digamos que foi um incentivo para vir a Amesterdão. De qualquer maneira, eu queria passar as minhas férias algures, na Europa e, como não conhecia Amesterdão, achei que seria um bom lugar para visitar. A forma como você fala da cidade no livro, aquelas descrições todas, deixou-me cheia de curiosidade de a conhecer.

— Estou sem palavras — confessou Zé Pedro.

— Agora — continuou ela — a minha maior surpresa foi encontrá-lo a trabalhar lá. Disso é que eu não estava à espera.

O eléctrico chegou e as portas abriram-se com um suspiro pneumático. Zé Pedro levantou-se devagar, entrou no veículo, apresentou um bilhete pré-comprado ao condutor e olhou em redor. O eléctrico ia vazio, podia escolher o lugar que lhe desse na veneta. Sentou-se à janela, a olhar lá para fora, perplexo e sonhador. Mariana era uma caixinha de surpresas, lá isso era. E gira. E simpática. *Tenho um segredo para lhe contar? Ela disse tenho um segredo para lhe contar?!*

Zé Pedro desistira de escrever. Perdera a motivação. O fiasco do primeiro livro deixara-o de rastos. Depois do esforço todo, da determinação, da certeza absoluta, levar com tantas portas na cara foi um choque. Recebeu as recusas das editoras como uma afronta. Hoje em dia pensava que fora pura ingenuidade, inexperiência, talvez, mas na altura Zé Pedro não conseguiu entender como lhe podiam recusar um manuscrito que, a seu ver, era de uma qualidade inquestionável. Bem, ele acreditara que tinha ali um grande livro até começar a receber pelo correio as cartas das editoras: *Obrigado pelo seu manuscrito, mas não se insere no género de livros que estamos a incluir no nosso catálogo.* Continue a tentar, boa sorte e um pontapé no cu. Porra! E agora?, pensou. É que Zé Pedro abandonara os estudos, o emprego e a namorada — tudo e todos de uma assentada — por um projecto de vida. Finalmente sabia o que ia fazer da sua vida. Ia escrever, queria ser escritor! Ele, que até tinha um passado recente mais ou menos obscuro, aventureiro, romântico, digamos assim, apaixonara-se pela ideia de ser escritor. E depois recebia tampa atrás de tampa? O seu livro não se inseria no catálogo de nenhuma editora. Tradução: nenhuma editora iria arriscar o seu dinheiro num candidato a escritor, desconhecido, que não oferecia a menor garantia de sucesso.

Mas Zé Pedro não desistiu logo. Era dono de um grande talento e não se ia render ao primeiro contratempo. Enfim, não seria apenas um pequeno contratempo, mas, com ou sem a ajuda de uma editora, estava determinado a publicar o livro. Aventurou-se numa edição de autor. Contudo, as poucas livrarias que aceitaram colocar alguns exemplares à venda acabaram por devolvê-los praticamente todos, alegando que ninguém os queria comprar.

Tinha sido uma grande desilusão e não tencionava voltar a passar pelo mesmo. Nunca mais escrevera uma linha. De qualquer modo, era um assunto arrumado na sua cabeça. Não seria escritor. Desde então, vivia uma existência plácida que, pelo menos, tinha a virtude de não lhe trazer dissabores. Que mágoa lhe poderia causar um trabalho tão maravilhosamente simples como o de servir à mesa? Entornar a sopa em cima de um cliente? Partir um prato? Partir dois pratos? Partir a porcaria da loiça toda do restaurante?

Durante todos aqueles meses não se incomodara a questionar-se sobre a opção que tomara, nem tão pouco quisera pensar seriamente na incerteza impenitente que a sua vida levava. Até àquele momento.

Nessa noite, Zé Pedro não se apagou quase ao mesmo tempo que a luz de cabeceira, como lhe costumava acontecer. Demasiado perturbado, deu voltas e mais voltas na cama, e só acabou por adormecer muito tarde. Mas, no dia seguinte, não soube precisar se chegara realmente a dormir durante a noite, ou se estivera a sonhar acordado enquanto pensava em Mariana. Zé Pedro duvidava que Mariana tivesse consciência do choque que provocara nele. Para Mariana, tudo aquilo talvez não passasse de uma história divertida para contar no regresso a Lisboa, mas para Zé Pedro era muito mais do que isso.

Desperto como um morcego, hipnotizado com os números luminosos do relógio de cabeceira, que mudavam à velocidade do tempo, contando a madrugada, Zé Pedro perguntou-se como é que um livro que não interessava a ninguém podia levar uma pessoa a seguir-lhe a pista da história. Mariana nem sequer pensara na possibilidade de o café não existir? Afinal de contas, era um romance e podia ter sido inventado de uma ponta à outra. Tratava-se de uma ficção, um caso de amor entre um empregado de mesa e uma turista que, no fim, se revelava uma relação impossível porque ela regressava a casa decidida a cumprir a promessa de casar com o homem que a esperava. A verdade é que Zé Pedro nunca achara que tivesse escrito uma história importante. Quer dizer, acreditara que era um livro bem escrito — embora já nem disso tivesse a certeza — mas de modo algum que fosse uma história capaz de influenciar uma leitora ao ponto de ela a querer transportar para a vida real. Porque era isso que Mariana estava a fazer. Era como se ela quisesse viver uma ficção. E isso dava que pensar.

4

O radiodespertador tocou pouco depois de Zé Pedro ter conseguido adormecer. O locutor de serviço falava numa língua que ele ainda tinha dificuldade em compreender. Travou uma luta infrutífera com os botões do despertador, acabando por silenciá-lo em definitivo com um puxão ressentido que arrancou o fio da tomada. Voltou-se para o outro lado, afundou a cara na almofada e tornou a adormecer.

Acordou sobressaltado pela consciência de estar atrasado. Consultou o relógio de pulso: dez horas. Saltou da cama com uma energia explosiva e vestiu-se em escassos minutos, com gestos resolutos, enquanto ia abanando a cabeça, desolado consigo próprio, e amaldiçoava o mundo com todos os palavrões possíveis.

Saiu de casa a correr e desistiu do eléctrico, certo de que chegaria mais depressa ao hotel de Mariana se cortasse a direito pelas ruas estreitas que atravessavam os canais, embrenhando-se pelo bulício turístico da zona histórica da cidade. Chegou ao hotel às dez e meia, trinta minutos depois do combinado, portanto. Mariana já havia saído.

Deixou-se cair num sofá da recepção, esgotado. Acabara de correr durante quase vinte minutos sem ter tomado o pequeno-almoço e sentiu-se mal. Só não vomitou porque não tinha nada no estômago. Demorou algum tempo a regularizar a respiração, desalentado perante a amarga certeza de que havia perdido o rasto a Mariana.

Depois, lembrou-se de ela ter referido na véspera que desejava muito conhecer o Museu Van Gogh, e como tal, assim que recuperou o fôlego, decidiu arriscar o palpite.

Aguardou, impaciente, pela sua vez de comprar o bilhete à entrada do museu. Uma vez lá dentro, subiu as escadas até ao primeiro piso saltando os degraus aos dois e dois. Percorreu a sala com os olhos, parado à entrada, pondo-se à espreita por entre os visitantes. Estava cheia. De costas para ele, as pessoas iam avançando num desfile lento, ao longo da parede, enquanto admiravam os quadros. Zé Pedro não conseguiu localizar Mariana. Se ela ali estivesse, estaria camuflada pela multidão. Assim viu-se obrigado a ir de quadro em quadro, à procura dela. Passou pelos *Comedores de Batatas,* pelos *Girassóis,* pelo auto-retrato, pelo *Quarto em Aries e* por todos os outros quadros de todas as fases de Van Gogh, até chegar à derradeira obra, pintada ao fim dos dez anos da sua curta carreira, ou seja, o último quadro da exposição.

Foi dar com Mariana extasiada em frente aos *Corvos sobre as Searas*. Aliviado, respirou fundo para ganhar confiança, corrigiu a postura, endireitou os ombros e passou por instinto a mão pelo cabelo, certificando-se de que estava devidamente penteado e apresentável. Aproximou-se dela em pezinhos de lã e espreitou sobre o seu ombro.

— Este é um dos quadros mais famosos de Van Gogh — comentou — e um dos mais sombrios. Estás a ver os corvos?

— Estou — Mariana cruzou os braços e sorriu, sem se voltar.

— São o prenúncio da morte — continuou Zé Pedro. — Van Gogh matou-se pouco depois de o pintar. O céu carregado, a ameaçar tempestade, revela o seu espírito atormentado. E a seara deserta simboliza a solidão que ele sentia.

— Muito bem — elogiou Mariana, rodando nos calcanhares para o encarar. — Não sabia que eras tão entendido em pintura.

— Não sou — reconheceu ele. — Mas já visitei este museu algumas vezes.

— Com outras amigas? — espicaçou-o com um sorriso atrevido.

— Eventualmente — disse Zé Pedro, pomposo, sem se deixar ficar.

— E costumas chegar a horas ou apareces sempre assim de surpresa com essa conversa sofisticada só para as impressionar?

— Pronto. — Levantou as mãos em sinal de capitulação. — Rendo-me. Tens razão, não fiques zangada comigo. — Levou a mão ao peito. — É que não acordei — explicou-se. — Passei a noite sem dormir e, de manhã, quando o despertador tocou, eu tinha acabado de adormecer. Atrasei-me — confessou.

— Ah... — fez ela, com a voz arrastada e fazendo que sim com a cabeça, lenta e severa.

— É verdade Mariana, não é uma desculpa. Passei a noite em branco a pensar em ti.

Mariana revirou os olhos e Zé Pedro percebeu que começava a sentir-se ofendida. Não era nenhuma idiota que fosse atrás de elogios baratos. Zé Pedro apressou-se a corrigir o tiro:

— Não te estou a dar música, Mariana.

— Não te enterres mais — volveu ela, sem piedade.

— Posso oferecer-te o pequeno-almoço, para me redimir? —arriscou.

— Já tomei o pequeno-almoço — ripostou Mariana, disposta a não lhe facilitar a vida.

— Bolas — desabafou Zé Pedro, a tentar sacudir a pressão —, és uma rapariga difícil. Então um café. Lá em baixo há uma cafetaria simpática.

A cafetaria era ampla, moderna, com uma decoração austera. Passaram pela zona de *self-service* e, depois de pagarem na caixa, seguiram com o tabuleiro por entre as mesas da sala espaçosa, até escolherem uma do lado das janelas panorâmicas que davam para a Museum Plein.

— O que eu estava a querer dizer há bocado — disse Zé Pedro enquanto lhe entregava a chávena de café — é que fiquei a pensar naquilo que me disseste. Foi por isso que não dormi.

— O que é que eu te disse? — estranhou Mariana.

— Que tinhas vindo a Amesterdão por causa do meu livro.

— Ah, isso.

— Pois, isso.

— Não pensei que fosse motivo para te tirar o sono.

— Mas foi, a verdade é que foi. Tu criaste-me um dilema.

— Que é?...

— Que é o seguinte: eu já tinha arrumado na minha cabecinha que não ia ser escritor. Já estava convencido de que o meu livro era uma porcaria e de que mais valia não perder tempo a escrever. Agora apareces-me tu toda entusiasmada e dizes que vieste a Amesterdão só por causa da história que eu escrevi. Estás a ver o problema?

— Estou. Estou a ver que perdeste a coragem de...

— Fiquei desanimado — corrigiu Zé Pedro. — Não perdi a coragem, só achei que não valia a pena.

— Zé Pedro, o teu livro é óptimo. Tem uma história lindíssima. — Se é tão bom, por que é que ninguém o comprou?

— Eu comprei.

— Foste só tu. Posso garantir-te que além de ti, da minha família e dos meus amigos, mais ninguém o leu.

— Isso é porque as pessoas nem sequer sabiam que o livro existia. Eu própria só o encontrei por acaso quando andava numa livraria à procura de qualquer coisa para ler.

— E os editores? E os críticos? Por que é que não ligaram ao livro?

— Os editores também se enganam e os críticos, o mais provável é nem o terem lido.

Acabaram de beber o café.

— Vamos andando? — sugeriu Zé Pedro. — Estou mortinho por fumar um cigarro e aqui não é permitido.

Continuaram o resto do dia juntos. Deambularam pelas ruas à descoberta de lugares preservados onde se podia reviver a história da cidade. Visitaram a casa onde viveu e trabalhou o pintor Rembrandt, e conheceram as traseiras da casa onde Anne Frank se escondeu durante dois anos e onde escreveu o seu célebre diário, antes de ser capturada pelos nazis e de morrer no campo de concentração de Bergen-Belsen, em 1945.

Mariana interessava-se por tudo e queria ver e saber o mais possível dos lugares que visitavam. Zé Pedro sentiu-se contagiado pelo entusiasmo dela. Os olhos de Mariana brilhavam perante cada local novo onde entravam. Para ele, foi uma forma surpreendente de rever Amesterdão, bastante mais interessante e divertida do que da primeira vez que realizara aquela digressão, solitária, pelos locais históricos da cidade.

Na quarta-feira Zé Pedro regressou ao trabalho com muita pena sua, pois teria preferido dispor de todo o tempo livre para estar com Mariana. Na noite anterior conseguira dormir, mas sonhara com ela. Contudo, não lhe falou do assunto quando ela apareceu no café para o ver, certo de que Mariana não apreciaria o relato de um sonho erótico envolvendo a sua pessoa. Conhecia-a apenas há três dias, o que não o impedia de se sentir encantado com ela. Zé Pedro tivera desde o primeiro minuto aquela impressão difícil de definir, mas muito fácil de perceber, de que havia uma atracção entre eles.

Nessa manhã Mariana surpreendeu-se a pensar em Zé Pedro enquanto tomava banho e planeava vagamente o dia. Não contara a Zé Pedro a complicação em que se tornara a sua vida nos últimos tempos. Por um lado, viera a Amesterdão atrás de uma fantasia, por outro, decidira viajar por necessidade de deixar Lisboa durante alguns dias. Vira-se apanhada numa dessas armadilhas da vida que parecem não ter saída, percebia que estava a ser empurrada por um caminho que não tinha a certeza de querer seguir. Resolvera passar uma semana sozinha na Holanda para ter a paz de espírito de que precisava para tomar uma decisão que, sabia-o bem, de uma forma ou de outra condicionaria o resto da sua existência. No fundo, Mariana já tomara a decisão há muito, mas, como não se sentia plenamente confortável com ela, ainda não a aceitara como um facto irreversível.

Ao ler o romance de Zé Pedro, tivera aquela ideia louca de ir a Amesterdão à procura do café de que falava o livro e, quem sabia, reconhecer o lugar onde o empregado e a viajante se conheciam, se apaixonavam e viviam um amor perpétuo. Pois bem, agora a fantasia de Mariana começava a ganhar contornos de realidade, o que era, no mínimo, perturbador. Havia o café, o empregado e a viajante, ela própria. E não podia dizer que o empregado lhe fosse indiferente, pois sentira-se atraída por Zé Pedro desde a primeira palavra e do primeiro sorriso.

Mariana sentou-se na sala do pequeno-almoço, deitou um pouco de doce de morango num *croissant* estaladiço, abstraída do ruído de fundo, esquecida dos outros hóspedes que enchiam a sala àquela hora da manhã, a pensar em Zé Pedro. *Lá se vai a minha paz de espírito para tomar decisões sérias.*

Quando passou a porta giratória do hotel, sentiu no rosto o impacto do frio seco que fazia na rua. Era um daqueles dias claros de Março, cheio de sol mas com temperaturas baixas. Procurou as luvas de lã nos bolsos do casaco e foi andando a pé enquanto as punha. Caminhou um pouco alheada do movimento matinal, embrenhada em pensamentos confusos, tendo apenas o cuidado de se desviar da via das bicicletas, paralela ao passeio e perigosa para os estrangeiros desprevenidos e pouco habituados às manobras hábeis dos ciclistas locais.

Passou por uma ponte, virou à esquerda e foi andando sem pressa ao longo da margem. Deteve-se por instantes a observar um barco que deslizava no canal, cheio de turistas. Era uma embarcação achatada, com uma cobertura transparente que permitia aos passageiros terem uma visão perfeita do exterior e, ao mesmo tempo, permanecerem confortáveis, ao abrigo dos rigores meteorológicos. Mariana reparou que as pessoas tomavam o pequeno-almoço a bordo e pensou que seria agradável fazer um passeio daqueles antes de se ir embora.

Retomou o caminho, ensimesmada, a lutar consigo própria, a vacilar entre a vontade e a razão. *Mariana, vais meter-te em sarilhos,* pensou. Mas nessa manhã não havia pretexto nem determinação suficientes para a desviarem do destino aonde acabou por chegar.

Empurrou a porta do café e foi bafejada pelo calor acolhedor que vinha de dentro. Parou a observar a sala, à procura de Zé Pedro.

— Mariana! — Ele acenou-lhe do fundo da sala.

Desembaraçou-se da pequena mochila de couro que trazia às costas e esperou na entrada que Zé Pedro acabasse de tomar nota de um pedido. Depois ele veio ao seu encontro, equilibrando uma bandeja com loiça que colocou em cima do balcão antes de a cumprimentar. Passou-lhe uma mão carinhosa pelo cabelo e beijou-a no rosto.

— Estás bonita — disse.

— Obrigada — sussurrou Mariana, desprevenida. Baixou a cabeça e fez um sorriso tímido.

— Não sabia que vinhas cá.

— Nem eu. — Que estúpida, pensou logo.

— Nem tu?

Ela olhou para Zé Pedro, consciente de que estava a corar.

— Não — atrapalhou-se —, quer dizer, andei por aí às voltas, a passear e, quando dei por mim, estava aqui perto e resolvi vir visitar-te.

— E fizeste muito bem — aprovou ele. — Queres sentar--te? Anda, que eu arranjo-te uma mesa.

Mariana seguiu-o. Sentou-a na mesma mesa do outro dia.

— Cá está, a melhor mesa do estabelecimento. O habitual? —brincou.

— Pode ser.

— E para comer, alguma coisa?

— Não, obrigada. Já tomei o pequeno-almoço.

Dali a pouco, trouxe-lhe uma caneca fumegante e um cestinho com pacotinhos de chá.

— A que horas sais?

— Às cinco — respondeu Zé Pedro, enquanto colocava tudo em cima da mesa.

— Só às cinco?

— Podias vir ter comigo a essa hora.

— Não sei... — disse Mariana, como da outra vez.

— Ah, pois. Tens de consultar a tua agenda.

— Exactamente.

5

A semana passou num ápice. Apanhada numa rotina imprevista, Mariana viu-se a começar os dias a tomar chá com Zé Pedro, após o que ouvia as sugestões dele sobre os lugares de Amesterdão que poderia visitar até às cinco da tarde. Partia em seguida numa demanda solitária pelas atracções turísticas da cidade e, quando dava por isso, já estava de regresso ao café com o propósito firme de ir acabar o dia com Zé Pedro.

Nada, nem a realidade deixada em Lisboa, nem a certeza de que aquela semana de ilusão terminaria mais depressa do que gostaria, nada a afastou da companhia feliz de Zé Pedro. Ainda que não tivessem selado qualquer compromisso formal, Mariana e Zé Pedro continuaram a encontrar-se duas vezes por dia. Como iria acabar tanta devoção e o que fariam quando Mariana tivesse de fazer a mala e apanhar o avião de regresso, foi algo que não trouxeram à baila, cientes de que cada assunto tinha o momento certo para ser discutido. E, evidentemente, como se tratava de uma relação de amizade — ainda que fosse uma amizade tão perfeita que dificilmente poderia ficar por aí — não teria sentido deitarem a cabeça no ombro um do outro a suspirar de saudades antecipadas e a fazer planos.

Na última noite, ao jantar, Zé Pedro esticou o braço por cima da mesa e segurou a mão de Mariana com carinho, e, sem desviar os olhos dos dela, disse-lhe como estava feliz por a ter conhecido.

— Eu também — confessou Mariana, rendida ao feitiço dele.

Como nas outras noites, foram a pé para o hotel, em ritmo de passeio. Só que desta vez ele passou o braço pelo dela e mantiveram as mãos juntas enquanto caminhavam. A mão de Zé Pedro envolveu a de Mariana junto ao peito dele ao mesmo tempo que a afagava com o polegar, transmitindo-lhe uma ternura sincera que ela recebeu com um sobressalto agradável. Mariana sentiu o coração acelerar e a garganta seca quando pararam em cima do tabuleiro de uma pequena ponte romântica, bordada a pontos de luz por centenas de lâmpadas amarelas que se reflectiam nas águas pacíficas do canal.

Zé Pedro abraçou-a com a convicção inabalável de que já o deveria ter feito mais cedo e beijou-a. Porém, mais do que o calor húmido da boca dela, o que lhe deu maior prazer foi a certeza avassaladora de aquele beijo confirmar que Mariana o desejava. E, de facto, naquele momento Mariana desejava-o mais do que desejara alguma coisa em toda a sua vida, mas sabia que não poderia ficar com ele, que não haveria uma forma milagrosa de alterar o destino para que acabassem juntos. *Se te tivesse conhecido mais cedo...*, pensou, desconsolada, sem se aperceber de que o olhava contempladora e que ele tomou esse olhar como o espelho da sua alma apaixonada. E o pior é que, quanto mais Zé Pedro a beijava, menos vontade Mariana tinha de lhe dizer que não. Queria ser racional, a cabeça dizia-lhe que deveria resistir-lhe, despedir-se dele e voltar para o hotel; em contrapartida, o coração gritava-lhe que, se o amava, não podia virar costas e partir simplesmente, porque não conseguiria esquecê-lo e acabaria por sofrer mais do que estava disposta a suportar.

Zé Pedro envolveu-a nos braços e apertou-a contra si. Mariana aninhou-se nos seus braços fortes e reconfortantes, e enterrou a cara no peito dele à procura de uma segurança ilusória, esperançada de que pudessem ficar assim um bocadinho. *Quem me dera que este bocadinho fosse eterno*, sonhou, ainda sem saber como dizer-lhe que era tarde de mais para eles.

— Mariana.

— Sim — sussurrou.

— Vamos para minha casa.

— Não posso — respondeu-lhe, num murmúrio sofrido.

— Claro que podes! — exclamou bem-disposto. Segurou--lhe o rosto entre as mãos e fê-la olhá-lo nos olhos.

— Não posso — repetiu Mariana com a cabeça entre as mãos fortes dele.

Então, Zé Pedro tomou consciência do embaraço dela, dos seus olhos suplicantes, das lágrimas tristes que os afloraram.

— Mariana — alarmou-se. — O que é que se passa?

Ela deu um passo atrás. Afastou-se dele e voltou-lhe as costas. Cruzou os braços e apoiou-se no parapeito da ponte.

— Não se passa nada — conseguiu dizer, sentindo-se estúpida, por ser óbvio que algo se passava.

— Como, não se passa nada? — perguntou Zé Pedro. Colocou-se ao lado dela no parapeito, debruçando-se ligeiramente para a conseguir ver. Mas ela voltou a cara para lhe esconder as lágrimas.

— Por que é que estás assim? — insistiu.

Mariana precisou de um momento para se recompor. Embora ansioso, ele esperou até ela se sentir preparada. Limpou as lágrimas com a manga do casaco, deu uma fungadela e respirou fundo antes de se voltar para ele.

— Zé Pedro — disse —, há muitas coisas que tu não sabes sobre mim.

— Como por exemplo?

— Como por exemplo, que eu tenho um namorado em Lisboa e que vamos casar.

Zé Pedro ficou a olhar para ela, sem palavras, enquanto o seu cérebro recapitulava a última semana num esforço mental para reconhecer os sinais daquela revelação. Mariana dissera-lhe que tinha dois irmãos mais velhos, ambos casados, que ainda vivia com os pais, que se formara em Direito e recebera a boa notícia de que poderia continuar a trabalhar no escritório de advogados depois do estágio. Em nenhuma altura, porém, fizera qualquer referência a um namorado ou à intenção de se casar em breve.

— Por que é que nunca me contaste isso?

— Porque não me apetecia falar disso e porque não pensei que isto acontecesse.

— Não?! — exclamou Zé Pedro, incrédulo. *Não era óbvio que isto* ia *acontecer?*

— Não — repetiu.

Caíram em silêncio. Zé Pedro virou-se, enfiou as mãos nos bolsos do casaco e encostou-se ao gradeamento. Ficaram assim, ela com os olhos postos na água, ele a ver a ponte vazia.., que era como se sentia naquele momento.

Por fim, acabaram por falar ao mesmo tempo:

— Pensei que...

— Olha, eu...

Calaram-se.

— Diz — concedeu Zé Pedro com um gesto tolerante.

— Não, ia a dizer que... — Mariana fez uma pausa para reordenar os pensamentos. — Olha, Zé Pedro, a minha vida já era complicada antes de vir para cá.

— Quando é que é o teu casamento?

— Daqui a duas semanas.

— Daqui a duas semanas?! — exclamou, perplexo. — Mariana, o que é que tu vieste cá fazer?

— Vim pôr a cabeça em ordem — replicou-lhe. *E olha como acabei*, pensou. — Precisava de ficar sozinha durante uns dias para pensar muito bem no que ia fazer com a minha vida. Como deves calcular, não estava a contar conhecer-te.

— Mas conheceste.

— Mas conheci-te — assentiu, num tom de fatalidade que não agradou a Zé Pedro.

— Dizes isso — protestou — como se tivesse sido mau.

— Não, não! — apressou-se a desmenti-lo. — Não era essa a intenção. É que... Zé Pedro — acrescentou, deixando cair os braços sem ânimo —, o que é que queres que eu te diga?

— Nada — desabafou ele, impaciente. — Não quero que me digas nada. Olha, é melhor despedirmo-nos e ir cada um à sua vida.

— Não digas isso.

— Não, a sério, já é tarde e amanhã tu tens uma viagem e eu tenho de trabalhar. Adeus, Mariana, gostei de te conhecer. — Despediu-se com um aceno triste, voltou a enfiar as mãos nos bolsos, deu meia-volta e começou a afastar-se.

— Zé Pedro — suplicou Mariana, à beira das lágrimas. — Não faças isso.

Ele parou no fim da ponte, olhou para o céu e soltou um longo suspiro antes de falar.

— Só te estou a facilitar a vida — disse, de costas para ela.

— Eu não quero que me facilites a vida.

— Então — rodou nos calcanhares — o que é que tu queres, Mariana?

— Eu quero... eu queria ficar contigo.

— Mas vais casar.

— Posso não casar — disse Mariana sem pensar, mal acreditando no que estava a dizer. *O que é que eu estou a fazer?*, perguntou-se, sabendo muito bem que dissera aquilo só para evitar que ele partisse.

— Podes não casar? — Zé Pedro aproximou-se. Mariana deu o último passo que os separava, agarrou com força as abas do casaco dele, pôs-se em bicos de pés e beijou-o na boca.

— Amo-te — disse Zé Pedro, abraçando-a com força.

— Amanhã — prometeu Mariana —, quando chegar a Lisboa, vou falar com o meu namorado. Depois telefono-te. Havemos de arranjar uma solução.

Separaram-se à porta do hotel com beijos eternos. Depois Mariana subiu para o seu quarto. Levava a alma em sangue, desfeita em lágrimas e odiando-se por ter feito uma promessa que não poderia cumprir. Bateu a porta com violência e, assustada com a vida, atirou-se para a cama a pensar que melhor seria se tivesse coragem para se atirar da janela. Chorou convulsivamente, incapaz de encontrar consolo na solidão daquele quarto de hotel, e demorou tanto tempo a acalmar-se que, quando por fim se levantou para ir lavar a cara à casa de banho, reparou que já estava na hora de se preparar para partir. Fez a mala de qualquer maneira, deixando cair mais algumas lágrimas entre as roupas amarrotadas, vestiu o casaco, escondeu os olhos inchados atrás de uns óculos escuros, ergueu a cabeça num apelo à dignidade que lhe restava e desceu à recepção para pagar e pedir um táxi para o aeroporto.

Entrou no táxi e espreitou pela janela uma última vez, empenhada em guardar uma derradeira recordação da cidade onde conhecera o verdadeiro amor. O dia estava a nascer quando o táxi se pôs em movimento. As lágrimas caíram-lhe livres pelo rosto. Mariana levaria consigo o segredo que não tivera coragem de revelar a Zé Pedro. Era melhor assim, quis convencer-se. Pelo menos, evitara magoá-lo, embora soubesse que estava só a enganar-se a si própria.

Em compensação, Zé Pedro foi para casa com uma felicidade que o faria continuar a rir-se por tudo e por nada, como um tolo, durante os dias seguintes. E quando o patrão, intrigado com a sua alegria inusitada, lhe perguntou o que se passava, Zé Pedro não se conteve e despejou de uma vez todo o seu futuro.

— Vou voltar para Portugal, vou casar-me e vou ser escritor.

Só que os dias foram passando e ele não recebeu notícias de Mariana. Descobriu, tarde de mais, que não ficara com nenhum contacto dela, a morada ou um número de telefone para onde lhe pudesse ligar. Um esquecimento imperdoável, se bem que na altura não se tivesse preocupado demasiado, pois Mariana saberia como contactá-lo. Para dizer a verdade, até achou romântica a ideia de ficar pendente de um telefonema dela. Contudo, agora que a ansiedade começava a adensar-se, Zé Pedro mudou de opinião. Sozinha em Lisboa, sob pressão, Mariana seria forçada a ver as coisas de outra maneira. Claro que o namorado não desistiria dela, claro que a mãe ficaria inconsolável, claro que o pai lhe perguntaria onde andava ela com a cabeça quando lhes pedira que organizassem o casamento. Os convites que já tinham sido enviados, as famílias que já se conheciam, o anel de noivado, as alianças e mais um milhar de pequenas coisas, continuariam a empurrar Mariana para o altar, evidentemente.

Zé Pedro sentiu uma enorme impotência por não poder fazer nada para falar com ela. Da euforia passou à preocupação, e da preocupação passou ao desespero.

Um dia, ao regressar ao apartamento depois do trabalho, Zé Pedro deu com uma carta de Mariana na caixa do correio. Morto de impaciência, subiu as escadas a correr, desembaraçou-se do casaco de qualquer maneira e sentou-se na cama para ler a carta.

Mas, de súbito, tornou-se claro que algo estava mal. Olhou para o envelope com a garganta seca, uma gota de suor escorreu-lhe pelas têmporas. Zé Pedro pensou no significado daquela carta. *Por que é que ela não me telefonou, em vez de escrever?* O instinto garantiu-lhe que as boas notícias não teriam chegado por carta. *Se a Mariana quisesse ficar comigo, não me escrevia uma carta.*

Era óbvio que ela desistira dele.

O envelope queimava-lhe as mãos. Zé Pedro atirou-o para o lado, sem o abrir. Deixou-se cair de costas na cama, desanimado. Imaginou o conteúdo da carta. *Desculpa, Zé Pedro, mas pensei melhor e percebi que o nosso amor não tinha futuro.*

Claro, pensou, onde é que ele estava com a cabeça quando pensara que ela ia desistir do noivo, de uma vida boa e segura, em troca de um empregado de café que vivia num apartamentozinho merdoso em Amesterdão e achava que um dia poderia viver de escrever livros? O que é que ele tinha para lhe oferecer, além de uma mão cheia de ilusões? Essas tretas românticas funcionavam durante uma semana de férias no estrangeiro, mas os sonhos desvaneciam-se depressa quando uma pessoa regressava a casa e se via confrontada com a necessidade de tomar decisões responsáveis sobre o seu futuro. E Zé Pedro tinha de admitir que uma semana era pouco tempo para se conhecer alguém profundamente. Naquele momento ele estava certo de que amava Mariana, mas poderia garantir que ia ter a mesma opinião dali a alguns meses? E ela? O mais provável era Mariana ter analisado a situação com a cabeça fria e ter chegado à mesma conclusão: não o conhecia assim tão bem para desistir de toda a sua vida em troca de uma grande incógnita.

Zé Pedro levantou-se, apanhou o casaco do chão, lançou um último olhar ao envelope deixado em cima da cama e abanou a cabeça desiludido. «Bem-vindo à realidade», disse, a falar sozinho.

Abriu a porta de casa e saiu.

6

— Hoje — disse Mariana — não te esqueças de levar a capa da chuva, Matilde.

— Mãe... — protestou a miúda, com a voz arrastada, entre duas colheradas de leite com cereais.

— Não há mãe, nem meio mãe. Está a chover e não quero que fiques doente.

— Abril, águas mil — citou Ricardo, pensativo, concentrado na torradeira à sua frente, em cima da mesa de madeira maciça, no centro da cozinha, em redor da qual se sentavam os três.

— Tratas-me como se eu fosse uma criança — queixou-se Matilde.

— Tu és uma criança — disse o pai, espreitando por cima da torradeira, inspeccionando as torradas.

— Não sou nada. Já tenho quinze anos.

— Óptimo — cortou Mariana —, não és uma criança. Mas levas a capa da chuva na mesma.

Matilde remeteu-se ao silêncio, amuada. Assentou o queixo na palma da mão, com o cotovelo na mesa, a comer os cereais com a mão livre. Ele espreitou por cima dos óculos e pousou os olhos serenos na filha.

— Muito elegante, essa maneira de comer — observou.

Matilde endireitou-se com maus modos. Os pais fingiram que não repararam. A torradeira deu um estalo e duas torradas saltaram para a mesa. Uma terceira ficou encravada no interior. Ricardo recolheu com cuidado as duas, como se fossem ovelhas tresmalhadas. Levou a mão ao peito para não sujar a gravata enquanto se inclinava sobre a mesa e foi à pesca da outra, socorrendo-se de uma faca. Mariana observou a manobra do marido, impaciente com a falta de jeito dele. Desfazia a torrada, em vez de a retirar.

— Gaita — murmurou Ricardo.

— Deixa, que eu faço isso — disse ela. Tirou-lhe a faca da mão e soltou a torrada, aos bocados, num instantinho. — Toma. — Colocou tudo no prato dele.

— Obrigado — rosnou Ricardo, com uma irritação surda.

Matilde olhou de soslaio para o pai, tentando perceber se a irritação dele era contra a torradeira, se se devia à sua falta de jeito ou à intromissão da mãe. Mas ele já voltara a atenção para as torradas inteiras, barrando-as delicadamente com uma camada muito fina de manteiga. Levou uma à boca, deu uma dentada e demorou-se a mastigá-la, com os olhos postos no infinito, pensativo.

Elas observaram-no. Trocaram um olhar cúmplice e sorriram à socapa.

— O que é que foi? — perguntou ele, sem desviar os olhos dos azulejos cinzento-claros da parede, só para que percebessem que não estava assim tão alheado.

«Nada», disseram as duas, a conter o riso.

— Engraçadinhas — atirou ele, recuperando a boa disposição. Elas riram-se abertamente.

— Gozem, gozem...

— Oh, coitadinho do nosso paizinho — disse Mariana, a fazer boquinha de amuada. Matilde imitou-a.

— Ah, bonito, agora estão as duas contra mim.

Ricardo era um homem ponderado, que não dava um passo sem ver muito bem onde colocava os pés. Mariana reconhecia-lhe esta virtude, ainda que por vezes se deixasse tomar por uma certa melancolia, saudosa dos seus tempos de estudante, quando sonhava com um futuro mais ousado. Nessa época planeava casar com um homem que a levasse a dar a volta ao mundo. Era só um sonho, claro, mas Mariana adorava viajar e quando fora a última vez que tinham saído de Portugal? Há cinco anos, uma semana em Paris, em 1996, no século passado, portanto, tirando a rotina das idas anuais à neve, no Inverno, e o sul de Espanha, em Agosto. Ricardo não era grande adepto de viagens e muito menos de gastar dinheiro. Não que fosse avarento, viviam num dos edifícios mais modernos de Lisboa, uma das Twin Towers, para onde se tinham mudado recentemente. O apartamento era espaçoso e estava fornecido de todos os equipamentos necessários para lhes providenciar uma vida confortável. Anteriormente tinham morado numa casa pequena. Ele levara quinze anos a deixar-se convencer por Mariana de que tinham condições financeiras para dar esse passo. Ricardo não seria um homem agarrado ao dinheiro, mas que era muito cauteloso, lá isso...

Mariana procurava encarar as desilusões com pragmatismo. Quando jovem estagiária de um escritório de advogados, ainda no seu primeiro emprego depois da universidade, era uma rapariga cheia de vontade de fazer coisas, dinâmica, que se entregava ao trabalho com um entusiasmo genuíno. O que, aliás, lhe valera um convite para continuar no escritório depois do estágio. Ricardo surgira na vida dela enquanto cliente do escritório. Estava então a fundar uma pequena empresa de informática que, com os anos, haveria de se transformar numa firma sólida. Hoje em dia empregava mais de sessenta pessoas e respirava uma saúde financeira invejável. Incumbida de tratar dos assuntos jurídicos de Ricardo, Mariana passou a ter reuniões regulares com ele. Em breve foi obrigada a admitir para si mesma que sentia um fraquinho pelo seu cliente e, daí a começarem a namorar, foi um passo muito pequenino que ambos deram sem o menor constrangimento.

Mariana gostava de pensar que, apesar de Ricardo se ter revelado um homem de características bastante diferentes das do marido com que ela sonhara em tempos, podia sentir-se uma mulher afortunada. Afinal de contas, conseguira outras coisas que, com a idade, até podia considerar bem mais importantes. O que perdera em aventura, ganhara em estabilidade e segurança; não precisava de andar a contar os tostões nem de se preocupar com a ameaça de um futuro incerto. Tinha um marido responsável, carinhoso e, ao mesmo tempo, bom pai. Isso deveria bastar-lhe, mas às vezes... às vezes surpreendia-se a pensar em Amesterdão.

— Despachem-se — advertiu-os Mariana —, se não querem chegar atrasados.

— Vamos embora — disse Ricardo, a vestir o casaco.

— Vá lá, Matilde, que já são oito e meia.

Mariana adiantou-se-lhes pelo corredor que conduzia à porta da rua. Agarrou na capa da chuva pendurada no cabide de parede e entregou-a à filha. Matilde vestiu-a ao mesmo tempo que lançava um olhar contrariado à mãe.

— Olha a mochila, menina — disse Mariana, indiferente à refilice da filha. — Tenham um bom dia, queridinhos — desejou-lhes, bem-humorada.

A porta fechou-se e Mariana passou logo às suas funções matinais de dona de casa. Ajeitou o roupão, apertou melhor o cinto, voltou à cozinha, arrumou a loiça do pequeno-almoço e em seguida foi fazer uma máquina de roupa.

Consultou o relógio. Eram nove horas e pretendia chegar ao escritório às dez. Foi-se arranjar.

Mariana estava ligada a uma sociedade de advogados com escritório em Picoas, sete andares acima do velhinho centro comercial Imaviz, um dos primeiros a surgir em Lisboa, muito antes de uma epidemia nacional começar a espalhar centros comerciais cada vez maiores por todo o país. Apesar da comodidade para fazer compras — só naquela zona havia cinco — Mariana continuava a gostar de apanhar o Metro e de dar os seus passeios pela Baixa pombalina. Adorava deambular sem pressa pela Rua Augusta, contemplar as montras e, se atraída por alguma, vasculhar as lojas à procura de qualquer coisa que a pudesse interessar.

Agora que o seu nome já figurava na placa dourada da porta do escritório de advogados, Mariana não precisava de cumprir horários rígidos. Geria o seu tempo consoante os compromissos profissionais. Clientes não lhe faltavam, mas tentava organizar a vida de modo a não ser uma escrava do trabalho.

Chegou às dez, cumprindo uma rotina escrupulosa, pois podia não ter horas para sair, mas gostava de chegar às dez. Pediu um café à secretária, despiu o casaco, sentou-se à mesa de trabalho, ligou o computador portátil e rodou a cadeira giratória, ficando virada para a janela enquanto o ecrã ganhava vida pelos seus próprios meios. Do outro lado da rua, no telhado de um prédio, sensivelmente ao mesmo nível da sua janela, Mariana viu um painel electrónico gigante com as suas letras luminosas a deslizarem com uma monotonia surpreendente, a escreverem os títulos das notícias da manhã. Deixou-se hipnotizar pelo painel enquanto o espírito lhe voava no tempo, recuando para o encontro fortuito com Zé Pedro, dois dias atrás. Esse momento não a largara nem por um instante nas últimas quarenta e oito horas, perseguira-a como se fosse uma música teimosa que se instalava na cabeça de uma pessoa e a levava a cantarolá-la repetida e involuntariamente.

Durante todos aqueles anos, Zé Pedro ficara guardado na memória de Mariana na justa medida de uma fantasia não concretizada. Ocasionalmente, ela lembrava-se daquela semana em Amesterdão e deixava-se ir ao sabor da imaginação, procurando recriar toda a sua vida partindo do pressuposto de que tomara a decisão contrária, de que desfizera o noivado, desmarcara o casamento e nunca enviara aquela carta definitiva a Zé Pedro. Como teria sido a sua vida?, perguntava-se, teria resultado?, teria sido feliz?, ou, pelo menos, tão feliz quanto era com Ricardo? E isso levava-a a ponderar se era realmente feliz com Ricardo. Tinha uma vida agradável, estável, sem sobressaltos, era certo, mas seria mesmo feliz? No casamento, a paixão desaparecia com os anos, mas ficavam a lealdade, a confiança, o mútuo apoio e outras coisas do género que davam significado à construção de uma vida a dois, não era o que se dizia? Ou seria possível duas pessoas ficarem apaixonadas até à morte? Mariana não saberia dizê-lo. Gostava muito de Ricardo e confortava-a saber que o marido estaria sempre presente e a protegeria em qualquer circunstância, mas seria isso o amor?

— Aqui está o seu cafezinho, doutora. — A secretária colocou a chávena em cima da mesa. Mariana nem deu pela presença dela. — Doutora.

— Hã? — Fez rodar a cadeira e olhou para a mulher, com aquele ar espantado de quem desperta de um sonho.

— O seu café.

— Ah, obrigada, Lurdes.

— De nada, doutora — respondeu a secretária. Era uma trintona em fim de década, agradável, dona de uns olhos azuis maravilhosos e um rosto bonito que deveria ter arrasado muitos corações no seu tempo, apesar de lhe faltar altura. Deixara-se engordar e tinha pernas pequenas e grossas que a desfavoreciam, embora continuasse bonita.

— Lurdes?

— Sim, doutora.

— Posso fazer-lhe uma pergunta um pouco estranha?

— Claro — aquiesceu, entusiasmada. Adorava trocar confidências com a patroa.

— Acha que é possível duas pessoas ficarem eternamente apaixonadas?

— Eternamente é muito tempo, não lhe parece?

— Sim, mas no seu caso, por exemplo...

— No meu caso? Olhe, doutora, não tenho nenhuma razão de queixa do meu Alberto, se é isso que quer saber.

Não era bem, mas Mariana desistiu da conversa, convencida de que Lurdes não lhe daria a resposta que pretendia.

— Obrigada, Lurdes.

Tinham passado quinze anos e uma pessoa mudava tanto em quinze anos, ponderou Mariana. Zé Pedro usava agora o cabelo um pouco mais curto, embora persistisse nos mesmos caracóis rebeldes que ela recordava sempre, mas a cor ruiva começava a dar lugar ao tom grisalho. Mariana rodopiou pensativa o cartão de visita de Zé Pedro em cima da mesa. Os dedos brincavam, distraídos, com o cartão e os olhos seguiam-nos. De tanto olhar, já sabia de cor o número de telefone dele. Quinze anos. Nunca mais o vira. Até há dois dias Zé Pedro não passava de uma recordação inconsequente. Devia telefonar-lhe? Seria prudente envolver-se com Zé Pedro mesmo tratando-se de uma relação de amizade? Ou talvez nem isso. Claro que não iria começar a encontrar-se regularmente com ele. Nem punha essa hipótese, estava fora de questão.

Olhou para a moldura com a fotografia do marido e da filha, ao lado do computador. Havia sido tirada durante uma tarde bem passada a bordo do veleiro de um amigo. Ricardo sorria, bronzeado, em calções de caqui e camisa *Lacoste* com a gola levantada; Matilde, agarrada às pernas do pai, enfiada num colete salva-vidas, não teria então mais de oito anos.

O instinto levou Mariana a desviar os olhos para o cartão de visita, e de novo para a fotografia. Desde o casamento, nunca, nem por um segundo, tivera a tentação de enganar o marido. E era assim que as coisas deveriam continuar. Não tencionava fazer absolutamente nada que pudesse colocar em perigo a sua relação com Ricardo.

Abriu a gaveta da secretária, atirou lá para dentro o cartão de visita e voltou a fechá-la. Puxou para si o computador e dedicou-se à consulta da agenda daquele dia. Depois de estabelecer as prioridades, começou a trabalhar no processo mais urgente.

Dez minutos mais tarde, incapaz de se concentrar, deu consigo a jogar *solitário* no computador, deslocando com precisão automática as cartas no ecrã, com a ajuda do rato sem fio. *Que mal pode fazer tomar um café com ele?*, pensou. Terminou o jogo. Os montinhos de cartas começaram a desfazer-se num movimento arrastado que os levava a saltitar no ecrã. *É claro que pode ser uma chatice, se ele me interpretar mal e começar com ideias. Não, é melhor não complicar a minha vida. Mantém-se cada um na sua e não se pensa mais nisso.*

Por outro lado, há quinze anos que Mariana imaginava o reencontro. Tinha de admitir que se roía de curiosidade. Queria muito saber como é que ele encarara a decisão dela. Ainda hoje se sentia culpada por ter permitido que a sua relação com Zé Pedro tivesse ido longe de mais, por lhe ter dado a esperança de que ficaria com ele. No fundo, Mariana nunca dera como encerrada esta questão. *E agora,* disse-lhe uma vozinha na cabeça que insistia em atazaná-la, *vais deixar passar a oportunidade de falar com o Zé Pedro e ficar outros quinze anos a pensar como teria sido se tivesses aceitado tomar um café e trocar dois dedos de conversa com ele?*

Mariana abriu a gaveta da secretária, lançou um olhar exasperado ao cartão de visita de Zé Pedro e voltou a fechá-la. «Não, nem pensar nisso», disse, a falar sozinha.

Levantou-se, vestiu o sobretudo de caxemira branco, agarrou na carteira, saiu do gabinete e passou pela secretária.

— Lurdes, vou sair por um bocado — comunicou-lhe, impávida. — Se houver alguma coisa urgente, ligue-me para o telemóvel.

Fechou a porta do escritório e percorreu o corredor em direcção ao elevador. Precisava de apanhar um bocado de ar para ver se se deixava de ideias parvas.

7

Zé Pedro entrou na pastelaria em frente à livraria. Era a primeira escala do dia. Precisava sempre de tomar um café antes de ir trabalhar, caso contrário não acordava. Despachou a bica ao balcão, pagou, saiu e atravessou a rua.

Empurrou a porta da livraria, fazendo tocar uma daquelas sinetas de bronze típicas dos antigos estabelecimentos comerciais, que anunciavam a entrada dos clientes. A decoração não poderia ser mais clássica. Com a idade, Zé Pedro tinha vindo a refinar o gosto pelas coisas antigas, um pouco ao arrepio da sua alergia perpétua aos espíritos conservadores, era certo. Mas não lhe era difícil considerar um mero passatempo inofensivo as muitas tardes de sábado passadas a meter o nariz nos antiquários mais obscuros de Lisboa. Tinha o hábito de frequentar os leilões da cidade em busca de peças interessantes entre os muitos e variados espólios familiares que iam à praça para licitação. Eventualmente, arrematava uma ou outra peça que lhe parecesse apropriada para a livraria.

De modo que a loja começava a parecer-se mais com um antiquário onde também se podiam encontrar livros do que o contrário. E até já nem era invulgar entrar por ali adentro algum cliente cismado numa peça de colecção que não estava à venda.

— Isto *ainda é* uma livraria — desabafava Rosa, contrariada por se ver mais uma vez obrigada a desfazer o engano.

— Mas, quem sabe, um dia destes ainda mudamos mesmo de ramo.

Havia um pouco de tudo, pratos e jarras em porcelana chinesa da Companhia das Índias, castiçais do século XVIII, estatuetas de barro ou de madeira entalhada. As peças, magníficas, encontravam-se expostas entre os livros, em destaque, nas prateleiras das estantes de madeira escura ao longo das quatro paredes da livraria. Havia três quadros muito bons: um retrato majestático de um nobre doutra época, colocado num cavalete de boa madeira, e duas marinhas de dimensões consideráveis, expostas na montra. Estas retratavam cenas de batalhas navais com um realismo tão surpreendente que quase se podia ouvir o estrondo dos canhões e sentir o cheiro aterrador da pólvora. O fogo trocado pelas fragatas reais, os estilhaços, as nuvens de fumo espiraladas, eram como a fotografia a óleo de uma tragédia solene.

O chão de azulejos pretos e brancos tinha aquela bizarra particularidade de nem sempre alternar as cores. De modo que dava a sensação de quadriculado de palavras cruzadas.

Em cima das duas grandes bancadas de livros no centro da loja, um valioso par de castiçais disputava a atenção dos clientes. Eram anjos dourados esculpidos em barro. Apoiavam-se em escudos e seguravam na mão direita uma cornucópia onde se encaixava a vela. Os pequeninos olhos dos anjos tinham o fulgor cristalino do vidro, que os animava de uma vida falsa. As novidades literárias estavam expostas nas bancadas guardadas pelos anjos, mas uma busca paciente pelas lombadas dos livros arrumados nas prateleiras permitiria descobrir qualquer um dos clássicos: Eça, Pessoa, Fitzgerald, Hemingway, Joyce e por aí fora.

Zé Pedro gastava uma parte razoável do seu orçamento em antiguidades. As peças iam todas para a livraria. Era, de resto, a sua única extravagância, já que, em tudo o mais, Zé Pedro era de uma simplicidade desconcertante. Rosa dizia-lhe que nunca conhecera ninguém tão desapegado dos bens materiais. E com razão, pois Zé Pedro não gastava dinheiro em mais nada.

Não tinha carro, pois habituara-se aos transportes públicos desde os tempos de Amesterdão, e não queria saber de roupas caras de moda, contentava-se em vestir calças de ganga e uma camisa qualquer. Morava numa daquelas ruelas apertadas do Bairro Alto, com as suas casinhas de poucos andares, num dúplex com cerca de cem metros quadrados e o mínimo indispensável de mobília. Arrendara-o há quase um ano, recém-recuperado a expensas do senhorio. Um achado a que Zé Pedro se agarrara com ânsias de pobre até ter o contrato assinado.

O apartamento era de um gosto inquestionável, com soalhos em pinho antigo, painéis de azulejos centenários, janelas com portadas de madeira maciça e ferragens originais, um sótão de tecto esconso revestido a madeira e uma janela com vista directa para as nuvens e as estrelas. Apesar disto tudo, Zé Pedro demorava em decorá-lo, talvez por ser só ele e um gato preto cuja origem não saberia explicar. O gato, que por esquecimento ainda não tinha nome, tanto podia ter chegado antes como durante as obras de recuperação. Quando Zé Pedro se instalou, o gato já lá estava e, como um amigo necessitado de abrigo provisório, foi ficando. Ocasionalmente, lembrava-se do bicho e trazia-lhe um carapau da peixaria ou oferecia-lhe um prato de leite. Mas na maior parte das vezes o gato tinha de fazer pela vida. Zé Pedro deixava sempre uma janela aberta para lhe evitar constrangimentos e, de manhã, enquanto ele saía pela porta, o gato saltava pela janela. Voltavam a encontrar-se ao final do dia.

Zé Pedro tinha uma secretária de madeira vulgar e um computador caduco na sala, onde escrevia os seus romances. De resto, a decoração estava quase toda por fazer. Havia um sofá de couro gasto, uma mesa baixa de vidro e era tudo. Nada de televisão nem aparelhagem de música. O quarto, no sótão, resumia-se a uma cama simples, uma pilha de livros que fazia as vezes da mesinha-de-cabeceira, com um pequeno candeeiro, e um bloco de prateleiras para a roupa. A porteira, que ia lá a casa duas manhãs por semana para limpar e tratar da roupa, ficava sempre espantada com as pilhas de livros que cresciam a um ritmo desconcertante um pouco por todo o lado, porque Zé Pedro fazia do apartamento armazém dos livros que já não cabiam na livraria. Recentemente, um rebate de consciência levara-o a encomendar uma estante para a sala, onde contava arrumar, senão todos, pelo menos a maior parte dos livros. Mas ainda estava à espera da encomenda.

No essencial, Zé Pedro era um solitário. Já não se dava com os antigos amigos e reservava para a família as ocasiões festivas. Mas era um solitário por opção, pois não tinha dificuldade em fazer amizades. Simplesmente, não sentia necessidade de estar com muita gente. Vivia bem consigo próprio. Era um sonhador simpático e despejava os seus sonhos nos livros que escrevia.

Os críticos gastavam páginas de jornais a descrever a genialidade das suas obras. Viam nele um escritor excepcional. Longe iam os dias em que Zé Pedro vacilava, duvidando do seu destino. Hoje, muito pelo contrário, a editora de vão de escada a que ele permanecia fiel por amizade ao dono, esfalfava-se em exigências inúteis para que prestasse atenção aos tempos modernos e fizesse algumas concessões ao *star system*.

O amigo visitara-o na livraria há dois dias, trazendo uma proposta de entrevista que lhe havia sido endereçada por um semanário.

— Não — disse Zé Pedro, peremptório.

— A notoriedade vende livros — argumentou o editor.

— Paciência — retorquiu-lhe, indiferente.

— O que é que te custa dar uma entrevistinha? — insistiu, suplicante, a ver se o comovia.

— Custa muito. E não insistas. Já sabes que eu não dou entrevistas.

— Quando é que tu vais perceber que a promoção dos livros também faz parte do teu trabalho?

— Quantos livros meus é que já editaste?

— Dez.

— E o que é que eu te disse quando fui ter contigo da primeira vez? Qual foi a única condição que eu coloquei, quando nos conhecemos, para te deixar editar os meus livros?

— Que não davas entrevistas, eu sei, mas isso foi há anos e...

— Então — interrompeu-o, imune à argumentação do editor —, aí tens. Se foi só para isso que cá vieste, podias ter poupado uma viagem.

— Porra, que és teimoso como uma mula.

— É uma questão de princípio — explicou-lhe pela enésima vez. — Eu não dou entrevistas porque tudo o que tenho a dizer está escrito nos meus livros.

Rosa estava debruçada sobre uma revista «cor-de-rosa», apreciando ociosa as fotografias dos notáveis, com os cotovelos apoiados no balcão, ao lado duma nostálgica máquina registadora que fazia contas desde a primeira metade do século xx. Ao ouvir as badaladas suaves da sineta da porta, espreitou por cima dos óculos de ler com lentes de meia-lua, sem mexer a cabeça.

— Bom dia, Rosa — cumprimentou Zé Pedro.

— Bom dia — retorquiu, concentrando-se outra vez na revista. — Muito movimento?

— É isto — respondeu, sem levantar os olhos. A livraria não tinha um único cliente.

— Há-de aparecer alguém.

— Hum-hum.

— Vou para o escritório — anunciou Zé Pedro. Passou por ela em direcção à porta do fundo, ao lado do balcão, aquela que tinha um vidro opaco e a palavra *escritório* decalcada em letra de imprensa.

— Esteve aí uma mulher que perguntou por si — deixou cair Rosa no último momento, com indiferença.

A mão de Zé Pedro deteve-se na maçaneta da porta.

— Uma mulher? — repetiu, intrigado.

Rosa passou a página da revista.

— Sim — disse.

— O que é que ela queria?

— Nada. Só disse que queria falar consigo.

Zé Pedro virou-se e voltou ao balcão.

— E não disse o nome, nem nada?

— Não.

— Rooosa — chamou-a, num tom arrastado, dando-lhe a entender que percebia muito bem que ela se estava a divertir à sua custa.

Rosa levantou os olhos da revista e, sem desfazer a expressão séria com que iniciara a conversa, respondeu-lhe no mesmo tom arrastado.

— Siiim?

— Como é que era essa senhora?

— Ah, sei lá — encolheu os ombros. — Uns trinta e tal anos? Bonita, cabelo castanho, pelos ombros, olhos escuros, sardas... ah, e um casaco muito chique, branco, de caxemira — descreveu. Rosa, quando punha os olhos em cima de alguém, era como uma máquina fotocopiadora, não lhe escapava nada.

— Bolas — disse Zé Pedro, dando um murrinho seco no balcão. — Era a Mariana.

— A Mariana? — indagou ela, morta de curiosidade. *Olá, aqui há caso.* — Quem é a Mariana?

— É uma amiga — respondeu sem mais, esquivando-se ao embaraço de uma confidência.

— Hum — fez ela, decepcionada.

— Ela disse se voltava?

— Não.

— Está bem — resmungou. — Vou aqui para o escritório.

8

Mariana passeou ao acaso no interior de uma loja de roupa só para se manter ocupada e acabou por comprar uma camisa de que não precisava e de que nem sequer gostou em particular. Fê-lo para se livrar da companhia atenciosa da empregada. Pagou com o cartão de crédito, recebeu o saco com a camisa, saiu da loja e seguiu ao longo da rua no sentido contrário ao que a conduziria de volta à livraria de Zé Pedro. Caminhou devagar, a observar as montras, distraída, perguntando-se o que estava ali a fazer depois de ter decidido que não procuraria Zé Pedro, debatendo-se com a indecisão, ora satisfeita por não o ter encontrado na livraria, ora tentada a inverter a marcha.

Parou no meio da rua, hesitante. Não conseguia tomar uma decisão definitiva. Deu dois passos em frente e parou, avançou mais um pouco e voltou a parar. Queria ir-se embora, mas não era capaz. *Pareço parva*, pensou, enervada.

Finalmente, chegou a um consenso consigo própria: não se iria embora, mas também não voltaria à livraria, pelo menos por agora. Precisava de pensar melhor primeiro.

Sentou-se na esplanada da pastelaria do outro lado da rua a beber um café com os olhos postos na livraria. Uma coisa era certa: mesmo que fosse ao encontro de Zé Pedro, não o faria enquanto lá estivesse a mulher que a recebera há cerca de uma hora. Mariana não se sentia preparada para ter uma conversa com ele na presença de uma estranha. A livraria não parecia ter muito movimento e, se não houvesse clientes quando ela entrasse, o mais provável era que a empregada ficasse especada a observá-los e a ouvir tudo o que dissessem. Mariana receava que a visita a Zé Pedro pudesse ser um momento desconfortável e dispensava que se tornasse ainda mais embaraçoso se não se encontrassem a sós.

Ficou sentada na esplanada, de vigília, durante quase uma hora. Foi o tempo de se autoconvencer de que não correria qualquer risco em falar um pouco com Zé Pedro. Que diabo, ponderou, seria apenas uma conversa amigável entre duas pessoas que não se viam há anos.

Por volta da uma da tarde, viu a mulher sair da livraria e afastar-se na direcção contrária. Pagou a conta. «Tenho tudo sob controlo» disse de si para si, ao atravessar a rua, «tenho tudo sob controlo.»

Zé Pedro ocupou-se com a actualização dos *stocks* da livraria. Havia uma série de encomendas pendentes, de modo que foi para o computador fazer a relação dos livros vendidos para saber com exactidão que títulos, e em que quantidades, precisava de pedir às editoras. Dali a pouco, Rosa foi bater à porta do escritório e encontrou-o prestes a afogar-se em papéis, sem ideia nenhuma do que diziam ou por qual deveria começar se quisesse transportar os dados para o computador ainda naquele dia.

Rosa enfiou a cabeça pela abertura estreita, impedida de empurrar mais a porta por causa da cadeira dele.

— Vou almoçar — disse.

— Está bem.

— Algum problema? — Rosa achou-o estranho, com um ar ausente. Ao lado do computador, viu um cigarro aceso num cinzeiro cheio de beatas recentes. Zé Pedro tinha outro entalado entre os dedos. Uma nuvem de fumo encobria o espaço exíguo do gabinete. Zé Pedro olhou para ela através do fumo, pálido como um fantasma perdido no nevoeiro entre as campas do cemitério.

— Nenhum problema — disse.

— É que está cá com uma cara — comentou Rosa.

— Não, estava aqui a pensar...

— Em quê?

— Coisas minhas.

— Ah, e ainda consegue respirar?

— Hã?

— Já viu a fumarada que está neste cubículo? — Ah, pois é. Vou deixar a porta aberta. — Outra coisa, Zé Pedro.

— Sim?

— Está a fumar dois cigarros ao mesmo tempo.

— Estou?

Ela ergueu o queixo, apontando com a cabeça para o cinzeiro e ele seguiu-lhe o movimento.

— Olha — disse —, pois estou.

Zé Pedro tinha estado a pensar no azar que tivera por não se encontrar na livraria quando Mariana o fora procurar. Mas também, o que é que isso lhe interessava, tendo em conta que ela agora era uma mulher casada? Por outro lado, intrigava-se, por que é que, sendo ela comprometida, não o vendo há tantos anos, tendo uma vida estável e essas coisas todas, apesar de tudo, viera vê-lo? Bem, ele sabia que Mariana continuava casada porque lhe vira a aliança no dedo, mas não sabia mais nada. Não saberia dizer, por exemplo, se ela tinha de facto um casamento estável, se amava o marido e se as coisas entre eles corriam bem.

Naqueles anos todos, Zé Pedro nunca deixara de ponderar como teria sido a sua vida se Mariana tivesse regressado a Amesterdão. Provavelmente, não teria sido muito diferente, no essencial. Voltar a viver em Lisboa, recomeçar a escrever e abrir uma livraria tinham sido objectivos que Zé Pedro perseguira, e estava convencido de que o teria feito com ela ou sem ela. De modo que, excluindo esse pormenor não negligenciável de que poderia ter casado com Mariana, Zé Pedro achava que a sua vida teria acabado por ser muito semelhante ao que era, se ignorasse esse pormenor... fundamental.

Quando se sentia traído pela nostalgia, a pensar em Mariana e naquela semana em Amesterdão, Zé Pedro sacudia a tristeza com um artifício que o confortava: dizia a si próprio que o mais certo era Mariana já não ser o que era quando a conhecera, que envelhecera, engordara e se tornara uma mulher azeda e rabugenta.

E acabava por se convencer de que havia sido melhor assim. Duas pessoas podiam morar a vida inteira na mesma cidade e nunca se cruzarem. Eles tinham-no feito, durante quinze anos, pelo menos. Mas agora Zé Pedro reencontrara Mariana e já não havia expediente mental que pudesse iludir a realidade. Mariana não se tornara uma mulher feia, azeda e rabugenta.

Pôs o cigarro ao canto da boca, susteve a respiração, cerrou os olhos e inclinou a cabeça para evitar que o fumo o fizesse lacrimejar. Observou com indiferença o monte de papéis que tinha no colo, agarrou nele com as duas mãos como se fossem folhas secas de Outono, e colocou a papelada toda em cima do teclado do computador. Endireitou-se na cadeira, tirou o cigarro da boca e voltou a respirar. Soltou um longo suspiro, levantou-se e foi para trás do balcão.

A porta da rua abriu-se, fazendo soar a sineta de bronze. Zé Pedro estava com os cotovelos apoiados no balcão, o rosto encaixado nas palmas das mãos e o cigarro esquecido a fumegar entre os dedos. E assim continuou. Rodou só um pouco a cabeça para ver quem entrava. Uma rapariga bizarra, vestida de preto dos pés à cabeça, aproximou-se do balcão.

— Tem um livro chamado *Cem anos de solidão?* — perguntou ela.

Zé Pedro olhou para a rapariga distraído e fez que sim com a cabeça. Ela tinha o cabelo curto, pintado de azul e uma argola dourada presa às narinas. Levou o cigarro à boca.

— Uma bonita história de amor — comentou, melancólico, soltando uma baforada de fumo para o tecto.

Ela encolheu os ombros.

— É para o meu namorado — disse.

— Já o leu?

— Não — respondeu. — Eu gosto mais de cenas tipo Tolkien. — *O Senhor dos Anéis?*

— *Ya...*

— Um clássico.

Deu uma última passa no cigarro e em seguida apagou-o com lentidão meticulosa no cinzeiro grande que havia ao canto do balcão. Olhou pensativo para o fundo da livraria e depois, tomando uma resolução, foi direito a uma determinada prateleira onde demorou apenas um segundo a orientar-se antes de retirar do meio de dezenas de lombadas o livro pretendido. Voltou ao balcão. A rapariga encostava-se, negligente, a mastigar uma pastilha elástica com a boca aberta.

— Quer que embrulhe?

Ela revirou os olhos.

— Não, meu — disse. — Dispenso essas cenas lamechas.

— Tudo bem, minha — respondeu Zé Pedro, a gozar. *Que atrasada mental.* — São três contos — disse.

9

Mariana avançou decidida para a livraria, quando viu uma rapariga vestida de preto adiantar-se-lhe e entrar à sua frente.

«Merda!», resmungou, contrariada, e evitou a porta da livraria sem parar de caminhar ao longo da rua. *Que raio de azar!*, pensou, desiludida. Ficou ali à espera, com as mãos nos bolsos do casaco, a pensar que aquela situação começava a tornar-se ridícula.

Ali estava ela, uma mulher casada, mãe de uma adolescente, com responsabilidades familiares e profissionais, especada no meio da rua à espera de uma oportunidade para se encontrar a sós com um homem surgido do passado. Mariana tinha consciência de que fazia aquilo às escondidas, porque, embora não tivesse ponderado em como lidaria com o assunto mais tarde, sabia que não contaria nada a Ricardo. Ninguém, quer na sua família, quer entre os seus amigos, sabia da existência de Zé Pedro e não seria por ela que passariam a saber. Sentiu-se incomodada, ansiosa, com a sensação de que pisava perigosamente o risco e de que, por mais que quisesse ignorar os avisos do coração, depois de se encontrar com Zé Pedro nada voltaria a ser o mesmo. Claro que ela tinha o direito de rever um amigo dos tempos de solteira. Não estava a fazer nada censurável, mas a forma como o fazia, como se fosse uma aventura clandestina, e o facto de não o mencionar a ninguém, tornava o assunto, no mínimo, questionável. E depois havia a história por detrás da sua *amizade* com Zé Pedro. Uma história que Mariana gostaria que ficasse só entre eles. Pesando tudo o que estava ali em jogo, e em particular a lealdade que devia ao marido, Mariana achava um erro entrar naquela livraria, mas a verdade é que ela não conseguia dar meia-volta e afastar-se. Sentia que tinha de o ver e de falar com ele, nem que fosse por breves instantes. *É a tentação do abismo,* resignou-se.

Zé Pedro recebeu o dinheiro da mão da cliente da argola dourada no nariz, fez o troco e entregou-lhe as moedas e o livro que ela comprara. A rapariga enfiou-o numa sacola de pano preta que trazia a tiracolo e foi-se embora sem se despedir. *Rapariga de poucas palavras,* pensou, vendo-a passar pouco depois frente à montra, na rua.

Ficou outra vez sozinho, a pensar em Mariana. *Será que ela volta?,* interrogou-se, desapontado com a sua falta de sorte. Era a segunda vez em quinze anos que a perdia. *Perder* talvez fosse um termo desajustado para o que se passara naquela manhã, mas era isso que Zé Pedro sentia, uma sensação de perda, o que é que havia de fazer...

Enfiou as mãos nos bolsos detrás das calças, acabrunhado, e arrastou os pés até à montra. Pôs-se à espreita, a esquadrinhar a rua, numa tentativa incoerente de localizar Mariana, algures lá fora. Era um disparate, evidentemente, *é óbvio que ela não ficou a manhã toda a...* Foi então que a viu. Teve de se esticar um pouco por cima da montra para confirmar que a alma perdida que andava lá fora num vaivém aflito, para trás e para diante, era mesmo Mariana. Correu para a porta.

— Mariana! — chamou-a, apercebendo-se de que o entusiasmo o levara a gritar mais alto do que seria necessário. Ela estava a uns escassos cinco passos de distância.

Mariana voltou-se, sobressaltada, como uma criança surpreendida a meio de uma asneira.

— Oh, olá — disse, comprometida.

— Não queres entrar? — convidou-a, apontando com o polegar para trás de si, para a livraria.

— Pareço uma idiota — disse Mariana, contrariada —, aqui às voltas para trás e para a frente.

— Por que é que não entraste?

— Porque estava à espera que estivesses sozinho. — Confessar era o melhor a fazer, já que ele a apanhara em flagrante. *Que se lixe,* pensou, parecendo-lhe agora que tinha sido uma parvoíce ter perdido tanto tempo a planear aquilo que tinha de acontecer, quando podia ter-se limitado a entrar e a cumprimentá-lo.

— Estavas? — espantou-se Zé Pedro, sem perceber muito bem o que ela queria dizer.

Mariana deu-lhe um beijo rápido, passou à frente dele e entrou na livraria.

— Que belo estabelecimento que tu tens aqui — gracejou, para se esquivar à perplexidade dele.

— Obrigado — agradeceu. — A Rosa disse-me que já cá tinhas estado de manhã.

— Pois foi, mas como tu não estavas e eu tinha de fazer umas compras, fui dar as minhas voltas antes de voltar. — Mariana levantou a mão que agarrava o saco da camisa.

Zé Pedro ficou ali especado, de braços cruzados, com uma expressão enlevada. A porta fechou-se atrás dele, fazendo soar a sineta.

— Ainda bem que voltaste — comentou.

— Olha, Zé Pedro — começou a dizer —, eu nem sei porque é que vim cá, mas não queria que ficasses a pensar que... — Calou-se. Fez uma careta. — Não estou a dizer coisa com coisa, pois não?

Ele riu-se.

— Já almoçaste? — perguntou-lhe.

Mariana soltou um suspiro, aliviada.

— Ainda não — disse.

O restaurante era uma tasquinha melhorada que ficava escondida numa ruazinha transversal às artérias principais da Baixa. Um desconhecido não daria nada por ele, mas Zé Pedro tinha-o descoberto há muito tempo e já se tornara cliente habitual.

— Venho aqui muitas vezes — explicou — e garanto-te que é o melhor restaurante da Baixa.

Mariana não se mostrou interessada na excelência gastronómica do restaurante. O que menos a interessava naquele momento era a comida.

— Tens de experimentar os pastéis de bacalhau com arroz de tomate que eles têm aqui — continuou Zé Pedro, entusiasmado. — São simplesmente fantásticos.

Aceitou a sugestão sem sequer olhar para a ementa que o empregado lhe entregou.

— Queres vinho? — perguntou Zé Pedro. — Temos de beber um vinho branco, com estes pastéis de bacalhau.

— Pode ser — aceitou Mariana. Deu consigo a sorrir, contagiada pela alegria de Zé Pedro. Aquilo fê-la lembrar-se de outra refeição que haviam partilhado há muitos anos, em Amesterdão, no... como é que se chamava o restaurante? O Grand Café l'Opera, claro, era isso. Zé Pedro fizera exactamente o mesmo, encomendara aqueles croquetes holandeses enormes.

— Ora, deixa-me ver... — disse Zé Pedro, concentrado na carta de vinhos.

Mariana apoiou os cotovelos na mesa e afundou o rosto entre as mãos, a observá-lo, com um sorriso suspenso nos lábios. Estava tal e qual como o imaginara, um pouco mais velho, mas com a mesma atitude juvenil de outrora.

Zé Pedro levantou os olhos da carta de vinhos ao sentir-se observado.

— O que foi? — gracejou.

— Estás igual — comentou ela. Afastou por um instante a mão esquerda para logo a encaixar outra vez no queixo, num gesto de resignação.

— Olha quem fala — retorquiu ele, atirando a cabeça ligeiramente para trás, divertido com a observação dela.

Mariana recostou-se na cadeira e cruzou os braços sem desviar os olhos dos dele. Abanou a cabeça a sorrir.

— A sério — disse. — Não mudaste nada.

— Eh... — encolheu os ombros. — Estou um bocado mais velho.

— E o que é que tens feito nestes anos todos?

— Olha, abri uma livraria, escrevi uns livros...

— Eu sei. Li-os todos.

— A sério?

— A sério.

— E gostaste?

— Adorei. — Mariana fez uma pausa, sem saber se já podia fazer-lhe a pergunta que lhe queimava a língua mas que não quisera fazer mais cedo por receio de ser mal interpretada. — E mais? — disse, a ver se ele se descosia.

— Mais, o quê?

Mariana baixou os olhos e inclinou a cabeça. O cabelo solto tapou-lhe o rosto. Zé Pedro percebeu que ela queria perguntar-lhe qualquer coisa. Afastou o cabelo dos olhos e encarou-o antes de deixar cair as palavras.

— Mulher, filhos?

— Nem uma coisa nem outra.

— Nunca casaste?

— Nunca.

Depois disto, a conversa fluiu com uma facilidade surpreendente para duas pessoas que não se viam há tantos anos. Falaram um pouco de tudo, das vidas deles, das suas carreiras profissionais, de pequenas curiosidades significativas como o sítio onde moravam ou o carro que guiavam, ou não guiavam, no caso de Zé Pedro. Chegaram ao café sem a mínima nota dissonante, talvez por terem evitado os labirintos emocionais que uma abordagem mais profunda lhes reservaria com toda a certeza. Conscientes disso, deixaram-se ficar à tona das palavras, aproveitando o almoço só para retomarem a empatia que os aproximara no passado.

Contudo, depois de saírem do restaurante, e enquanto caminhavam em ritmo de passeio, de regresso à livraria, por uma rua só para peões, Mariana não se conteve mais e obrigou-o a voltar ao ponto onde tinham ficado, quinze anos antes, quando ela partira de Amesterdão em lágrimas depois de o deixar, e ele com o rosto iluminado por um sorriso, provocado por uma promessa que nunca se cumpriria. Abrandou o passo para o encarar.

— Não ficaste zangado comigo — perguntou — por não ter cumprido a minha promessa? — Era óbvio que não, Zé Pedro acabara de passar quase três horas com ela e em nenhum momento deixara transparecer o menor sinal de ressentimento. Pelo contrário, a melhor forma de descrever o seu estado de espírito seria dizer que estava encantado por revê-la. Mas Mariana queria ouvi-lo da boca dele.

— Zangado? — espantou-se Zé Pedro. — Não, de maneira nenhuma.

— Desiludido?

Ele parou, demorando-se um pouco a ponderar a resposta que melhor reflectisse o sentimento que o dominara na época.

— Desiludido? — repetiu, pensativo. — Sim, um bocado,

mas não foi isso que mais me afligiu, na altura.

— Não?

— Mariana, eu não fiquei propriamente desiludido ou zangado, eu fiquei em estado de choque. Na nossa última noite em Amesterdão, não me passou pela cabeça que tu mudasses de opinião em relação a nós. Mas depois, com o tempo, compreendi que tinha sido ingénuo. É claro que, ao chegares a Lisboa, começaste a ver as coisas de outra maneira. Eu acabei por aceitar isso, mas foi muito difícil, confesso que não foi nada fácil.

Mariana olhou para Zé Pedro em silêncio, desarmada com as palavras que ele acabara de proferir, comovida com a forma tão sincera como ele lhe abriu a alma e lhe revelou os seus sentimentos sem a acusar de nada ou cair na tentação de se mostrar indiferente. Naquela situação, imaginou Mariana, a maioria dos homens teria encolhido os ombros e tê-la-ia feito sentir que aquela semana em Amesterdão não havia passado de um tempo agradável sem grandes consequências para a sua vida. Mas Zé Pedro não era como a maioria dos homens.

— Mas — perguntou-lhe ainda — percebeste o motivo da minha opção? Percebeste que eu não tinha alternativa?

Zé Pedro olhou para ela espantado.

— Como não tinhas alternativa?

— Zé Pedro, eu expliquei-te tudo na carta.

— Ah, a carta...

— Sim, a carta. Não leste a minha carta?

Zé Pedro encolheu os ombros, comprometido.

— Não — respondeu.

Mariana sentiu um baque no coração.

— Não leste a minha carta?!

— Não — repetiu ele, abanando a cabeça.

— Porquê? Eu mandei-te uma carta. Não a recebeste? — Recebi.

— E não a leste?

— Não — disse pela terceira vez.

— Mas, porquê Zé Pedro?

— Porque tive a certeza de que era para me dizeres que não voltavas para mim e não tive coragem para a ler. Só me ia fazer sentir ainda pior do que eu já me sentia.

— Meu Deus! — exclamou Mariana, tapando a boca com a mão. — O que tu deves ter pensado de mim... — Naquele instante só conseguiu imaginar aquilo pelo que ele deveria ter passado. Sentiu os joelhos a tremerem e teve de se sentar num banco público de madeira, no centro da rua.

Zé Pedro sentou-se ao lado dela.

— Mariana — falou-lhe num tom apaziguador —, eu já te disse que não pensei nada de mal. Eu respeitei a tua decisão. Não foi fácil para mim, mas respeitei-a.

Ela respirou fundo e encarou-o.

— Mas não percebeste porque é que a tomei.

— Claro que percebi. Tu tinhas a tua vida toda planeada, estavas comprometida e mal me conhecias. Além disso, eu andava a servir cafés em Amesterdão. O que é que tu havias de fazer? Chegavas a Portugal e dizias à tua família que querias desmarcar o casamento porque estavas apaixonada por um tipo que servia cafés em Amesterdão?

— Mas não foi nada disso, Zé Pedro. Não foi esse o problema. O que é que tu pensaste? Que aquela semana foi um capricho meu, que andei a divertir-me e depois voltei para a minha vidinha em Portugal?

— Não — disse. Tirou um maço de tabaco do bolso da camisa e ofereceu-lhe um cigarro. — Queres?

Mariana abanou a cabeça com impaciência.

— Não, não fumo — recusou, perturbada.

— Não... — repetiu ele, fazendo uma pausa para acender um cigarro. — Eu não pensei que fosse um capricho. Eu pensei que tu tiveste o bom senso de avaliar racionalmente a situação e de tomar a decisão mais acertada.

— Devias ter lido a carta.

Zé Pedro levou o cigarro à boca, inspirou profundamente e soprou uma coluna de fumo para o ar.

— Mas não li — disse.

10

Jantaram cedo, na cozinha, como sempre faziam quando não tinham convidados e eram só os três. Depois, Mariana ficou a arrumar a loiça, enquanto Ricardo se foi sentar na sala a ver as notícias na televisão e Matilde se retirou para o seu quarto para estudar um pouco antes de se deitar.

Mariana colocou os pratos no lava-loiças e passou-os por água antes de os pôr na máquina de lavar. Abriu a torneira e ficou a olhar para a água a correr, com a mão direita debaixo do braço esquerdo e a esquerda a amparar a face, como que hipnotizada, encerrada nos seus pensamentos.

Guardou as sobras do jantar numa embalagem de plástico e meteu-a no frigorífico. Arrumou alguns talheres limpos na gaveta e passou um pano húmido pela mesa de madeira onde haviam jantado. Foi fazendo isto tudo com gestos automáticos, pois a sua cabeça encontrava-se bem longe daquela cozinha. Normalmente, Mariana não tinha muita paciência para as tarefas domésticas, mas nessa noite até se sentiu grata por ter algo com que se manter ocupada. Era um trabalho mecânico que não exigia grande concentração e, ao mesmo tempo, permitia-lhe que pensasse noutras coisas. Caso contrário, não teria sido capaz de fazer o jantar, sentar-se à mesa com o marido e a filha e continuar com as arrumações logo a seguir. Mariana não tinha sido muito conversadora ao jantar. Alegara uma ligeira dor de cabeça para justificar o seu silêncio. Em contrapartida, Matilde não se calara por um bocadinho e Ricardo, deslumbrado como era pela filha, quis aproveitar bem o tempo da refeição para falar com ela, de modo que nem se apercebeu do alheamento de Mariana.

Terminado o trabalho na cozinha, decidiu dedicar-se à roupa. Retirou algumas peças molhadas da máquina de lavar e estendeu-as na corda que havia na varanda fechada atrás da cozinha. No dia seguinte, a empregada teria a vida facilitada.

Mariana deu consigo a chorar em silêncio. Irritada, limpou as lágrimas com a manga do velho casaco de malha que usava para trazer por casa, agitou um lençol molhado com gestos bruscos e atirou-o quase por inteiro por cima da corda. Então suspirou e começou a prender as molas como se espetasse farpas no dorso de um touro indefeso.

Tinha sido um dia longo e Mariana ainda não sabia muito bem como devia interpretar todas as emoções que experimentara. O que a perturbara mais fora descobrir que, embora as suas vidas tivessem mudado tanto, lhe bastara passar umas horas com Zé Pedro para voltar a sentir a mesma atracção inexplicável que a prendera a ele quinze anos antes, e que — era preciso não esquecer — tanto a fizera sofrer. Não imaginara que pudesse ser assim. Achara que o passado estava morto no que tocava ao amor — «Meu Deus!», gemeu, não queria nem sequer pensar nessa palavra quando se lembrasse de Zé Pedro —, mas agora que ponderava a sua conduta nos últimos dias, Mariana chegava a outra conclusão. Andara a convencer-se de que só o queria rever para matar saudades ou por uma questão de curiosidade ou outra desculpa qualquer, quando, na realidade — tinha de o admitir — o lugar de Zé Pedro no seu coração ultrapassava em muito esses motivos triviais. *Ele mexe comigo*, reflectiu, e esse pensamento definitivo assustou-a. *Não*, abanou a cabeça, *não pode ser. Já passaram quinze anos, caramba!*, obrigou-se a recordar, para se compenetrar de que o motim que lhe ia na alma não tinha razão de ser.

Foi à casa de banho passar a cara por água. Levantou a cabeça e olhou-se ao espelho. Não reconheceu a mulher segura de sempre. O marido ali ao lado, na sala, e ela com a auto-confiança desfeita em estilhaços por causa de um homem. *Que coisa absurda.* Como é que era possível? Há uma semana Zé Pedro não passava de uma recordação.

Secou o rosto com uma toalha limpa e notou nela o cheiro reconfortante do amaciador. Respirou fundo. Toda-via, quando voltou a ver-se ao espelho, percebeu que estava pálida e com os olhos humedecidos. Baixou a tampa da sani-ta e sentou-se, com a toalha abandonada nas mãos caídas sobre o regaço. Ficou assim, esquecida do tempo, ensimes-mada numa perplexidade inquietante, sem saber o que pensar da conversa que tivera com Zé Pedro. Fora apanhada de surpresa, achara que tinha tudo sob controlo, que podiam almoçar, con-versar um bocado e depois adeus, até qualquer dia. E vem ele e diz-lhe que nunca lera a sua carta? Recordou as palavras de Zé Pedro mais uma vez, porque a haviam perturbado tanto que não encontrava uma forma de passar por cima delas:

— Eu nunca te culpei de nada, Mariana, a sério. Eu seria incapaz de pensar mal de ti — disse. — Na altura pensei que tu tinhas de tomar uma decisão e... — abanou a cabeça — e tomaste mesmo. — Sorriu. — O que eu quero dizer é que perce-bi a tua decisão. E que também não queria que ficasses comigo e depois fosses infeliz. Provavelmente, não terias tido uma vida tão boa como a que tens. Assim, pelo menos, ficaste com uma boa recordação de mim, espero.

— Fiquei... — confirmou Mariana, num murmúrio, como se pensasse em voz alta, com os olhos postos no chão. — Claro que fiquei.

— Então?! — exclamou Zé Pedro, recuperando a boa disposição, com os braços abertos e um sorriso encorajador. — De que é que nos vale agora estarmos para aqui a chorar por causa do que não fizemos há quinze anos?

— Não se trata de chorar o passado — reclamou ela, inconformada com o facto de Zé Pedro ter passado quinze anos sem saber o motivo que a impedira de voltar para ele.

— Mariana, tu agora tens a tua família...

— Por que é que tu nunca casaste? — interrompeu-o.

— Porque nunca mais senti por ninguém o mesmo que senti por ti. Achei que não valia a pena. — Encolheu os ombros. — Talvez um dia... — acrescentou, com uma expressão sonhadora.

Para Mariana, aquilo foi como um murro no estômago. Na sua sinceridade, Zé Pedro dizia-lhe coisas que a faziam sentir-se culpada. Culpada por não ter tido a coragem de lhe contar a verdade no momento certo, por não lhe ter dado a oportunidade de saber o que se passava com ela.

— Mas... — perguntou a medo. — Mas... neste tempo todo, não tiveste mais ninguém?

Zé Pedro olhou para ela de esguelha e cerrou os olhos numa careta divertida que dizia tudo.

Mariana ergueu as mãos para o céu.

— Pergunta estúpida — disse, embaraçada com tanta ingenuidade.

— Mariana — brincou ele, num tom condescendente. — Eu não casei, mas também não fui para padre.

Mariana foi despertada do seu estado letárgico pela aparição de uma borboleta castanha que começou a voar contra o espelho da casa de banho, enganada, decerto, pela ilusão do reflexo. Lembrou-se de Ricardo. Levantou-se, arrumou a toalha no toalheiro ao lado do lavatório, tomou fôlego e abriu a porta.

Foi para a sala e sentou-se num dos dois sofás individuais em pele clara. Ricardo dirigiu-lhe um sorriso apercebido do sofá maior, de quatro lugares, frente à televisão, e voltou ao programa que estava a ver. Mariana colocou os óculos que usava para ler e pôs no colo a sua pasta de trabalho, de onde retirou alguns papéis que deveria ter lido no escritório. Esforçou-se por se concentrar no documento, mas, dali a pouco, surpreendeu-se a observar o marido e a reflectir na felicidade serena, sem sobressaltos, que ele lhe proporcionava. Era um bom marido, pensou, capaz de fazer qualquer coisa para a ver feliz. Não merecia que a sua mulher tivesse passado o dia com outro homem e que voltasse para casa assombrada por ele... ele *é que devia ter sido o meu marido...* Sentiu-se culpada por pensar tal coisa.

— O que foi? — perguntou Ricardo, sentindo-se observado.

— Nada. — Mariana dirigiu-lhe um sorriso frágil, baixou os olhos para o documento que tinha nas mãos e fingiu que voltava a ler. Contudo, não se conseguiu concentrar, porque, mesmo sem querer, viu-se a recapitular uma e outra vez a conversa que tivera com Zé Pedro: «Nunca te arrependeste de me ter conhecido?», perguntara-lhe Mariana.

— Nunca.

— Eu também não — confessou ela. — Zé Pedro, o que eu te dizia na carta...

— Ah, a célebre carta — interrompeu-a, bem-disposto.

— Sim, a célebre carta. Zé Pedro, a minha filha Matilde tem quinze anos.

Ele voltou a cabeça para ela, devagar, enquanto absorvia o que Mariana acabara de lhe dizer.

— Tem? — disse, estupefacto.

Ela fez que sim com a cabeça. Ele estava de boca aberta.

— Tem — confirmou. — Eu já estava grávida quando fui para Amesterdão.

— Por que é que não me disseste?

— Porque não tive coragem — confessou. — Desculpa-me... — acrescentou, num murmúrio envergonhado.

Caíram em silêncio por um instante.

— Não tiveste coragem? — repetiu Zé Pedro, perplexo. — Mas, então, por que é que me disseste, naquela noite, que vinhas a Lisboa resolver a tua vida e que depois voltavas para mim?

— Porque eu queria tanto isso, e tive tanto medo de te perder, que pensei que tudo era possível, que podia ficar contigo e com a minha filha.

— E o que é que te levou a mudar de opinião?

— Eu tinha ido para Amesterdão para pensar na minha vida, sem pressões. A minha família, quando soube que eu estava grávida.., sabes como é, partiram todos do princípio que eu me ia casar. A minha mãe começou logo a tratar dos preparativos sem me perguntar o que é que eu pensava disso. Aliás — abanou a cabeça com um sorriso triste —, ninguém me perguntou nada. E aí, ouve, eu apanhei uma fúria, comprei o bilhete de avião e fui para Amesterdão. Não era que eu não gostasse do Ricardo e não pensasse que o casamento era uma boa opção, só que aquilo irritou-me tanto que eu tive de me afastar por uns dias. Depois conheci-te... — abriu os braços, num sinal de inevitabilidade — e ainda fiquei mais baralhada.

— Ah! — interrompeu Zé Pedro. — Então, ficaste sem saber de quem é que gostavas mais?

— Não, não foi isso. Eu sabia muito bem. Era de ti que eu gostava.

— Mas?...

— Mas eu estava grávida, Zé Pedro! Não percebes? Eu queria ficar contigo, mas não podia, achei que não tinha o direito de te colocar naquela situação.

— Devias ter-me perguntado se eu estava disposto a aceitar a situação — disse Zé Pedro, pensativo. Não era uma crítica, apenas o que ele achava.

— Estavas?

Ele olhou-a nos olhos, espantado, como quem diz: *Não é óbvio?*

— Claro que estava — respondeu.

11

Zé Pedro acordou com a luz do sol a entrar-lhe pela janela, por cima da cama, no telhado inclinado do sótão que lhe servia de quarto, e ficou logo a saber que seria um dia bom.

O gato já tinha descido à cozinha em busca do seu prato de plástico com o leite da véspera e regressou ao quarto, consolado, a tempo de lhe dar os bons-dias. Saltou para cima da cama sem esforço e aterrou, suave, ao lado de Zé Pedro, quase sem fazer notar o seu peso imperceptível. Ali ficou, a olhar para ele, expectante. «Então, não te levantas?», parecia dizer. Zé Pedro abriu um olho e fez uma careta melindrada, em resposta à censura silenciosa do gato. Na noite anterior tinha estado a escrever até tarde, de modo que se sentia no direito moral de ficar mais meia hora na cama, contudo, não seria capaz de dormir com o bicho a vigiá-lo. O gato pôs-se a lamber o bigode, como se não fosse nada consigo. Começavam sempre o dia assim, a embirrar um com o outro.

Pôs os pés no chão, sentado na cama, bocejou e coçou a cabeça, com os pensamentos lentos. De manhã demorava sempre algum tempo a arrancar, como um velho computador. Levantou-se e foi para a casa de banho. O gato seguiu-o em pezinhos de lã e sentou-se na soleira da porta, observando-o a fazer a barba. Zé Pedro olhou-o de esguelha, ressentido, duas ou três vezes, enquanto passava a lâmina por água. Por fim, fechou-lhe a porta na cara para poder usar a sanita e tomar banho com alguma privacidade.

Saiu da banheira com outra disposição. Secou-se sem demora, penteou-se e vestiu, sem pensar, as mesmas calças de ganga do dia anterior. Estava a calçar uns sapatos de vela sem meias quando ouviu a campainha da porta. Agarrou à pressa uma camisola de algodão leve que lhe pareceu suficiente para a temperatura que fazia e desceu as escadas para ir ver quem era. Quando chegou à porta, o gato já lá estava. Abriu-a, ainda a vestir a camisola, e deparou, espantado, com Mariana plantada no átrio, de braços caídos e uma expressão carregada que o deixou alarmado.

— Mariana!

— Olá — resmungou ela, acabrunhada.

— Aconteceu alguma coisa?

— Posso entrar?

— Claro. — Afastou-se para lhe dar passagem. — Entra.

Mariana deu alguns passos e depois parou, desorientada, sem saber para onde se dirigir. Zé Pedro indicou-lhe o caminho para a sala.

— Como é que descobriste onde eu morava? — perguntou, curioso.

— Pelo teu número de telefone — explicou-lhe. — Liguei para as informações.

— Ah... Senta-te.

— Não, obrigada. Eu não posso demorar-me — disse, voltando-se para ele, de braços cruzados e um ar desolado. Ele notou-lhe as olheiras, que sugeriam uma noite mal dormida.

— Pareces cansada — comentou.

— Passei a noite em branco.

— Porquê? Há algum problema?

— O problema, Zé Pedro... — hesitou, tentando arrumar as ideias, à procura das palavras certas. — Zé Pedro, tu não imaginas como eu me sinto culpada pelo que te fiz — desabafou.

E então não conseguiu manter por mais tempo a máscara de firmeza que viera a ensaiar pelo caminho e cedeu ao alvoroço em que trazia a alma. Encarou-o com lágrimas nos olhos e ele percebeu, comovido, que ela estava ali para obter a sua absolvição.

— Oh, minha querida — disse, sem pensar. — Não sejas palerma.

— Mas eu — insistiu, chorosa —, eu fiz-te uma coisa horrível e nunca te pedi desculpa. Nem sequer tentei falar contigo...

Zé Pedro deu um passo em frente e tomou-a nos braços. Mariana escondeu o rosto no seu peito, agradecida.

— Mariana — consolou-a —, eu estou bem. Não, eu estou óptimo. Não tens de me pedir desculpa de nada. Só tivemos aquela conversa ontem porque tu insististe em falar do assunto. Mas, ouve — levantou-lhe o queixo com a mão para a levar a encará-lo —, eu não estou chateado com nada. Eu estou é muito contente por te ver outra vez. Só isso. *Okay?*

— *Okay* — assentiu Mariana, com uma fungadela. Forçou-se a fazer um sorriso para ele. — Sou uma idiota — disse, embaraçada. — Não tencionava vir para aqui chorar nos teus braços. Desculpa.

— Mariana — repreendeu-a, bem-disposto. — Queres parar de me pedir desculpa?

Sentaram-se no único sofá da sala. Zé Pedro explicou-lhe, antes que ela perguntasse, que o apartamento tinha pouca mobília porque ainda se estava a instalar. Sabia que as mulheres reparavam nessas coisas e preferiu dar-lhe uma satisfação para que ela não ficasse com alguma ideia errada. Só não lhe disse há quantos meses é que estava a instalar-se. Mariana aproveitou a pausa para se recompor. Procurou um *kleenex* na mala e secou os olhos. Ficou um momento distraída a dobrar meticulosamente o lencinho, pensativa. Mas logo a seguir desinteressou-se do que estava a fazer, fechou a mão, amachucando o pedaço de papel, e regressou ao assunto que a perturbava.

— Zé Pedro, nestes anos todos...

— Ela volta à carga — interrompeu-a, brincalhão, ao mesmo tempo que rolava os olhos nas órbitas.

Ela riu-se.

— Não, a sério — insistiu. — Nestes anos todos, não tiveste vontade de falar comigo?

— Todos os dias — respondeu-lhe. E já não estava a brincar.

Mariana abriu a boca, surpreendida com a resposta.

— Tu não me facilitas nada a vida — desabafou.

— Tu é que continuas a fazer-me perguntas. Eu só te digo a verdade.

— Por que é que não o fizeste?

— Tu és casada, certo?

— Certo, mas...

— Tu és casada e eu não devia incomodar-te. Se tu quisesses falar comigo, ter-me-ias procurado. Não podia ser ao contrário.

Mariana assentiu com um gesto de cabeça. Ele tinha razão.

— Tenho pena — disse.

— De quê?

— De que as coisas tenham sido assim.

Eu também, pensou ele. Contudo, não quis dizê-lo. Teve o pressentimento de que seria melhor se fosse positivo, para não a perder outra vez, porque, embora não acreditasse realmente na possibilidade de Mariana largar tudo por ele, não deixou de ter esperança num milagre. De modo que se deixou guiar pelo instinto.

Falou-lhe com complacência

— Mariana, tu és muito importante para mim — disse, ao mesmo tempo que lhe segurava a mão entre as suas. — Se não fosses tu, eu não era o que sou hoje em dia. Devo-te isso.

— Não me deves nada — protestou ela, com a voz enfraquecida pela sensação de que ele só estava a querer consolá-la.

— Não, repara, eu só recomecei a escrever, só voltei para Lisboa e abri a minha livraria por causa de ti, porque te conheci e porque tu me disseste que acreditavas em mim. Eu, para ser sincero, já não acreditava em mim. Já tinha desistido de escrever e andava completamente à toa. Provavelmente, se tu não me tivesses aparecido em Amesterdão com o meu livro na mochila, hoje em dia eu ainda lá estava a servir à mesa, no mesmo café. É por isso que eu te devo tanto.

Mariana baixou os olhos. Tinha a mão aberta, no colo, entre as dele. Zé Pedro acariciava-a. As suas mãos quentes, compridas e protectoras transmitiram-lhe um calor que a perturbou, mas de uma forma agradável. Inquietou-se, não só por se sentir assim, mas também por compreender que lhe faltava a força anímica para retirar a mão e se afastar dele. Queria-o tanto, e as suas defesas desmoronavam-se sem que pudesse fazer nada para contrariar esse sentimento mais forte do que qualquer outro que a razão lhe ditasse. Os olhos deles fixaram-se e Mariana teve a certeza de que Zé Pedro sabia que ela já só desejava que a beijasse, e que mal podia esperar para sentir os seus lábios unidos aos dela.

E de facto, Zé Pedro conseguiu ler-lhe os pensamentos ou, pelo menos, adivinhar-lhe as intenções através da linguagem corporal, o que foi dar ao mesmo, pois Mariana não se conteve e ele percebeu que ela estava por um fio. Contudo, os quinze anos de espera a fantasiar aquele amor impossível pesaram-lhe tanto que Zé Pedro não teve a mesma inspiração que costumava ter com as outras mulheres. Sabia-se dono de um sorriso infalível e usava-o sem escrúpulos para ganhar vantagem nas abordagens de amor.

Desta vez, porém, deixou-se de expedientes porque lhe faltou a determinação. E até se surpreendeu sem voz quando, na emoção de sentir a suavidade das mãos de Mariana, quis dizer-lhe que a amava, mas as palavras ficaram-lhe presas num aperto na garganta que o obrigou a engolir em seco.

Só que nessa altura já se tinham hipnotizado mutuamente. Os olhos de Mariana eram como ímans para os de Zé Pedro e o mesmo acontecia com os dele. Atraíram-se com um arrebatamento de paixão, e depois de começarem a beijar-se já não conseguiram parar. Os arrependimentos, se os houvesse, ficariam para mais tarde. Zé Pedro segurou-lhe carinhosamente a cara entre as mãos, colou os lábios aos de Mariana e, quando a sua língua penetrou na boca quente e molhada dela, descobriu com espanto que o seu gosto era exactamente como ele recordara nos sonhos românticos que lhe tinham alimentado a alma durante anos.

Zé Pedro ajudou-a a desabotoar a camisa leve de seda e o sutiã da cor da pele. Mariana deixou-se cair de costas no sofá enquanto ele lhe beijava os seios, demorando-se na deliciosa tarefa de lhe sentir a textura suave da pele e de lhe descobrir os contornos do corpo. Desembaraçaram-se do resto da roupa com um desejo urgente de serem um do outro, esquecendo-se do resto do mundo, felizes por consumarem um amor que os sufocava há quinze anos. Depois, pensou Mariana, não poderiam ficar juntos, mas agora não havia nada que a impedisse de ser dele, e ele dela, nem que fosse apenas por uma hora. Abraçou-o com força e passou-lhe as pernas em redor da cintura, cingindo-se a Zé Pedro tanto quanto possível, desesperada por sentir o seu corpo todo contra o dela, como se tivesse medo de estar a viver uma ilusão e de que ele não fosse mesmo real. Em troca, Zé Pedro segredou-lhe que a queria e isso fê-la sentir-se segura e, por momentos, acreditar que era possível voltarem atrás no tempo e recomeçarem a viver a partir do ponto onde tinham ficado naquela noite em Amesterdão, em que ela lhe prometera voltar para ele.

Deixaram-se estar inertes por alguns momentos, cansados mas satisfeitos, ele ainda por cima dela, como que acordando devagar de um sonho maravilhoso. Separaram-se em silêncio e ficaram sentados no sofá. Mariana viu a confusão toda da roupa misturada no tapete, e depois olhou para Zé Pedro e trocou com ele um sorriso embaraçado. Ela estava a pensar na asneira que acabara de fazer, ele em como Mariana lhe parecia encantadora, assim, corada e suada, com a pele a brilhar do calor do sexo consumado e o cabelo desalinhado.

— Tenho de me ir embora — disse ela em voz baixa. Começou a apanhar a roupa do chão e a vestir-se depressa. Agora que caíra em si, só queria sair dali o mais rapidamente possível, receosa do que pudesse vir a seguir. Pensou que tudo o que dissessem ou fizessem depois daquilo só iria complicar ainda mais a situação.

Zé Pedro enfiou as calças e a camisola num instante e ficou a vê-la a acabar de se vestir. Mariana continuou em silêncio enquanto abotoava a camisa e calçava os sapatos ao mesmo tempo.

— Zé Pedro — disse, virando-se para ele ao sentir-se observada —, eu não queria que isto acontecesse. Eu... — Baixou os olhos para os dedos trémulos que enfiavam o botão na última casa e depois voltou a olhar para ele. — Isto foi uma grande asneira — suspirou. — Vamos fazer de conta que não aconteceu nada. — Ofereceu-lhe uma expressão desolada.

Como se isso fosse possível, pensou Zé Pedro, incrédulo. Mas abanou a cabeça a dizer que sim, que compreendia, sem dizer uma palavra.

— Tenho mesmo de ir. — A voz de Mariana era um sussurro comprometido. Apanhou a carteira do chão e dirigiu-se para a porta. Passou pelo gato sem dar por ele e foi-se embora.

Zé Pedro recostou-se no sofá, pensativo, com os olhos postos na porta, muito tempo depois de ela ter saído. Ficou ali, perplexo, a recapitular o que acabara de acontecer, a tentar perceber. *Ela entra aqui como um furacão, faz amor comigo e desaparece a correr.* Abanou a cabeça, desconcertado.

O gato observou-o, curioso.

— Para onde é que estás a olhar? — rosnou, irritado.

12

Se Mariana teve a ilusão de pensar que fazer amor com Zé Pedro só por uma vez seria a melhor forma, ou a única, de encerrar um ciclo da sua vida que ficara mal resolvido, enganou-se. E ela pensou isso mesmo, não de um modo frio, planeado, como se o quisesse usar para aplacar as suas angústias pessoais, mas sob a forma de uma subtil percepção que, em última análise, não chegava sequer a ser um pensamento que ela tivesse levado a sério. Fora apenas uma ideia tola que lhe passara pela cabeça e que ela afastara do espírito porque, na altura, não queria admitir a hipótese de se envolver numa relação amorosa com Zé Pedro. Só que isso acontecera e agora Mariana estava a descobrir, da pior maneira, que as coisas não funcionavam assim. Bem, o que se passara em casa dele não fora exactamente uma relação amorosa. *Não*, pensou, *eu não estou apaixonada por ele. Foi apenas sexo.*

Saiu de casa de Zé Pedro com o coração a bater, furioso, e as pernas a tremerem, em parte de excitação, em parte por se sentir culpada. Acabara de trair o marido, era a primeira vez que o fazia e não conseguia deixar de admitir que adorara todos os momentos com Zé Pedro. Ele fizera-a feliz, mas ela sentia-se miserável. E era tão confusa esta mistura de sentimentos que Mariana teve de parar logo que virou a primeira esquina, depois de ter descido a rua quase a correr.

Apoiou uma mão na parede, baixou a cabeça porque lhe pareceu que o sangue não lhe chegava ao cérebro e respirou fundo várias vezes, como uma grávida em trabalho de parto. Fechou os olhos e acalmou-se com o parco consolo de que não era a primeira mulher que enganava o marido. Também, quis convencer-se, não era o fim do mundo, desde que soubesse guardar segredo e não repetisse semelhante estupidez. E, no entanto, havia uma parte dela que não iria permitir que se descartasse com panaceias psicológicas do sentimento de culpa que a roía. *Onde é que eu estava com a cabeça para fazer uma coisa destas?,* interrogou-se, mas logo se tornou evidente que não tinha uma resposta na ponta da língua.

Endireitou os ombros, tentando recuperar alguma dignidade, exasperada consigo própria. Estava perturbada e isso não ia lá muito bem com o seu estilo habitual, pouco dado a emoções exageradas. Mariana gostava de pensar em si como uma mulher pragmática que não se intimidava perante as contrariedades da vida. Desprezava as mulheres fúteis e mimadas que saltavam de amante em amante ao sabor de caprichos de telenovela, e não tencionava tornar-se uma delas. Era uma pessoa dinâmica e responsável, e não havia espaço na sua vida, nem disponibilidade mental, para este género de situações. Além de que não queria magoar Ricardo. Ora aí estava, pensou, metera-se numa alhada, e agora só tinha de aprender com o erro e seguir em frente.

Sentiu-se observada. Ergueu a cabeça e surpreendeu uma mulher já idosa, de rosto simpático e cabelos brancos a olhar para ela com uma curiosidade expectante. A senhora, vestida de um luto antigo, apoiava os cotovelos numa almofada pousada em cima da porta de sua casa. Era uma daquelas portas de madeira com uma janela em cima que se abria, dividindo-a em duas. A almofada já tinha a forma do parapeito, de modo que era justo concluir que a dona da casa tinha o hábito de vigiar o movimento na rua.

— Acabei de enganar o meu marido — elucidou-a Mariana, sem pensar. Encolheu os ombros, resignada, e fez uma expressão que queria dizer tudo.

A senhora fechou e abriu os olhos com lentidão e sabedoria.

— Pois — replicou —, agora já não há muito a fazer, pois não, minha querida?

— Acho que não — admitiu Mariana, abanando a cabeça, desanimada.

— Também — disse a senhora, com uma voz doce e compreensiva — não é o fim do mundo, menina.

— Tem graça — confessou Mariana, espantada com a coincidência. — Estava a pensar isso mesmo.

— Quer um copinho de água, minha filha? — ofereceu-lhe a senhora.

— Adorava — aceitou, agradecida. — Se não for muita maçada.

Só foi trabalhar depois de serenar. Não queria irromper pelo escritório desamparada como uma barata tonta. Perdera tanto tempo a confessar-se à viúva de voz doce que ia sendo apanhada por Zé Pedro ao virar da esquina, quando este saiu de casa, meia hora depois dela, e desceu a rua para se dirigir à livraria. Mariana caiu na armadilha do copo de água e, quando deu por si, já despejara toda a sua inquietação, para gáudio da velha caçadora de mexericos. Mariana observou a viúva. Parecia inofensiva. *Mas o que é que eu faço aqui a contar os meus segredos a uma desconhecida? Que parvoíce*, caiu em si. Deitou um olhar fingido ao relógio, desculpou-se, que estava com pressa, obrigada pela água, boa tarde e foi-se embora.

Dez minutos mais tarde, ao passar naquele local, sem reconhecer ninguém, Zé Pedro foi logo identificado por todas as viúvas que se apoiavam nos parapeitos das janelas como um bando de corvos indolentes na sombra das ruas estreitas. Apontaram-no umas às outras com acenos de cabeça silenciosos. Era o tal escritor que morava ali em cima e por quem batia o coração da doutora de há pouco. De modo que a partir desse dia Zé Pedro deixou de ser apenas mais um daqueles rapazes bizarros que nos últimos anos tinham começado a invadir o Bairro Alto, para se tornar no escritor da doutora. Sem ele saber, passou a ser referenciado pelas viúvas bondosas, que lhe seguiam os passos e lhe reservavam um tímido mas evidente cumprimento de reconhecimento sempre que ele passava diante das suas janelas ecuménicas.

Mariana fechou-se no seu gabinete e nem saiu para almoçar. Permitiu que Lurdes lhe trouxesse da rua qualquer coisa para comer e escudou-se atrás do computador, enquanto juntava de cabeça todos os pedacinhos de memória, num exercício notável para recordar tudo o que fizera de manhã, desde o instante em que tocara à campainha de Zé Pedro até ao momento em que se vira na rua a confessar-se à velha de falinhas mansas e falsa sabedoria secular.

De certo modo, Mariana estava assustada com o rumo dos acontecimentos, mas havia nela indícios da felicidade de um amor recente, como aquelas paixões de adolescente que, como bem se recordava, faziam uma rapariga tremer de excitação só de pensar no rapaz. Quer quisesse quer não, Mariana sentia o que sentia e era por isso que continuava a recordar os momentos em casa de Zé Pedro com um deleite exasperante. Queria analisar o assunto com objectividade, mas via-se traída pelo coração, reconhecido pela concretização daquele amor que nunca fora capaz de esquecer.

Lurdes voltou da hora de almoço com um saquinho de plástico na mão, e não precisou nem de cinco segundos para detectar o desassossego que Mariana tentava disfarçar sem muito sucesso.

— Há algum problema? — perguntou-lhe, mais desconfiada do que preocupada.

Mariana abanou a cabeça com naturalidade exagerada.

— Não disse. — Nenhum problema. — E quase enfiou a cabeça no saco para esconder o rubor que a assaltou. — Então, o que é que temos aqui?

— Nada de importante, só uma tosta mista — informou-a Lurdes, com uma certa impertinência no tom de voz e a olhá-la de lado, como se dissesse *eu sei que me estás a esconder alguma coisa.* O facto de imaginar a patroa metida em sarilhos deu-lhe uma sensação de impunidade a que não conseguiu resistir.

— Ah, que bom — disse Mariana, fazendo-se desperce- bida. — Estou a morrer de fome.

Pois, está bem, pensou a secretária, *estás mesmo interes- sada na tosta mista.* E mais tarde, depois de Mariana sair, foi inspeccionar o gabinete dela e descobriu que a tosta mista tinha ido direitinha para o cesto dos papéis, intacta. *Para quem esta- va a morrer de fome...*

Foi um serão igual aos outros, apesar de tudo. Mariana espantou-se ao descobrir que podia passar impune por cima de uma traição. Era estranho, e ao mesmo tempo excitante. *Um dos dias mais agitados da minha vida e ninguém dava por nada.* Ou era uma excelente actriz ou não havia, simplesmente, forma das outras pessoas saberem.

Jantaram na cozinha, como sempre. Mariana preocu- pou-se em participar na conversa para não parecer demasiado reservada, embora fosse uma cautela inútil, na medida em que Ricardo e Matilde não tinham qualquer razão para descon- fiar dela e, evidentemente, não lhe liam os pensamentos. *Que estupidez,* pensou, *não tenho escrito na testa que hoje enganei o meu marido.*

Mas, vendo bem, que ingenuidade recear que Ricardo pudesse desconfiar. Não, ele confiava na sua mulher e não vinha à noite para casa vigiá-la à procura de indícios de traição. Esta evidência pesou-lhe na consciência. Mas o pior foi quando se foram deitar e Ricardo se aproximou dela com carinhos de amante. Mariana não queria fazer amor com ele naquela noite, mas não descobriu um pretexto razoável para lhe negar o que lhe era devido por direito próprio. Claro, podia inventar uma desculpa para o evitar, mas isso só a faria sentir-se mais culpada e, além do mais, não queria que Ricardo lhe notasse um comportamento diferente do habitual. De modo que se entregou nos braços do marido com a mesma paixão de sempre, ainda que desta vez se tenha visto obrigada a fingir uma excitação que não sentia. Ricardo afundou-se nela. Mariana sentiu-o penetrá-la e agarrou--se a ele para que fosse mais fundo, tão fundo que a impedisse de continuar a pensar em Zé Pedro enquanto ele a beijava e lhe dizia ao ouvido que a amava.

Depois, quando acabaram, Mariana virou-se de costas para Ricardo e, antes de adormecer, decidiu que não voltaria a ver Zé Pedro nunca mais. *Não é justo para o Ricardo,* pensou.

13

Às vezes Zé Pedro pensava que era um milagre a sua livraria ainda continuar aberta. Ali estava ele, aborrecido, a dormitar em cima do balcão, sem clientes à vista. De facto, a livraria estava longe de ser um negócio florescente, mas a verdade é que chegava sempre ao fim do dia com alguns livros vendidos. Havia os clientes habituais, que apareciam com uma regularidade providencial e levavam todas as novidades; havia os compradores compulsivos, que não eram capazes de passar em frente à montra sem entrarem e adquirirem um ou dois livros; e havia os clientes acidentais, que vinham à procura de determinado título ou de qualquer coisa para oferecer. Ocasionalmente, era publicado um daqueles livros que atraíam legiões de fanáticos e nessas alturas Zé Pedro ficava com a sua quota-parte da corrida às livrarias.

Era sexta-feira e Rosa tivera de faltar para ir fazer umas análises. Zé Pedro fora mais cedo para abrir a porta. A manhã arrastava-se numa modorra exasperante. Não fosse a paciência olímpica de Zé Pedro e ele já teria saído porta fora para ir comprar o jornal, beber um café ou fazer outra coisa qualquer. Mas Zé Pedro não se incomodava muito com a solidão e, como não ligava ao dinheiro, também não se preocupava demasiado com a falta de clientes. Sabia que, até ao fim do mês, venderia livros suficientes para sobreviver.

O calor tomara de assalto a cidade. A temperatura tinha registado uma subida vertiginosa de um dia para o outro, levando as pessoas a deixar os casacos em casa e a procurar ambientes frescos. A rádio falava numa vaga de calor e dizia que os termómetros poderiam chegar perto dos quarenta graus nessa semana, antes de voltarem a baixar para os valores normais da época. A livraria tinha uma ventoinha de tecto que Zé Pedro resgatara do espólio de um solar antigo, levado a leilão. Não era o mesmo que um aparelho de ar condicionado, mas o efeito das pás a girar constituía, ainda assim, uma agradável surpresa.

Espreitando através da montra, Zé Pedro teve a sensação de que a rua derretia com o calor abrasador do meio-dia. As pedras claras da calçada reflectiam o sol inclemente e os transeuntes moviam-se mais devagar do que era costume. Na esplanada em frente os empregados serviam bebidas frescas a estrangeiros espapaçados que abanavam os mapas da cidade como leques, numa tentativa desesperada de iludir o calor. Usavam calções e camisas do tipo colonial, como se fossem para o deserto. As suas pernas leitosas começavam a tornar-se rosadas. Zé Pedro riu-se sozinho, a pensar que chegariam ao fim do dia como lagostas.

Voltou para trás do balcão, agradecido pelo ambiente razoavelmente ameno da livraria. Agarrou num exemplar das *Noites Brancas,* de Dostoiévski, e constatou, admirado, que nem os monstros sagrados da literatura escapavam ao curioso hábito de iniciar um romance a escrever sobre o clima. Porque seria?

A porta da rua abriu-se. Zé Pedro levantou os olhos do livro e Mariana surgiu-lhe como uma revelação bíblica, escondida pelo contraste da luz de fora que o encandeou, deixando ver apenas um vulto. Mariana entrou, e com ela um bafo quente vindo do exterior.

— Mariana! — exclamou, agradavelmente surpreendido.

Ela aproximou-se e Zé Pedro esticou-se por cima do balcão para lhe dar um beijo.

— Olá — saudou-o. Parecia comprometida.

— Não sabia que vinhas cá.

— Não fazia tenções de vir — confessou —, mas depois de ter saído de tua casa daquela forma... apressada — fez uma careta, embaraçada —, achei que no mínimo te devia uma explicação.

— Ah, pois...

— Estás sozinho?

— Estou. A Rosa teve de ir fazer umas análises.

Mariana soltou um suspiro profundo ao mesmo tempo que depositava a mala em cima do balcão.

— Que calor, meu Deus — comentou.

— Está muito mau lá fora?

Zé Pedro apoiou um cotovelo negligente em cima do balcão e, com a mão livre, pôs-se a folhear as *Noites Brancas*.

— Tem graça — disse —, já reparaste que há tantos romances que começam com uma descrição sobre o tempo?

— É? Nunca tinha reparado — retorquiu Mariana, reconhecendo a sua vocação natural para desanuviar o ambiente desviando as conversas para assuntos sem importância. Percebeu a intenção dele e sentiu-se agradecida por isso.

— Pois é. Estava aqui a ler este livro do Dostoiévski e não falha. «*Era uma noite divina*» — leu — «*uma noite que só pode haver, querido leitor, quando somos jovens! O céu estava estrelado, tão límpido que, olhando para ele, nos podia escapar a pergunta: será possível viver sob este céu gente zangada e injusta?*»

— É bonito.

— É brilhante.

Mariana acenou devagar, fazendo que sim com a cabeça, a pensar no que a trazia ali.

— Zé Pedro...

Ele fechou o livro e olhou-a nos olhos.

— Sim?

— Aquilo de ontem?

— Sim?

— Foi... foi muito bom.

— Mas...

Mariana fechou os olhos por um segundo, como se lhe fosse difícil dizer o que queria dizer. Ou melhor, como se lhe fosse penoso reconhecer a realidade que lhe condicionava a vontade.

— Mas, eu sou casada.

Zé Pedro retirou o cotovelo do balcão, enfiou as mãos nos bolsos e pôs-se a olhar para os sapatos, em silêncio, pensativo. A frase de Mariana soou como uma sentença sem apelo, mas a verdade é que ela continuava a ir ter com ele. E isso dava-lhe a certeza de que Mariana não queria, de facto, abrir mão dele. Deu a volta ao balcão e foi ao encontro dela.

— Mariana — disse, segurando-a com gentileza pelos braços. — A questão é: por que é que foste a minha casa?

— Eu sei... não devia ter ido.

— Mas foste.

— Zé Pedro... — começou a responder, mas a voz falhou--lhe. As mãos dele deslizaram-lhe pelos braços até se encontrarem com as mãos dela. Mariana sentiu o coração começar a bater fortemente e os joelhos a fraquejarem.

Zé Pedro olhou-a de alto a baixo num segundo. Trazia sandálias, saia de algodão branca pelos joelhos, uma camisola verde-escura justa, que lhe realçava a forma dos seios, e estava linda. Puxou gentilmente as mãos dela para trás das suas costas, levando-a a abraçá-lo. Continuaram de mãos dadas, mas colados um ao outro.

— Zé Pedro... — pediu ela, sem convicção. — Não faças isso.

Ele encostou os lábios aos dela e beijou-a ao de leve.
Mariana não reagiu. Beijou-a outra vez e Mariana continuou
sem mover os lábios, numa resistência impávida aos avanços
despudorados dele. Então Zé Pedro soltou-lhe as mãos, segurou-lhe o rosto e passou-lhe a língua pelos lábios, molhou-lhe a
boca e voltou a beijá-la com tanto fervor que Mariana perdeu
o domínio sobre a vontade e abriu a boca para receber a língua
dele, enquanto prendia os braços à volta da cintura de Zé Pedro
e se cingia a ele com uma paixão extasiada.

Nesse momento a porta da rua abriu-se para dar entrada
a um cliente, um homem desmazelado na sua idade avançada,
que trazia um sobretudo despropositado naquele dia insuportável e uma barba de anos amarelecida pelo tabaco.

Interrompidos pela sineta da porta, Zé Pedro e Mariana
viraram-se ainda abraçados e pasmaram com o velho mal enca-
rado a olhar para eles.

— Preciso de um livro — rosnou o velho.

— Estamos fechados — improvisou Zé Pedro, para se ver
livre dele.

— Estão fechados, uma porra — retorquiu o homem, irritado com a rejeição. — Eu preciso de um livro e só saio quando
o tiver.

Zé Pedro abanou a cabeça, enchendo-se de benevolência
apesar de tudo, foi abrir-lhe a porta e convidou-o a sair com
bons modos.

— O senhor vai-me desculpar — disse-lhe —, mas depois
dessa atitude, eu não o atendia nem que quisesse comprar a
livraria toda.

O homem abriu muito os olhos, furioso.

— *'Tou-me a* cagar pra isso! — gritou com Zé Pedro, ati-
rando-lhe à cara uma chuva de perdigotos envoltos num bafo
de álcool que explicava tudo.

— Pois, pois... — Zé Pedro, que era alto e forte, agarrou no bêbado atónito pelo casaco, levantou-o como se fosse de papel e depositou-o do lado de fora da porta sem dificuldade nenhuma. Deixou-o na rua a espumar de raiva num alarido ébrio e trancou a porta. Divertido, Zé Pedro virou-se para Mariana e desataram os dois a rir-se do absurdo.

— Vem comigo — disse-lhe, quando as gargalhadas se extinguiram. Agarrou-a pela mão e conduziu-a para o cubículo quente e abafado que lhe servia de escritório. — Pelo menos, aqui, podemos ficar sozinhos.

Voltaram a beijar-se, mas agora sem constrangimentos. Zé Pedro afastou a cadeira e empurrou o computador. Mariana sentou-se à beira da secretária e agarrou-se a ele como pôde, passando as pernas em redor das suas ancas e inclinando a cabeça para trás enquanto Zé Pedro lhe beijava o pescoço e deslizava as mãos ao longo das suas pernas por baixo da saia. Enlouquecidos pela paixão, pelo desejo e pelo calor, descobriram-se a fazer amor de qualquer maneira e com um arrebatamento de prazer que mais uma vez os levou a perderem-se nos braços um do outro. Uniram-se com uma sofreguidão de condenados e cobriram-se de beijos com uma fome de amor de que, agora sabiam, padeciam quando não estavam juntos.

Quando acabaram, precisaram ainda de muito tempo para se separarem, porque, depois do êxtase, ficava-lhes a sensação amarga de que aqueles momentos mágicos não faziam parte da realidade, mas eram apenas um intervalo de fantasia nas suas vidas de verdade. Por isso ficaram ali agarrados, apesar de empapados em suor e prestes a desmaiar de calor, preferindo imaginar que era de amor que desfaleciam.

— É espantoso — comentou Mariana — eu nunca ter entrado na tua livraria durante estes anos todos.

— Por que é que é assim tão espantoso?

— Porque eu farto-me de vir à Baixa e de passear por esta rua. Já devo ter passado aqui à frente milhares de vezes.

— Costumas frequentar livrarias?

— Por acaso, até costumo. Compro muitos livros, de Direito sobretudo, é verdade, mas li os teus livros todos.

— Leste?

— Hum-hum.

Estavam de novo encostados ao balcão, às voltas com uma conversa inconsequente para não terem de ir directos ao problema que ainda não estavam preparados para enfrentar. Zé Pedro era livre e descomprometido, de modo que, dizia--lhe o bom senso, não lhe cabia a si decidir o futuro deles. Por sua vontade, desfazia-se o casamento de Mariana e ela ia viver com ele. Mas sabia que uma decisão dessas teria graves consequências. Mariana não podia chegar um daqueles dias a casa e anunciar que se ia embora de vez. A filha não compreenderia e o marido ficaria desfeito. Portanto, pensava Zé Pedro, não valia a pena pressionar Mariana para que se precipitasse numa decisão egoísta que, ao invés de lhe fazer a justiça de recuperar o homem que amava em sonhos há quinze anos, talvez acabasse por a tornar irremediavelmente infeliz e incapaz de viver em paz com a sua consciência.

Mariana sentia-se chegada a um beco sem saída, dividida entre a família que amava e o, apelo cada vez mais irresistível daquele homem que a fascinara desde o primeiro momento. Em todo o caso, não iria dar um passo em falso, porque, naquele instante, não tinha certezas de nada a não ser de que era responsável pelo bem-estar da sua filha e de que não tinha o direito de arruinar a vida do marido por causa de um capricho do destino.

Por isso, foi-se embora mais uma vez com a íntima determinação de que não voltaria a ver Zé Pedro, mas sem ânimo suficiente para o desencorajar com uma despedida definitiva.

— Tenho de ir — comunicou-lhe.

Ele assentiu com um silêncio cúmplice e beijou-a nos lábios com amor. Mas Mariana não correspondeu àquele beijo com a mesma vontade febril com que se lhe entregara momentos antes no calor desinibido do gabinete, e ele fingiu não reparar no embaraço dela. O melhor que Mariana conseguiu foi oferecer-lhe um sorriso triste, antes de agarrar na carteira e partir sem dizer mais nada.

14

Ricardo tinha-se na conta de um homem ponderado, com a vida sob controlo. Porém, nos seus devaneios pelos piores dos seus medos, ia sempre ao encontro de uma situação que o deixava sem resposta: se um dia a sua família se desfizesse por algum motivo que estivesse para além da sua capacidade para o evitar, o que é que faria? Ricardo vivia para a mulher e a filha. Não havia neste mundo mais nada que lhe interessasse. Não era um homem de fé, não tinha um desporto favorito, não apreciava em especial a música, a literatura ou o cinema. Dedicava-se ao trabalho com uma devoção quase religiosa, mas apenas porque vivia obcecado com a preocupação de acautelar o futuro de Matilde e de Mariana. Acumulava dinheiro com o exclusivo propósito de garantir a segurança familiar e não por gostar particularmente de ser rico. Aliás, Ricardo nunca pensava em si como sendo um homem rico. Podiam passar-se meses sem que comprasse uma camisa ou um par de sapatos, e no entanto era dono de uma conta bancária que lhe permitiria comprar automóveis de luxo e barcos e tudo o mais que bem entendesse. Era um homem de gostos simples, preocupado com o bem-estar familiar e empenhado na empresa ao ponto de a dirigir com uma tenacidade de ferro. Procurava ser justo com os seus empregados, dando-lhes salários dignos e um bom seguro de saúde. Em contrapartida, era de uma exigência inflexível e não tolerava falhas.

Embora Ricardo não duvidasse do amor de Mariana, sabia que a amava mais do que ela a ele. E aceitava as coisas tal como elas eram.

Apaixonara-se por Mariana assim que a conhecera, no escritório dela. Ficara fascinado desde o primeiro momento e sentira-se o homem mais feliz do mundo quando Mariana cedeu aos seus avanços. Mais tarde ela não aceitara bem o facto de ter ficado grávida e mostrara-se relutante em casar. Ricardo não se esquecia de que Mariana tinha viajado para Amesterdão a poucos dias da cerimónia, assim como não lhe passara despercebido o facto de, no regresso, ela ter vindo ainda mais triste do que estava ao partir. Mas Mariana acabara por casar, e Ricardo pensava que ela se tinha conformado com a situação e que hoje em dia era feliz. Nunca lhe fizera perguntas sobre Amesterdão e ela também não revelara qualquer interesse em falar do assunto. Provavelmente, pensava, porque não havia nada para contar.

— Esta manhã — comentou Ricardo — liguei para o teu escritório e a tua secretária não sabia de ti.

— Tive de sair — respondeu Mariana. Estavam na cozinha, ele sentado à mesa ainda a beber o café, ela às voltas com a loiça do jantar. A pergunta surgiu com naturalidade, sem qualquer vestígio de suspeita, mas fez soar uma campainha de alarme na cabeça de Mariana.

— Onde é que foste?

— Fui visitar um cliente — disse ela, a rever de cabeça a sua carteira de clientes num esforço para se antecipar às perguntas dele.

Mas Ricardo não foi mais longe. Desinteressou-se do assunto e começou a falar dos seus problemas na empresa.

Este foi o primeiro percalço que levou Ricardo a pensar que havia algo de errado com Mariana. Tratou-se de uma coisa de nada, um pressentimento, mas deixou-o de pé atrás. Ele sabia que Mariana não tinha o hábito de visitar clientes e que marcava todas as reuniões para o escritório. E, mesmo que ela estivesse a dizer a verdade, Ricardo não encontrava explicação para o facto de Lurdes não lhe ter falado da reunião. Era a secretária de Mariana que lhe organizava a agenda e Ricardo conhecia-a há tantos anos que não lhe parecia plausível que a mulher lhe escondesse algo tão inocente como uma reunião de trabalho fora do escritório. Por que haveria de fazer isso?

Apesar de incomodado, Ricardo preferiu não aprofundar o assunto. Fingiu-se desinteressado. Mariana não costumava mentir-lhe e não achou correcto fazer-lhe um interrogatório. Não quis dar-lhe a ideia de que desconfiava dela nem fazer uma cena de ciúmes. Um casamento dependia da confiança mútua e desencadear discussões com base em inseguranças pouco justificadas não seria, definitivamente, a melhor forma de manter uma relação saudável. A verdade é que Mariana podia ter tido mesmo uma reunião fora, qualquer coisa de última hora, uma emergência, algo que não estivesse agendado e de que a secretária não tivesse sido avisada.

Mesmo assim... mesmo assim Ricardo não conseguiu deixar de pensar que havia qualquer coisa que não batia certo e dispôs-se a vigiar Mariana nos dias seguintes. Instintivamente, quis tê-la por perto para poder estar atento ao seu estado de espírito, aos seus comentários, às suas reacções. Observá-la-ia para ver se lhe detectava alguma mudança de personalidade ou se, simplesmente, estava a imaginar coisas.

15

Passou-se quase uma semana sem que Mariana visse Zé
Pedro ou falasse com ele ao telefone. A breve conversa com
Ricardo na cozinha havia-a deixado agoniada, à beira do pânico, e só com muito esforço é que foi capaz de se dominar para
não perder a compostura diante do marido. Assim que acabou
de arrumar a cozinha, desculpou-se dizendo que se sentia cansada e que só lhe apetecia tomar um banho e ir para a cama.

Despiu-se e deitou as calças, a camisa e o resto para o
cesto da roupa suja. Tinha sido um dia quente e Mariana sentia-se *colada* da transpiração. Só não sabia se continuava a suar
devido ao calor ou por causa do susto. Enfiou-se debaixo de um
duche de água fria e tomou um banho demorado. Fechou os
olhos e ergueu a cara para apanhar com a água no rosto. Deixou-se ficar assim, a refrescar-se, enquanto tentava compreender aquilo que acabara de lhe acontecer.

Sentiu-se admirada consigo própria, sem saber como
interpretar o medo que a assaltara no instante em que Ricardo
a confrontara com a sua ausência do escritório. Nesse momento
acreditara que ele descobrira a verdade e só lhe viera à cabeça o
pensamento de que tinha tanto a perder se o seu casamento acabasse ali. Com o coração a bater outra vez a um ritmo normal e
a serenidade recuperada, Mariana percebeu que, se alguma vez
se decidisse a dar o passo desconhecido para o divórcio, poderia contar com uma época bem dolorosa pela frente.

Nos últimos dias chegara a fantasiar a possibilidade de ser Ricardo a querer separar-se dela. Imaginara como seria se o marido a surpreendesse com essa decisão súbita, e na altura pensara que, pelo menos, ficaria livre para um romance com Zé Pedro sem ter de arcar sozinha com o peso de ser a única responsável pelo fracasso do casamento. Porém, agora começava a perceber que uma eventual separação seria sempre um processo traumático, quer fosse ele ou ela a provocá-lo.

Não sabia se era amor o que sentia por Ricardo, sabia é que, ao fim de tantos anos a construírem uma vida comum, a perspectiva de atirar tudo pela janela deixava-a assustada. Sair daquela casa, ir viver para um novo apartamento — mesmo que acompanhada da filha —, romper com as rotinas a que se habituara e que, de certa forma, lhe transmitiam uma reconfortante sensação de segurança, desistir enfim de uma vida bem ancorada em pessoas e numa série de garantias reais que Ricardo lhe oferecia, seria para Mariana como se, de repente, fosse viver para um país diferente e se visse sem o apoio de ninguém.

Mariana era uma advogada bem-sucedida e ganhava mais do que o suficiente para se sustentar sem ajuda. Não teria uma vida tão desafogada como aquela que tinha na actualidade, sem dúvida, mas o dinheiro era a menor das suas preocupações. O que a preocupava, o que a assustava mesmo, era a sensação de abandono que sentia só de pensar no divórcio. Sabia que seria duramente criticada pelos amigos comuns e que a maioria deles não hesitaria em tomar o partido de Ricardo. Talvez até deixassem de lhe falar. E tinha a certeza de que também não seria poupada pela sua própria família, em especial pela mãe, desde o início tão determinada em ter Ricardo como genro. A mãe dela era uma aliada incondicional de Ricardo. Por vezes, chegava ao ponto de ficar do lado dele em contendas familiares, o que, para ser franca, Mariana achava um pouco excessivo, mesmo não se tratando de situações graves.

Mas a sua maior preocupação era, evidentemente, a filha. Matilde irrompera como um furacão pelos seus quinze anos e não passava um dia em que não fizesse questão de desafiar a autoridade dos pais para se afirmar. Não era uma miúda problemática, estava apenas numa idade complicada. Mariana tinha consciência de como a filha era apegada ao pai e de como lhe seria difícil aceitar que a mãe o abandonasse para se juntar a um tipo de quem ela nunca ouvira falar.

O susto que apanhou, o medo de perder a família e os amigos, a dor que infligiria ao marido e à filha, as consequências sociais, a rejeição de todos os que lhe eram próximos, a instabilidade psicológica, tudo isto junto, deixou Mariana presa num labirinto de emoções que, quanto mais não fosse, a manteve bem afastada da livraria de Zé Pedro nos dias seguintes.

Se uma simples pergunta de Ricardo desencadeava todas estas dúvidas na cabeça de Mariana, pensou ela, como seria se algo de concreto acontecesse?, quer dizer, se o marido descobrisse o envolvimento dela com Zé Pedro? Agora ainda estava a tempo de parar, podia regressar à sua rotina de sempre e fingir que nunca se passara nada, se seguisse em frente, seria provável que chegasse a um ponto em que lhe seria impossível recuar.

Sem que Mariana percebesse a intenção do marido, porque ele não fez nada que a levasse a desconfiar, Ricardo passou a semana a controlar-lhe os movimentos. Ligava-lhe uma vez por dia, a horas aleatórias, com telefonemas alegres a pretexto de uma coisa qualquer, e chegava a casa mais cedo do que ela para a receber com uma boa disposição inabalável. Quis fazer amor todas as noites — e isso sim, ela achou um pouco estranho por fugir à rotina do casamento, embora não lhe ocorresse que ele a quisesse tanto por sentir que ela lhe fugia — e chegou ao ponto de lhe trazer da florista um vaso de resplandecentes jarros a desabrocharem em terra húmida.

— A que é que se deve este presente tão bonito? — quis saber Mariana.

— É para festejar os nossos dezasseis anos de casados — explicou ele, orgulhoso da data.

— Ricardo — espantou-se Mariana, divertida —, nós só fazemos anos de casados daqui a um mês.

— Eu sei, mas apeteceu-me começar a festejar mais cedo. E ficas avisada de que os meus irmãos vêm cá jantar no próximo sábado.

— Todos?! — exclamou, fingindo-se horrorizada com a ideia.

— Todos — confirmou Ricardo. Abanou a cabeça num aceno tão solene quanto cómico.

— Está bem — rendeu-se ela com um bater de mãos resignado nas ancas. — Tu cozinhas.

— Eu cozinho.

16

Na sexta-feira, sem que Mariana tivesse uma explicação racional para isso, todos os seus medos caíram por terra e ela viu-se a entrar pela livraria de Zé Pedro um minuto depois de Rosa ter saído para almoçar. Trazia um vestido leve, branco, pintalgado de rosas vermelhas, com um decote generoso. Zé Pedro soltou um suspiro longo que ela interpretou, e bem, como um elogio silencioso.

— Estás linda — disse depois.

— Olá, para ti também — respondeu Mariana, agradecendo-lhe o elogio com um sorriso aberto.

Zé Pedro contornou o balcão sem dizer palavra, passou por ela fazendo-lhe uma carícia no cabelo, rodopiou num passo de dança teatral efectuando uma roda completa e foi trancar a porta da rua. Voltou para junto dela, segurou-lhe a mão com gentileza e levou-a para trás da bancada das novidades. Abrigaram-se aí do olhar indiscreto de quem quer que pudesse espreitar pela montra. Sentaram-se no chão de azulejo a rir-se da situação ridícula e, ao mesmo tempo, excitados com a ousadia, sentindo-se dois miúdos a prevaricar.

Abraçaram-se com força, beijaram-se como se quisessem devorar-se, trocaram segredos de amor enquanto descompunham a roupa um ao outro ávidos de sentirem os seus corpos. Tiveram-se ali, no chão, na urgência da sua saudade, felizes com o que estava a acontecer, gratos por terem mais aqueles minutos para estarem sozinhos. O mundo lá fora não passava de uma realidade sem importância. Os seus olhos encontraram-se e as suas almas uniram-se na mesma medida em que os seus corpos se entrelaçaram com um calor apaixonado e com todos os sentidos à flor da pele, até se satisfazerem um ao outro.

Zé Pedro rolou para o lado e ficou deitado no chão, tal como ela, a observar a rotação interminável das pás da ventoinha no tecto.

— Acho que estou louca — comentou Mariana. Olhou para Zé Pedro, a sorrir.

— Amo-te — disse ele, pela primeira vez, sem rodeios.

— Ahhh! — gritou, num protesto agastado para o mundo. Sentia-se tão frustrada. — Não digas isso — pediu-lhe, sabendo que não estava a ser sincera.

— Amo-te, amo-te, amo-te.

— Só me apetece dizer palavrões.

— Então, diz.

— Puta de vida — desabafou. — Por que é que será que a vida tem de ser sempre tão complicada?

— Para lhe darmos valor?

— Ah, ah, ah. Que engraçado.

Mariana arranjou-se, levantou-se, alisou o vestido o melhor que pôde e compôs o cabelo com a secreta certeza de que toda a gente que encontrasse naquela tarde iria perceber o que ela tinha andado a fazer durante a hora de almoço. *Não me importo,* pensou, num acesso de coragem romântica que, sabia-o bem, não iria durar muito tempo.

Ali estava ela, enredada de novo no turbilhão da traição, depois de ter jurado a si mesma centenas de vezes que não o podia fazer, que não o queria fazer, que não o iria fazer.

Observou Zé Pedro sentado num banco alto do lado de dentro do balcão. Percebeu que ele se sentia eufórico com a presença dela e com o que tinham acabado de fazer, e dava asas ao seu estado de espírito dissertando com exuberância sobre a sua paixão pelos livros. Mariana, mais contida, observava-o sem ouvir uma única palavra do que dizia e pensava que, tal como hoje, no futuro continuaria a vir dar àquela livraria, por mais que pretendesse contrariar a sua alma apaixonada, porque seria mais forte do que ela, porque não conseguiria ter força suficiente para o evitar. Gostava muito de Ricardo, mas amava Zé Pedro. Mais tarde ou mais cedo teria de admitir este facto. A vida não tinha sido generosa com eles, no sentido em que lhes trocara as voltas durante quinze anos. Haviam perdido, talvez, os melhores anos da sua juventude para estarem juntos. Tinham seguido destinos contrários, mas, por fim, acabaram por se reencontrar.

Preciso de tempo, pensou Mariana.

— Preciso de tempo — disse, reproduzindo o seu pensamento em voz alta.

Zé Pedro interrompeu o que estava a dizer, a meio de uma frase. — O que é que disseste? — perguntou.

— Disse que preciso de tempo — repetiu Mariana. E disparou a falar: — Preciso de tempo para reorganizar a minha vida, para preparar a minha família. Tenho de ser responsável, percebes? Vou ter de falar com o Ricardo, fazê-lo compreender. — Revirou os olhos a pensar no disparate que estava a dizer. — É claro que ele não vai compreender, mas tenho de falar com ele e com a minha filha. Isto não vai ser nada fácil para eles, sabes? E ainda há o resto da família. Nem quero pensar no drama que a minha mãe vai fazer. O que vale é que o meu pai...

— Eh, eh, eh — interrompeu-a Zé Pedro. — Espera aí, acalma-te um bocadinho.

— Eu estou calma — replicou-lhe com ar de espanto. — Não estou?

— Mariana — disse ele —, estás a falar de quê?

— Estou a falar em separar-me do meu marido.

17

Isabel saiu do elevador e atravessou o átrio do banco com um aceno de passagem a um dos funcionários da recepção, que lhe devolveu um cumprimento respeitoso do lado de trás do balcão. Ali, na sede do banco, não havia atendimento ao público em geral, de modo que o átrio se encontrava sempre mergulhado numa agradável tranquilidade. Os saltos dos sapatos de Isabel ressoaram no chão de mármore enquanto se dirigia para a rua e descia os degraus da escadaria ampla que conduzia à porta principal do edifício.

Quando se viu lá fora, Isabel notou logo o contraste do ambiente sossegado do banco com o movimento quase caótico de pessoas e carros que circulavam pelas ruas da Baixa. Mas não hesitou. Virou à direita, seguiu durante algum tempo ao longo do passeio e atravessou a rua em passada rápida, assim que o semáforo interrompeu o trânsito.

Era uma mulher cheia de energia. Directora do *call center* do banco, responsável por centenas de funcionários. Isabel geria a vida ao segundo. Aproveitava a hora de almoço para dar as suas voltas pela Baixa. Fazia as compras do supermercado e pagava as contas da casa através da Internet, mas havia sempre assuntos que não se tratavam sentada ao computador, *ainda*, suspirou, antes de entrar numa loja onde comprara umas calças que deixara a ajustar e que pretendia vestir no dia seguinte à noite.

Saiu da loja a falar ao telemóvel e continuou a andar depressa, sem se distrair com nada. Tinha um percurso já estabelecido na cabeça e, se quisesse resolver os assuntos todos durante a hora de almoço, não poderia perder tempo a admirar as montras. No dia seguinte iria trabalhar de manhã, apesar de ser sábado, regressaria a casa para almoçar com o marido e os miúdos, teria de levar dois deles a festas de amigos, ir buscá-los, voltar para casa e tratar dos banhos das crianças, que ficariam ao cuidado da empregada enquanto Isabel iria com o marido jantar a casa do irmão dela. De modo que seria um sábado demasiado ocupado e não lhe restaria nenhum tempo para fazer compras. Teria de despachar tudo hoje.

— Pensaste bem no que estás dizer? — perguntou Zé Pedro, estupefacto.

— Não — admitiu Mariana. — Mas é o que eu sinto.

Zé Pedro debruçou-se sobre o balcão e agarrou as mãos dela.

— Estás a tremer — reparou.

— Pois estou — reconheceu ela, com um sorriso nervoso.

— Olha, Mariana, vamos fazer o seguinte: vais para casa, pensas bem no assunto e depois voltamos a falar.

— Mas — retorquiu, cismada — não era isto que tu querias?

— Era e é — confirmou Zé Pedro, com um suspiro sereno. — Mas eu quero ter a certeza de que também é isto que *tu* queres. Não há necessidade de te precipitares. Vamos levar as coisas com calma.

Isabel depositou no chão a carteira e os três sacos com as compras, e pediu uma sopa e um rissol ao empregado da pastelaria. Engoliu tudo ali de pé, ao balcão, sem tempo para apreciar a comida, enquanto recapitulava as prioridades do trabalho que tinha pela frente na parte da tarde. Atendeu dois telefonemas pelo meio da refeição, pediu um café, pagou e saiu.

Olhou para o relógio e estugou o passo a caminho do banco quando o telemóvel voltou a tocar. Atrapalhada com os sacos, parou um momento à procura do aparelho dentro da carteira e atendeu, recomeçando a andar. Foi então que viu a cunhada a sair de uma livraria. Não a chamou logo porque tinha as mãos ocupadas e estava a meio da conversa, mas abrandou o passo até parar a observá-la, a cerca de cinco metros. Ela não a viu, voltou-se para trás, para o homem que a acompanhava e beijou-o. Um beijo demorado, na boca.

Isabel ficou gelada, paralisada, sem saber como reagir. Virou-lhe as costas, instintivamente, a pensar no que haveria de fazer, sem pinga de sangue. Recomeçou a andar em sentido contrário, mas depois pensou: *não, não vou fingir que não vi!*

«Eu já lhe volto a telefonar», disse, antes de desligar o telemóvel. Voltou-se e chamou-a.

— Mariana!

18

Naquela noite ao jantar, em casa de Mariana, estavam sentados à mesa todos os irmãos de Ricardo. Dois casados, as suas mulheres, um terceiro, o mais novo, divorciado, fazia-se acompanhar da nova namorada, e Isabel, a única irmã, com o respectivo marido. A determinada altura, já a refeição ia avançada, Isabel e o marido contaram uma história recente que se passara com uma pessoa conhecida deles. Na realidade, quem contou a história foi Isabel, o marido limitou-se a fazer alguns comentários ao que ela ia dizendo.

— O nosso vizinho foi preso há dois dias — anunciou Isabel. — Estávamos a dormir quando ouvimos uma grande algazarra e, fomos a ver, era a Polícia Judiciária. E então, o que era: o nosso vizinho é empresário da noite e foi preso por tráfico de droga.

— Coitada da mulher dele — comentou o marido de Isabel, a abanar a cabeça pesaroso — que não sabia de nada e ficou a ver a polícia a invadir-lhe a casa, a algemar-lhe o marido em frente aos filhos, dois miúdos pequenos, e a levá-lo preso.

O vizinho, explicou Isabel, que era dono de uma das discotecas mais conhecidas de Lisboa, andava a traficar droga há tanto tempo que já nem se preocupava em ser discreto. Exibia automóveis de luxo, tinha um iate, fazia viagens e esbanjava dinheiro como se tivesse uma fonte de riqueza inesgotável. Tinha dado tanto nas vistas que a polícia começara a investigá-lo. Não foi uma investigação muito longa. A seguir a prendê-lo fizeram uma busca ao seu escritório e encontraram caixotes cheios de notas empilhados num gabinete. Isabel contou que a mulher do traficante, desorientada com o drama que lhe havia batido à porta, tinha ido ter com ela para desabafar.

— O marido — continuou Isabel — disse-lhe que ao princípio era cauteloso, mas que o processo era tão fácil que depressa se esqueceu de tomar precauções. É espantoso como as pessoas fazem todo o género de disparates à vista de toda a gente e não lhes passa pela cabeça que possam ser apanhadas em flagrante — comentou, com os olhos postos na cunhada. Mariana sentiu-se insultada. Isabel estava a compará-la a um traficante de droga, como se ela fosse uma vulgar criminosa. Só elas as duas é que tiveram consciência da mensagem, pois mais ninguém naquela mesa podia perceber a segunda intenção implícita nas palavras de Isabel.

Mariana levantou-se, irritada, e começou a tirar os pratos da mesa, mas deixou cair um que se despedaçou no chão, espalhando cacos e restos de comida em cima do tapete.

— Deixaste a Mariana perturbada com a tua história, Isabel — disse Ricardo, a brincar com a situação e foi ajudá-la a apanhar os cacos. Ela estava de facto perturbada e reagiu mal. Sem pensar muito bem no que dizia, Mariana repeliu-o num tom ríspido, dizendo-lhe que se fosse sentar, que não precisava de ajuda.

Fez-se um silêncio frio, seguido de algumas observações apaziguadoras enquanto ela limpava o chão. Depois, Mariana desapareceu na cozinha e a conversa à mesa regressou ao normal. Isabel levantou-se do seu lugar e foi ter com Mariana.

— Não tens o direito de me fazer isto — atirou-lhe, com um dedo indicador apontado à cara, assim que Isabel entrou na cozinha.

— Eu sei, Mariana, foi uma estupidez. Desculpa.

— Qual é a tua ideia? Queres estragar-me a vida?

— Não, não, claro que não. Mas tens de perceber que eu também estou perturbada com esta história.

— Eu pensei que tínhamos chegado a acordo sobre a melhor maneira de tratar o assunto.

— E chegámos. Desculpa, Mariana. Fica sossegada, que não se repete. Eu vou portar-me bem.

— Se continuas a fazer estas cenas, o Ricardo vai perceber e vai ser tudo muito pior. Eu preciso de tempo, Isabel. Já te expliquei.

— Mariana — repetiu, apaziguadora —, eu já te disse que não volta a acontecer.

— Que merda! — desesperou Mariana, atirando com o pano da cozinha para a bancada do lava-loiças. As lágrimas afloraram-lhe os olhos.

— Tem calma — pediu Isabel, arrependida por ter ido longe de mais.

Mariana agarrou outra vez no pano da loiça e limpou os olhos, fazendo um esforço para se recompor. Ricardo surgiu uns segundos depois, preocupado.

— Então, Mariana — indagou —, o que é que se passa?

— Nada — respondeu ela, forçando-se a sorrir. — Conversa de mulheres.

— Ah... — olhou para as duas, desconfiado. — Trazes a sobremesa?

— Vou já tratar disso.

— Vai, vai — enxotou-o Isabel, abanando as mãos à frente dele como se quisesse varrê-lo. — Vai lá para a sala que nós tratamos da sobremesa.

— Tudo bem — retorquiu Ricardo com um sorriso tenso. Deu meia-volta e desapareceu pela porta, um pouco irritado por se sentir repelido pela irmã.

Mariana encostou-se à bancada e suspirou para o tecto, preocupada. Parecia-lhe que começava a perder o controlo da situação. E a sua vida já estava suficientemente complicada sem a interferência da cunhada.

Mais do que unidas por uma simples relação familiar, as duas mulheres nutriam uma amizade genuína uma pela outra. Mariana e Isabel viam-se com frequência, almoçavam pelo menos uma vez por semana num restaurante que haviam descoberto a meio caminho entre o escritório e o banco e, se o trabalho as impedia de se encontrarem, falavam ao telefone. Eram confidentes, não tinham segredos uma para a outra. Mas desta vez era diferente, desta vez Mariana tivera de esconder de Isabel aquele pedaço da sua vida. Também não lhe contara da viagem a Amesterdão. Isso tinha-se passado noutra vida, antes de se terem tornado íntimas. Como podia ela contar-lhe? Antes de ser sua amiga, Isabel era irmã de Ricardo e uma coisa daquelas destruía amizades, por mais sólidas que fossem.
No entanto, Isabel acabara por descobrir da pior maneira: por acaso. Surpreender a cunhada nos braços de um estranho foi um choque para ela. Mariana não os apresentou, despediu-se de Zé Pedro e ele percebeu que devia retirar-se. Em seguida Isabel arrastou Mariana para a pastelaria que havia do outro lado da rua, impaciente por ser esclarecida sobre o que presenciara.
— Não me digas que isto não é o que parece — advertiu-a Isabel assim que se sentaram à mesa da esplanada.
Mariana permaneceu calada, sem saber o que dizer, ou como dizer, com as mãos trémulas pousadas no colo e os olhos postos na mesa. Era uma menina apanhada com a boca na botija. Conseguia adivinhar Zé Pedro a espreitá-las do interior da livraria e estava nervosa.

— Mariana — censurou-a Isabel —, o que é que se passa contigo? O que é que julgas que estás a fazer? Queres dar cabo do teu casamento?

Mariana ergueu os olhos e encarou a cunhada.

— Isto — disse — é o que parece.

— O que é que queres dizer com isso?

— Quero dizer que estou apaixonada por ele.

— Ah, então é muito pior do que eu pensei — disse Isabel, deixando-se abater nas costas da cadeira. A irritação esvaiu-se ao perceber como a situação era penosa para a amiga. Cruzou os braços, desolada, a imaginar a tristeza do irmão, a pensar na tempestade familiar que aí vinha e, sobretudo, na melhor forma de abordar o assunto.

— Quem é ele? — perguntou.

Então Mariana contou-lhe tudo, desde o início. Recuou até Amesterdão, revelou-lhe o encontro com Zé Pedro quinze anos depois e falou-lhe da sua incapacidade para se manter afastada dele. — E agora? — quis saber Isabel. — O que é que vais fazer?

— Para dizer a verdade — confessou —, ainda não sei. Preciso de tempo, Isabel, preciso de tempo para arranjar uma maneira de dizer ao Ricardo.

Mariana acrescentou que gostava muito do marido e que não era sua intenção magoá-lo. Mas também não queria andar a enganá-lo, não era justo. Era tudo tão difícil, disse, Ricardo havia sido sempre um marido exemplar e não merecia sofrer um golpe daqueles. Em todo o caso, o que Mariana mais receava era que Ricardo viesse a saber do seu envolvimento com Zé Pedro antes que ela tivesse oportunidade de lhe dizer. Precisava de arrumar as ideias e de arranjar coragem para lhe contar.

— Vais deixá-lo, então? — perguntou Isabel.

— Neste momento não sei nada — respondeu. — Vou falar com ele e depois se vê.

19

Sozinho na livraria, Zé Pedro ficou preocupado, a espreitá-las através da montra, impaciente como um espião sem notícias. Não fazia ideia de quem era a mulher, mas pela reacção de Mariana pudera adivinhar que aquele encontro fortuito lhe iria trazer problemas.

Rosa chegou, entretanto, e foi para trás do balcão. Minutos depois observava-o, intrigada, a caminhar para a montra a todo o momento, sem perceber que ele ansiava que Mariana se despedisse da outra mulher para que pudesse falar com ela.

— Há algum problema? — perguntou, circunspecta.

— Não — respondeu Zé Pedro com brusquidão, sem tirar os olhos do outro lado da rua. — Está tudo bem.

Ele continuou interessado na rua. Rosa espreitou por cima dos óculos e pousou os olhos nas costas dele. Depois encolheu os ombros e voltou aos seus assuntos.

As duas mulheres demoraram-se quase uma hora na esplanada. Zé Pedro viu-as despedirem-se e separarem-se. Ainda que desesperado por ir ter com Mariana, obrigou-se a esperar que a desconhecida passasse frente à livraria e se afastasse, antes de sair ao encontro de Mariana. Lá fora, Isabel olhou para a montra sem abrandar o passo. Zé Pedro recolheu-se. Rosa viu-o a esconder-se na sombra e disse de si para si que ele não devia estar bom da cabeça. Zé Pedro abriu a porta da livraria, cauteloso, e pôs a cabeça de fora para se assegurar de que o caminho estava livre. *Que diabo de coisa...* Rosa tirou os óculos, aborrecida. *0 que é que ele está a fazer?* Zé Pedro virou-se para dentro e anunciou-lhe que ia sair.

— Já venho — disse, e saiu a correr.

Apanhou-a a meio do quarteirão seguinte.

— Mariana! — gritou.

Ela voltou-se e parou à espera dele. Zé Pedro deixou de correr e percorreu os últimos metros em passada rápida. Mariana deixou cair os braços com a carteira pendente da mão esquerda a roçar o chão.

— Quem era aquela? — perguntou-lhe, ansioso.

— A minha cunhada.

— Ah, merda! — soltou ele. Levou uma mão à cabeça e fez uma careta de dor, como se tivesse sido atingido fisicamente pela revelação.

— Bem podes dizê-lo: É uma *grande* merda.

20

«Não sei como é que te hei-de dizer isto, Ricardo.» Foi com esta frase fatal que desabaram quinze anos de um casamento consolidado na pacífica felicidade de uma rotina segura. Era sábado e estavam sentados numa esplanada idílica, num pequeno restaurante chamado Flor da Praça, que ficava ali a dois passos da Assembleia da República, num jardim exemplar rodeado de árvores. Ouviam o rumorejar tranquilizador de crianças a brincar em redor de um chafariz de pedra, com peixes vermelhos e água até à borda. Ricardo como que mergulhou num pesadelo. Escutava as palavras de Mariana, observava-lhe os lábios e os olhos enquanto ela falava, e pensava como era estranho ouvir aquilo da boca dela. Não queria acreditar.

A história que Mariana lhe contava soou-lhe como se fosse tirada de um livro, de um romance fascinante. Era terrível e estranha ao mesmo tempo. Ia perder a sua mulher para um fantasma do passado? Ela estava casada com ele há uma década e meia, e queria trocá-lo por um homem que conhecera durante uma semana, há quinze anos, e que reencontrara agora? Era isso que Mariana lhe estava a dizer? Não fazia sentido, pensou. Apesar de profundamente magoado, Ricardo não se exaltou. Em vez disso, riu-se.

— Se te ouvisses a falar... — abanou a cabeça com desprezo, ultrajado.

— O que foi? — espantou-se ela.

— Isso que estás a dizer, Mariana — disse, num tom próprio para estúpidos —, não tem sentido nenhum.

— Ricardo, eu sei que isto não é fácil para ti replicou-lhe, apaziguadora — mas...

— Não — interrompeu-a, ríspido. — Não me venhas com essas merdas.

— Quais merdas?

Ele abanou-lhe um indicador severo debaixo do nariz.

— Não te ponhas a falar-me com condescendência, que só me irritas mais.

— Eu não...

— Cala-te. Não quero ouvir mais nada. Só dizes disparates. Estás a portar-te como uma adolescente. Resolveste destruir o nosso casamento por causa de uma fantasia? Faltava-te alguma coisa, era isso? Precisavas de uma aventura? A vida que tinhas era muito monótona? — Olhou para ela com uma expressão carregada de censura e de raiva.

— Não é nada disso, eu...

— Vou-me embora — disse Ricardo. E levantou-se, brusco, sem a deixar terminar a frase. Saiu do restaurante como um furacão e cortou a direito por um bando de pombos espantados que se ergueu em revoada num vendaval de susto.

Uma hora mais tarde, abatido na cadeira do seu gabinete, Ricardo afogava-se em uísque. Uma garrafa vazia acabou tombada em cima da secretária. Lágrimas nos olhos, a divagar por um pensamento nebuloso, no silêncio sepulcral que envolvia o escritório. Estava habituado ao bulício da semana e interpretou aquela tranquilidade pesada como mais um sinal funesto da tempestade que lhe varria a alma. Amava a sua família mais do que a vida e não se via a levantar-se todos os dias para ir trabalhar se não tivesse um objectivo. O seu objectivo era, desde sempre, cuidar da família, garantir que nada faltasse à mulher e à filha, dar-lhes um futuro sem percalços. Era a sua maneira de sentir que cumpria a sua obrigação de homem digno e de que tinha o direito de andar de cabeça erguida.

Mas agora Mariana queria ir-se embora, abandoná-lo, já não precisava dele para nada, podia muito bem viver sem o seu amparo, sem o seu amor. Ou seja, andava há anos enganado. O mais provável era Mariana nunca ter percebido que ele só trabalhava tanto para lhe mostrar que se preocupava com ela, que a queria proteger porque a amava.

Se fosse só por si, podia muito bem trabalhar numa empresa qualquer e viver apenas com um ordenado razoável.

«Não preciso de nada disto», balbuciou a rosnar para as paredes, «não preciso desta merda desta empresa para nada!» Agarrou na garrafa de uísque pelo gargalo e arremessou-a com fúria contra o armário de vidro encostado à parede do outro lado do gabinete. A garrafa estilhaçou-se com um estrépito de início de tumulto e depois, sem se deter, Ricardo começou a destruir o gabinete. Numa explosão de vandalismo, despejou a frustração e a cólera na mobília. Agarrou a secretária por baixo do tampo e virou-a de um só golpe, lançando ao ar um monte de documentos de assuntos pendentes, que, por instantes, ficaram a pairar pelo gabinete.

Levantou-se sem pensar, agarrou no espaldar da pesada cadeira de executivo e varreu o resto do gabinete com ela, investindo sem piedade contra mesas, armários e candeeiros. Por fim, atirou várias vezes a cadeira contra a parede até a deixar cair pesadamente em cima de um pé, ainda intacta, e soltar um grito de dor. Frustrado com a resistência da cadeira, lançou-lhe uma ameaça irracional: «Já vais ver!», gritou, descontrolado. Abriu a porta do gabinete e foi buscar um corta-papéis à mesa da sua secretária, regressou ao gabinete com um pontapé espectacular na porta e atacou o cabedal da cadeira esfaqueando-a até à morte.

Mais animado com aquela destruição toda, o empresário olhou em redor, contemplando o gabinete arrasado com o propósito de confirmar que não ficara nada intacto. Então, dando-se por satisfeito, apanhou o casaco do chão, vestiu-o e dirigiu-se para fora. Antes de sair, virou-se para trás e gritou «ah!» ao mesmo tempo que abria os braços, arreganhando o peito, como se quisesse assustar o seu próprio gabinete ou, porventura, um inimigo invisível.

Encostou com cuidado a porta bamba e foi-se embora com um assobio nos lábios. Tal era a bebedeira que, na segunda-feira seguinte, ao chegar ao escritório, ficara tão espantado quanto os seus empregados com o espectáculo do seu gabinete destruído. Na realidade, só caíra em si no momento em que a secretária lhe foi perguntar se deveria chamar a polícia. «Não chame ninguém», disse, ao reparar nos destroços da garrafa de uísque no chão, surpreendido com a revelação súbita de que tinha ido ao escritório no sábado e a pensar, porra, afinal não foi só o carro.

Depois de ter destruído o gabinete, Ricardo desceu de elevador até à garagem e antes de sair cedeu ao impulso infantil de carregar em todos os botões. Começou por fazê-lo com uma delicadeza ébria, repetindo em voz alta os números dos andares à medida que carregava no respectivo botão, mas depois perdeu a paciência e desatou aos murros ao painel até ver as luzinhas todas acesas. Saiu do elevador com um sorriso malandro e decidiu nesse momento que iria directo para casa beber mais um uísque cheio de gelo, lá isso ia.

Manobrou o *Mercedes Classe C* com uma negligência que não lhe era habitual. Por norma, Ricardo era de um cuidado extremo e conseguia manter o automóvel tão imaculado como se tivesse acabado de sair do *stand,* mas o álcool desinibiu-o ao ponto de não se incomodar com os obstáculos. Efectuou uma marcha atrás rápida, esmurrando o carro no lado esquerdo da parte da frente, num pilar de cimento, e só parou quando embateu na parede do fundo. Encolheu os ombros, soltou uma risada estridente e seguiu em frente sem se dar ao trabalho de verificar os estragos. Saiu da garagem com um farol pendurado e a traseira encarquilhada. Pisou gloriosamente no acelerador e foi até casa com o rádio no máximo e a berrar como um louco, convencido de que cantava afinado.

Conseguiu chegar sem se envolver em nenhum acidente, graças ao trânsito diminuto de sábado à tarde. Ao estacionar, porém, voltou a bater contra a parede da garagem devido a um erro de cálculo na travagem, desta vez de frente. Saiu do carro a cantarolar e abandonou-o no seu estado lastimável sem sequer se lembrar de o trancar.

Na sala, Mariana ouviu-o bater com força a porta da rua e lançar um grito jovial, «Queriiidaaa, cheguei!» No entanto, não a procurou, foi directo para o quarto onde caiu redondo na cama de barriga para baixo e apagou-se num sono instantâneo. Intrigada, Mariana foi espreitá-lo. Encontrou-o estendido a toda a largura da cama, a ressonar de boca aberta. Embora fossem apenas seis da tarde, Ricardo dormiu até ao dia seguinte. Mariana sentiu-se aliviada por Matilde estar a passar o fim-de-semana em casa de uma amiga. «Graças a Deus», disse, com um suspiro, mas Ricardo não a ouviu. Nessa noite ela dormiu no quarto da filha.

21

Ricardo acordou com uma sensação de culpa que se agravou pelo facto de sentir a cabeça pesada e uma dor de alma que não o deixava pensar. Saiu da cama ainda vestido com a roupa do dia anterior e foi à casa de banho. Tomou duas aspirinas em jejum e depois foi à cozinha beber quase um litro de água para afogar a impressão de que acabara de atravessar o deserto. Abriu o frigorífico a pensar que devia comer qualquer coisa, mas desistiu logo da ideia, porque a visão de uma travessa com restos da véspera foi suficiente para lhe dar a volta ao estômago.

Regressou à casa de banho e deixou-se ficar à frente do espelho, apático, a contemplar um tipo com o cabelo desgrenhado e oleoso, a barba por fazer e a roupa amarrotada colada ao corpo. Tinha passado a noite atolado em sonhos terríveis. Acordou ensopado em suor, transtornado, mas com o espírito vazio. Sabia que sofrera como um condenado, mas não se conseguiu lembrar de um único pormenor desses sonhos fatais. «Estás um farrapo», sussurrou para o espelho. Despiu-se com gestos hesitantes de moribundo alcoólico, enrodilhou a roupa suja como um monte de trapos velhos que atirou para um cesto de verga e enfiou-se debaixo do chuveiro, sem coragem para se barbear.

Não se embebedava com tanta imprudência há anos, o seu organismo não estava preparado para tolerar a quantidade absurda de álcool que ingerira na véspera. A certa altura teve de saltar da banheira e debruçar-se sobre a sanita, nu e encharcado. Pensou que deitava fora as tripas, mas como já não comia há muitas horas, ficou ali a vomitar em seco e a lutar com as náuseas no meio de uma poça de água.

Voltou à banheira com o estômago à beira da revolta e pálido como um homem morto. Deixou correr a água fria por mais vinte minutos, sentindo que regressava lentamente à vida.

Vestiu roupa lavada, tirada ao acaso do roupeiro, uma camisa branca e calças de ganga, não se importou, enquanto tentava lembrar-se do que andara a fazer no dia anterior. Não foi capaz. A última recordação nítida — e dolorosa — que lhe ocorria era a conversa que tivera com Mariana. *Onde é que ela andará?*, lembrou-se de súbito. Mas continuou a apertar os atacadores dos sapatos de camurça sem se apressar. *Que se foda*, pensou, com um rancor que não lhe era habitual, tratando-se de Mariana.

Depois de ter demorado bastante mais tempo do que seria necessário a pentear-se, devido a um hipnotismo introspectivo que o prendeu ao espelho, Ricardo foi descobrir um recado de Mariana, escrito à mão, num papel deixado em cima da cómoda inglesa em mogno que fazia as honras do vestíbulo. *Fui buscar a Matilde,* dizia sem mais nada, uma frase seca e meramente informativa. Nada de *beijos, Mariana, ou* coisa do género.

Olhou para o relógio. Eram quatro da tarde e não tinha nada para fazer, ou pelo menos não se sentia com ânimo para fazer nada. Sentou-se no sofá da sala a olhar para a televisão apagada e a pensar na desdita. *Que merda de vida!*, lamentou-se com pena de si próprio. *E agora? O que é que eu faço agora?* Se fosse problema de trabalho, diria faz-se assim e assado, e ninguém discute a minha ordem porque já decidi, está decidido e logo se vê. Mas não era...

Mariana e Matilde chegaram por volta das seis, e foram encontrá-lo naquele torpor contemplativo, sentado, no crepúsculo do fim da tarde. Esquecera-se de acender uma luz.

— Estás bem? — perguntou Mariana, usando um tom muito próximo da censura.

— Estou óptimo — respondeu Ricardo, ao mesmo tempo ressentido com ela e irritado por lhe ter dado uma razão para o criticar. Se havia ali alguém com motivos para estar zangado era ele, não ela. Bolas, tinha-se embebedado, e depois? Não estava a reagir com a maturidade que ela esperara dele? Paciência. Achava-se no direito de se portar mal quando a sua mulher lhe revelava que tinha um amante, ou não?

Passaram o resto da noite a fingir que estava tudo como sempre, numa atitude tácita por causa de Matilde. Só voltaram a falar do assunto quando a filha foi dormir.

— Já pensaste no que pretendes fazer? — perguntou Ricardo.

— Acho que o melhor a fazer é separarmo-nos — respondeu Mariana — pelo menos por uns tempos.

— Ah! — reagiu com sarcasmo. — Vamos dar um tempo? Para tu veres como é que te dás com o teu amante e depois logo decides com qual dos dois é que ficas? Estás doida.

— Não é nada disso, Ricardo. Eu não tenciono ir viver com ele, se é isso que estás a pensar. E o problema não é ele, se queres saber.

— Ai, não? Eu não tinha nenhum problema, até agora, se queres saber — disse, imitando-a de propósito, para a agredir. Sentia-se magoado e isso dava-lhe vontade de a atacar.

— Eu também achava que não tinha nenhum problema, até agora — confessou Mariana. Sentou-se na cama e soltou um suspiro que contribuiu para irritar Ricardo mais um bocadinho. Parecia-lhe que, de repente, ela achava que ele era um empecilho na sua vida.

— Desculpa, se te incomoda falar destas coisas banais da nossa vida — continuou a atazaná-la. — Mas é que, como já estamos casados há quinze anos e como, pelos vistos, parece que afinal não te conheço bem, gostava de saber qual vai ser o nosso futuro. Se não for muito aborrecido para ti, claro.

— Ricardo, eu só queria que tu entendesses que eu gosto de ti e que não tenho prazer nenhum em magoar-te.

— Claro. — Soltou uma risadinha nervosa. — Claro que não tens prazer nenhum em magoar-me. Só é pena não teres pensado nisso antes de começares a enganar-me com um idiota qualquer que não vias desde solteira. — Acabou a frase a gritar. Mariana ficou petrificada com a violência da sua atitude. Não se lembrava de ele alguma vez lhe ter falado com tanta rispidez.

Estavam fechados no quarto, encalhados num impasse. Era uma situação nova para ambos. Ricardo não queria dormir com ela, mas como, apesar de tudo, ainda a amava, também não a queria rejeitar. Mariana sentiu-se desconfortável por achar que ele preferia não compartilhar a cama com ela naquela noite, mas não queria que Matilde a visse a dormir na sala, para que não percebesse que havia problemas entre os pais.

— Queres que eu vá dormir para a sala? — acabou por perguntar, resignada. De qualquer forma, pelo caminho que as coisas levavam, Matilde acabaria por ter de saber.

— Não — disse Ricardo. — Não quero que a Matilde te veja e se ponha a fazer perguntas. — Prefiro que sejamos nós a contar-lhe.

— Quando?

— Quando soubermos o que vamos fazer. Isto já vai ser um choque para ela, não há necessidade de a baralharmos ainda mais.

22

«Merda!», gritou Ricardo. O eco da sua irritação reper-
cutiu-se por toda a garagem. Nem queria acreditar que aquele
fosse o seu carro. O *Mercedes* parecia um harmónio, amachuca-
do à frente e atrás. Deixou cair a pasta e levou a mão à cabeça,
desesperado. *O que eu fiz ao carro...* Tirou os óculos e começou
a limpá-los com a gravata, um gesto muito típico seu quando
se enervava. Continuou a esfregar as lentes enquanto andava à
volta do carro a verificar os estragos da bebedeira.

Atirou a pasta para o banco traseiro e pôs o motor a trabalhar. Saiu da garagem em direcção ao escritório. Passou em
frente ao Jardim Zoológico e seguiu pela Avenida das Forças
Armadas. Quando entrou na rotunda de Entrecampos, quase
a chegar ao escritório, cedeu a um impulso desesperado e deu
uma guinada intempestiva para a direita, atravessando-se à
frente de vários carros que se viram obrigados a travar a fundo
para não lhe bater.

Entrou na Avenida da República e acelerou sem se aperceber dos travões a chiar atrás de si, das buzinas indignadas e
de um polícia de trânsito que ainda foi a tempo de lhe caçar
o número da matrícula, apesar de pendurada e com uma das
extremidades quase a roçar o asfalto. «Não, não, não!», disse
em voz alta, a pensar que não ia desistir de Mariana e deixá-la
ir-se embora sem fazer nada para o evitar. No mínimo, pensou,
era seu dever fazer tudo o que estivesse ao seu alcance para

salvar o casamento deles. Já que Mariana parecia ter perdido o bom senso e tinha entrado num mundo de fantasia de que ainda se viria a arrepender, cabia-lhe a ele protegê-la.

Agora já sabia como deveria proceder, e essa certeza conferiu-lhe um novo ânimo que, se por um lado o tranquilizou, por outro deu-lhe toda a determinação do mundo.

À medida que avançava pelo trânsito a uma velocidade pouco recomendável para aquela hora da manhã, mais sólida ia ficando a sua convicção de que Zé Pedro representava uma ameaça para a sua família. Ricardo não quis admitir, nem por um instante, que Mariana amasse realmente aquele homem. Talvez por lhe ser evidente que não seria possível ela estar apaixonada por outra pessoa há quinze anos. Não, pensou, conhecia-a demasiado bem para acreditar que Mariana nunca tivesse gostado dele. Ela não podia ter andado quinze anos a fingir que era feliz enquanto sonhava com outro homem. «Não, não, não!», gritou, «o meu casamento não é uma mentira!»

Ricardo não podia dizer que fosse um santo, claro. Não foram uma nem duas as vezes que se sentira tentado a trair Mariana com outras mulheres. Por vezes, eram elas próprias a insinuar-se-lhe. A sua posição social, enquanto empresário de sucesso, funcionava como um excelente chamariz e ele sabia disso. Há muito que compreendera que a maioria das mulheres colocava no topo dos seus objectivos seduzir um homem que lhe garantisse uma vida segura. Ricardo era um homem rico, elegante e demasiado agradável para ser real. Tipos assim, sabia-o, não se encontravam por aí com facilidade. Se quisesse, podia ter-se aproveitado, podia ter traído Mariana dúzias de vezes. E só ele sabia como teria sido fácil. Mas não, nunca o fizera. «É a paga por ser tão estúpido», rosnou de si para si, cerrando com força as mãos no volante até ficar com os nós dos dedos brancos. Acelerou a fundo e passou por um semáforo vermelho perante mais um polícia atónito. Dali para a frente, pensou, deixaria de ser um gajo porreiro. Sentia-se na disposição de começar a partir algumas cabeças.

23

Ricardo vinha de uma família da classe média, conservadora e endinheirada. Em miúdo frequentara os melhores colégios, mais tarde, já no liceu, apanhou em cheio o período revolucionário. Em meados da década de setenta, o país fazia a transição para a democracia, as pessoas procuravam adaptar-se às novas regras e o Partido Comunista lançava o seu assalto ao poder, tentando transformar Portugal num novo satélite de Moscovo. Em 1974, o país estava no centro das atenções da imprensa mundial enquanto exemplo de uma nação que acabara com um regime obsoleto e celebrava a liberdade. Mas a estratégia soviética para criar uma nova Cuba na Europa foi tão agressiva que Portugal ganhou uma importância decisiva na geoestratégia mundial. Russos e americanos fizeram um braço-de-ferro através dos portugueses. Viveram-se meses de tensão, Portugal esteve à beira de cair numa nova ditadura, mas agora de esquerda, e a confusão social que se gerara atravessava todos os sectores da sociedade. Os movimentos estudantis manobrados pelos partidos levaram a política para os liceus.

Nesse tempo era vulgar assistir-se a confrontos violentos entre estudantes de esquerda e de direita à porta dos liceus. Ricardo tinha passado por tudo isso sem se envolver demasiado. Era um jovem bastante inexperiente em matéria de política, mas as influências familiares foram suficientes para que fizesse uma escolha de princípio. Mesmo sem estar seguro dos argumentos ideológicos que o levavam a optar por um dos lados da barricada, Ricardo teve a percepção de que deveria apoiar aqueles que professavam a social democracia. Alguns amigos, encantados com as ideias de direita mais radicais, gastavam o tempo a guerrear-se com os radicais de esquerda. Ricardo lembrava-se do ambiente caótico que reinava no liceu. Nas salas de aula, a disciplina tinha dado lugar a um excesso de liberdade e a autoridade dos professores tinha sido torpedeada e desprezada por jovens alunos que sentiam que podiam aproveitar-se do clima político para abusar da tolerância dos educadores. Estes últimos receavam ser acusados de repressores e ver-se envolvidos em processos de saneamento liminares.

Estava-se a um passo da anarquia, era extraordinário que ainda houvesse alunos que estudassem e conseguissem passar de ano por outra via que não fosse uma despudorada pressão sobre os professores. Ricardo fazia parte do primeiro grupo. Enquanto os seus colegas faltavam às aulas e se entretinham com lutas políticas, Ricardo era o oposto, dedicava-se aos estudos.

Pouco dado a aventuras, levara uma vida bastante recatada e normal. Passara ao lado das drogas e dos excessos em geral. Não sendo um aluno brilhante, tivera contudo a virtude de completar o curso na Universidade Católica sem se atrasar. Em seguida viera o serviço militar, onde se encaixara com perfeição no seu papel de mais um número nas fileiras do exército. Cumprira o seu tempo, discreto, sem se evidenciar.

Como sabia que o sucesso profissional dependia mais da dedicação do que de golpes de génio, empenhou todo o seu esforço no trabalho. Quando se sentiu seguro para gerir a sua própria empresa, aceitou de braços abertos o desafio de um amigo. Mais tarde o sócio quis sair e Ricardo não hesitou em comprar-lhe a sua metade da pequena firma de computadores, que nessa época sobrevivia à custa de dois ou três contratos pouco prometedores. Mas o esforço viria a ser recompensado nos anos vindouros. A empresa prosperara e Ricardo podia orgulhar-se de ser um empresário bem-sucedido.

Conheceu Mariana quando decidiu comprar a totalidade da empresa. A jovem advogada designada pelo escritório para tratar do processo dele deixou-o encantado desde a primeira reunião. Casaram meses depois.

Ricardo estruturara toda a sua vida sobre bases metódicas. Não se considerava um tipo medroso. Arriscava quando tinha de arriscar, mas não avançava para nada que não o fizesse sentir-se seguro. Não era um idiota e não apostava no escuro.

No dia em que Matilde nasceu, Ricardo teve a certeza de que já tinha tudo o que ambicionara na vida. As sementes estavam lançadas, só precisava de cuidar dos rebentos e ajudá-los a crescer. Isto valia tanto para a filha como para a sua relação com Mariana e para a empresa.

Tudo o que Ricardo desejava era proporcionar à família uma existência saudável e equilibrada. Acreditava muito na estabilidade, no amor e na lealdade que colocava em todos os projectos pessoais. Mas agora os seus sagrados valores tinham sido postos em causa e Ricardo — que não duvidava de que fizera tudo o que devia enquanto homem, marido e pai — não compreendia onde falhara.

Ricardo precisara sempre de ter a vida bem estruturada para se sentir seguro, e este golpe inesperado era como se um furacão inclemente lhe varresse em minutos o resultado do esforço e da dedicação de anos. Só que se tratava de uma relação onde ele investira todo o seu amor e não de uma empresa ou de uma casa. Estas podiam ser reconstruídas, mas um casamento teria conserto?, ou seria impossível ultrapassar a mágoa e a desconfiança depois da traição?

Foi obrigado a parar no último semáforo da Avenida da Liberdade. O vermelho deu lugar ao verde e Ricardo levou logo a mão à buzina. Estava com pressa.

Atravessou a Praça dos Restauradores a uma velocidade desesperante. Continuou a buzinar e a amaldiçoar os outros condutores, cada vez mais irritado. Não era que a lentidão do trânsito o fizesse perder a cabeça, mas precisava de descarregar a frustração e os nervos de alguma maneira.

Ricardo tivera sempre a obsessão de controlar os acontecimentos. O destino não podia ser algo de imprevisível, deixado ao acaso, mas antes a consequência de um conjunto de opções bem ponderadas. Convencera-se de que conseguia calcular o futuro, tanto quanto possível. Havia traçado um rumo muito preciso para a sua vida e pensava que tinha conseguido mantê-lo mais ao menos dentro das previsões. Como estava enganado...

Aparentemente, o seu destino havia sido planeado com uma antecedência de quinze anos sem que ninguém tivesse tido a gentileza de o informar. Que ironia. *Pode ser-se mais ponderado?,* pensou, rindo-se do disparate que aquilo tudo lhe parecia. Mas foi um riso nervoso de alguém muito assustado, que acabava de descobrir que não havia nada neste mundo capaz de iludir a força das circunstâncias. Se Mariana não tivesse encontrado, por acaso, o livro de Zé Pedro numa prateleira poeirenta de uma livraria, não o teria lido, não teria sido levada a conhecer o café da história, em Amesterdão, não se teria envolvido com Zé Pedro e hoje, uma década e meia depois, não estariam todos atolados naquela situação absurda.

Deixou para trás o Rossio, percorreu a Baixa até ao rio, deu a volta à Praça do Comércio e estacionou o carro em cima do passeio, ali a dois passos da livraria de Zé Pedro. Tanto pior se fosse multado, o que não lhe faltava era dinheiro para pagar a coima, como a burocracia eufemisticamente chamava a esse mecanismo institucional que servia para sugar mais algum dinheiro aos contribuintes. E, pensando melhor, talvez nem a pagasse. Não estava com disposição para cumprir as regras e ser um cidadão exemplar. Que lhe rebocassem o carro, se quisessem. De qualquer forma, pelo aspecto, estava bom para ir para a sucata.

Tomou a livraria de assalto. Entrou sem perder tempo com espreitadelas prévias da rua. Pelo som alarmado da sineta da porta, Rosa percebeu logo que ele não vinha para brincadeiras. Acabara de abrir e ainda se estava a instalar quando Ricardo apareceu. Não o conhecia, não era cliente habitual e não lhe pareceu interessado em comprar livros.

— Posso ajudá-lo? — perguntou, censurando-lhe os maus modos com um tom de voz severo. Aquilo não era maneira de entrar em lado nenhum, como se fosse a cavalaria. Empurrara a porta com força excessiva e estacara à entrada a perscrutar o interior da livraria, deserta de clientes.

— Quero falar com o Zé Pedro — disse Ricardo.

— Não está — respondeu ela, no mesmo tom seco.

— Quando é que chega?

— Não sei.

Ricardo abanou a cabeça, quase a perder a paciência, e avançou até ao balcão.

— Não sabe a que horas é que ele costuma chegar?

— Quem é o senhor, posso saber?

— Não, não pode.

— Nesse caso, passe bem.

— Nesse caso, espero por ele.

— Faça como entender.

No entanto, a espera deu-lhe tempo para pensar e, assim, perder o ímpeto que o levara ali sem ponderar no que fazia.

De súbito, apercebeu-se de que não tinha a mínima ideia do que diria a Zé Pedro no instante em que estivesse cara a cara com ele. E a consciência de que corria o risco de fazer uma triste figura de marido encornado deixou-o inseguro. Por muito ultrajado que pudesse estar, e ainda para mais carregado de razão, não faria sentido confrontar o amante de Mariana — que mal lhe soava a palavra *amante* — sem ter nada de concreto para lhe dizer. Poderia insultá-lo, claro — e tinha de admitir que só a ideia de enxovalhar o tipo na sua própria livraria já lhe fazia bem ao espírito —, mas não deixaria de ser uma situação embaraçosa.

Enfiou as mãos nos bolsos e foi até à bancada das novidades fingindo que se interessava pelos livros expostos. Espreitou pelo canto do olho só para confirmar que a mulher ao balcão continuava concentrada nos seus movimentos, controlando-o, ostensiva, como se ele fosse um ladrão. *O seu patrão é que me está a roubar a minha mulher e quinze anos de vida*, teve vontade de lhe atirar à cara, mas absteve-se de o dizer, consciente de que iria dar azo a uma conversa que não estava disposto a ter com ela. Contudo, o facto de ela o vigiar com olhos de falcão fê-lo ficar cada vez mais desconfortável. Zé Pedro demorava a chegar e a espera levou Ricardo a vacilar. De qualquer forma, resistiu à vontade de se ir embora e esperou mais um bocado.

Cansou-se das novidades e foi espreitar a rua através da montra, na esperança de ver Zé Pedro. Apesar do ódio de morte que já lhe tinha, mesmo sem o conhecer, Ricardo sentia-se espicaçado pela curiosidade de saber como ele era. Concentrou-se no movimento lá fora, tentando descortinar um homem de meia-idade com falta de cabelo, excesso de peso e óculos na ponta do nariz. Imaginou-o enfiado numas roupas desmazeladas, a esfregar as mãos com modos compulsivos enquanto tentava impingir livros aos seus clientes. A raiva que sentia não lhe dava muito espaço para pensamentos positivos, mas, ao mesmo tempo, pensar que Mariana estava na disposição de o trocar por um homenzinho horroroso ainda aumentava mais o seu ressentimento. Era uma humilhação.

Na verdade, Zé Pedro não encaixava de todo no estereótipo, na medida em que era alto e magro, musculado, com um abundante cabelo ruivo encaracolado, olhos castanhos calorosos e um sorriso angelical que levava as pessoas a gostarem dele com a maior das facilidades. E, ao contrário do que Ricardo supunha, Zé Pedro não se dava ao trabalho de convencer os clientes a comprarem-lhe os livros, e até era mais dado a assuntos mundanos do que a enredar-se em conversas profundas e pretensiosas.

Contava entrar na livraria como um furacão, fazer um escândalo, quem sabe, talvez abanar um bocado Zé Pedro pelos colarinhos, assustar o cabrão o suficiente para que desistisse de assediar as mulheres dos outros — de assediar *a sua* mulher — e sair. Mas Zé Pedro não chegava e Ricardo estava a sentir-se ridículo ali de pé, de mãos nos bolsos, sob o olhar pouco amistoso daquela mulherzinha horrorosa. De modo que se dirigiu ao balcão e deixou o recado a Rosa.

— O meu nome é Ricardo disse. — Diga ao Zé Pedro que sou o marido da Mariana e que tenho pena de ele não estar cá para lhe dar um grande murro. Também, não perde pela demora. Eu hei-de encontrá-lo.

Saiu ainda mais frustrado e ressentido do que entrara. Pôs o pé em falso num pedaço de terra irregular onde a calçada havia sido levantada e quase se estatelou no chão. «Merda de obras», irritou-se. Percorreu mais alguns metros e estacou. As suas pernas pararam sozinhas. Rodou nos calcanhares, voltou ao buraco das obras, agarrou num dos paralelepípedos que se amontoavam ao lado, deu mais alguns passos até à frente da livraria e atirou a pedra da calçada contra a montra. A pedra atravessou o vidro e este desfez-se numa chuva de milhares de quadradinhos.

Ricardo não foi preso porque teve a sorte de não haver nenhum polícia por perto e porque as testemunhas, pensando tratar-se de um louco furioso, nem se atreveram a interpelá-lo. Sacudiu o pó da pedra das mãos como se fosse um actor cómico num filme mudo, endireitou uma madeixa de cabelo com um gesto nobre e afastou-se dali em passo firme.

Fora uma atitude impensada, demasiado violenta para que Ricardo pudesse justificá-la com argumentos racionais, mas nos curtos segundos em que tudo aconteceu pareceu-lhe apropriada. Provavelmente, se Ricardo tivesse parado um instante para ponderar no que ia fazer, não o teria feito, mas foi tudo tão rápido que a única explicação possível que lhe ocorreu mais tarde, no rescaldo da insanidade, foi que a mão que atirou a pedra foi mais lesta do que o cérebro que nada fez para a deter. Foi o culminar de uma enorme tensão, que ele fora acumulando desde que saíra de casa, e que acabou por explodir daquela forma espalhafatosa.

Já sentado ao volante do seu *Mercedes* destroçado, Ricardo reparou que tremia dos pés à cabeça e sentiu-se empapado em suor, como se tivesse acabado de correr uma maratona. O sangue ainda lhe fervia nas veias, mas o efeito da descarga de adrenalina já começava a passar, provocando-lhe uma sensação de grande cansaço físico e mental.

Rodou a chave da ignição, engatou a primeira e arrancou. «Isto não acaba aqui, filho-da-puta», vociferou, a pensar alto em Zé Pedro, talvez por necessidade de se recordar de que estava no seu pleno direito de lhe partir a montra da livraria, e a cara, se o apanhasse a jeito.

24

Ao entrar na rua, nessa manhã, com a livraria à vista, Zé Pedro foi surpreendido por um mar de gente à frente da montra. A multidão concentrava-se ali a observar o vidro partido e a comentar o sucedido até à exaustão. A Zé Pedro só lhe ocorreu a ideia de que Rosa, na sua infinita tendência para improvisar novos expedientes comerciais, tomara a iniciativa de fazer alguma promoção sem lhe dar conhecimento. Foi um pensamento implausível que se desfez de imediato, à vista da montra despedaçada e da presença de um agente da PSP. E então concluiu que tinham sido assaltados.

Furou por entre os mirones, ouvindo de passagem comentários abismados sobre a insegurança em que se vivia hoje em dia e outras banalidades do género. Pediu licença para que o deixassem abrir a porta e deu com um segundo agente, de bloco de notas na mão, a conversar com Rosa.

— O que é que aconteceu, Rosa? — perguntou, preocupado com a expressão assustada dela.

Rosa olhou para Zé Pedro, perplexa. Tinha estado a chorar. A pele do rosto, fina e transparente como ele nunca a vira antes, fazia-a parecer dez anos mais velha.

— Foi um tipo que esteve aí a perguntar por si — informou-o. — Disse que era o marido da Mariana. Queria falar consigo e estava muito irritado. Como você não chegava, saiu furioso. Mas depois voltou atrás, apanhou uma pedra da calçada e atirou-a contra o vidro.

O lábio tremia-lhe enquanto falava, mas lentamente foi-se refazendo do susto e, à medida que contava o sucedido, foi ficando com a voz mais segura, retomando o domínio das emoções, e o rosto começou a ganhar cor.

Mais neutro, como se aquilo não passasse de um incidentezinho menor entre os dramas diários da grande cidade, o agente parou de escrever no bloco de notas e pôs-se a cofiar uma pêra escrupulosa. A barba dava-lhe uma credibilidade e uma autoridade acrescidas. Percebia-se pela sua atitude que não queria ser só uma farda no local do crime, mas sim um profissional conhecedor que se inteirava da ocorrência num abrir e fechar de olhos. Quarenta e tal anos e uma barriga que começava a pesar, idade a mais para ainda andar no giro, pensou Zé Pedro. Não seria, por certo, o tipo inteligente e culto que tentava aparentar.

— O senhor é o proprietário? — perguntou o agente.

— Sou.

— E conhece o agressor?

— Não, mas conheço a mulher dele.

— Muito bem. Deseja apresentar queixa? — Arqueou uma sobrancelha como quem diz *andaste a meter a foice em seara alheia e não vais querer piorar as coisas com uma queixa na polícia. Para escândalo, já basta o que basta.*

— Ainda não sei. Tenho de pensar nisso — respondeu Zé Pedro, irritado com o ar insinuante do polícia. *Idiota*, pensou.

— Como queira — retorquiu-lhe, com um leve encolher de ombros e uma expressão de desdém demasiado óbvia. — O senhor é que sabe — acrescentou. *E a estupidez não tem limites,* não disse mas pensou, e fez questão de dar a entender que era o que estava a pensar. Já concluíra que Zé Pedro só tivera aquilo que merecera e mais valia que não se armasse em parvo com queixas na polícia.

Aquela postura paternalista do agente mexeu-lhe com os nervos. Zé Pedro não suportava *chuis* e muito menos *chuis* com tendência para dar sermões e para alardear falsas sabedorias. Ainda assim controlou-se para não iniciar uma picardia com o guarda. Limitou-se a ouvi-lo enquanto lhe dava informações sobre o procedimento habitual e a que esquadra se deveria dirigir se decidisse mais tarde apresentar a queixa. Deixou-o debitar o paleio formal sem o interromper e, ao mesmo tempo, ia observando a sua montra desfeita. Um dos quadros estava tombado. As duas telas, com as suas épicas batalhas marítimas, atingidas pelos estilhaços de vidro. Isso deu-lhe a volta ao estômago. E o polícia não se calava.

— Alguma dúvida?

— Nenhuma, obrigado — forçou um sorriso, nada simpático por sinal. *Só quero que te ponhas a andar daqui depressa,* pensou. O agente percebeu a mensagem e despediu-se.

Tal como Ricardo, a consciência política de Zé Pedro também se começara a formar nos tumultuosos tempos revolucionários do pós-25 de Abril. Mas ao contrário de Ricardo, durante os anos que se seguiram à revolução, Zé Pedro acabara enfiado até ao pescoço nas lutas dos movimentos estudantis. Naquela época — ainda um rapazinho de quinze anos, um magricela atrevido que não se furtava a dar o corpo ao manifesto quando as coisas aqueciam à porta do liceu Zé Pedro já se evidenciava por ser um dos *gajos* mais esclarecidos entre os *seus. Os seus* eram aqueles que militavam na extrema-esquerda e se opunham aos *betinhos* de direita.

Zé Pedro aparentava ser um rapaz mais maduro do que era. Muito alto, espertalhão, interessado, bastante exuberante na defesa das suas cores políticas, sabia de cor todos os argumentos da luta de classes, da ditadura do proletariado e do intransigente combate por uma sociedade igualitária e livre da exploração capitalista. Liderava sempre alguma lista concorrente às eleições para a associação de estudantes, e debitava todos aqueles palavrões ideológicos com uma desenvoltura que impressionava plateias ingénuas nas sessões de esclarecimento. Eram palavras coladas com cuspo e ideais com décadas de batalhas sangrentas e um passado que acumulava tragédias humanas que tinham mudado o mundo. Isso Zé Pedro não sabia — nem compreendia — mas adorava todos os momentos.

O mais importante era pertencer a um grupo, a um clã com identidade própria. Eram os tipos desmazelados das camisolas com o Che estampado no peito — o Che era um tipo muito fixe que tinha dado a vida pela liberdade dos povos, diziam, não o estróina de *kalash* na mão que andava pelas Américas a curtir uma de terrorismo e a matar inocentes, como diziam os cabrões dos capitalistas —, das calças de ganga sujas e das eternas sandálias, que defendiam a igualdade de classes e uma sociedade mais justa. Zé Pedro encarnava na perfeição esse espírito libertador com pretensões revolucionárias. Invulgarmente alto para a sua idade, e senhor de um paleio a roçar a desfaçatez, conseguia passar por mais velho. Os outros deixavam-se impressionar e seguiam-no sem lhe questionarem a liderança.

Nos estudos não era tão brilhante. Não se aplicava muito, desleixava-se nas matérias que não o entusiasmavam. Foi andando sempre com boas notas a Português, História e Filosofia, e resultados sofríveis nas restantes matérias. Sonhava ser escritor.

Quando deixou o liceu, já não se interessava pela política e pela luta violenta em que andara envolvido demasiado tempo. O país começava a mudar, e ele também. A extrema-esquerda havia sido derrotada pela democracia e, para Zé Pedro, as ideias que antes defendia com fervor já não faziam sentido. Crescera e começara a pensar pela sua cabeça, de modo que já não embarcava nos sonhos idealistas da propaganda fácil.

Ao contrário de muitos outros, Zé Pedro questionava o império soviético erigido à custa de milhões de cadáveres e as apregoadas maravilhas do outro lado da Cortina de Ferro. Conhecia a história, lera muitos livros e perdera as ilusões sobre a *liberdade* que se vivia na Europa do Leste.

Na época em que entrou para a universidade para prosseguir os estudos em Literatura, Zé Pedro continuava a ser o mesmo tipo cativante que defendia com inteligência os princípios em que acreditava, mas para ele a política já não passava das discussões inflamadas travadas madrugada fora numa roda de amigos. Muito tabaco, muito álcool e muita bazófia. Debatia-se política com paixão e concertava-se o mundo enquanto se esvaziavam umas garrafas. Era divertido, nada mais.

Zé Pedro apoiava o socialismo moderado, aceitava com naturalidade a democracia instituída, exercia o direito de voto como sentia ser seu dever, mas estava-se nas tintas para a luta partidária. Tinha-se afastado a tempo de algumas companhias pouco recomendáveis e sentia-se bem assim.

Finalmente, desiludiu-se com as aulas e abandonou a universidade. Conseguiu um emprego razoável num banco e começou a escrever. Nessa altura vivia com a namorada, ex-colega de curso, e empenhava-se mais do que nunca no objectivo de se tornar escritor. Mas depressa descobriu que tinha um caminho difícil pela frente. O primeiro livro, digno desse nome, só o escreveu mais tarde, já em Amesterdão, depois de ter terminado a relação com a antiga colega e de embarcar para a Holanda com o seu sonho solitário.

De modo que havia um lado rebelde bem enraizado na personalidade dele. O Zé Pedro adulto, ponderado, de quarenta anos, era o mesmo Zé Pedro que em tempos liderara batalhas campais à porta da escola contra os *betinhos* de direita. De certa forma, nunca abandonara os seus princípios de esquerda. Vivia em paz com um sistema que em muitos aspectos continuava a desprezar, mas não se rendera à lógica mercantilista, não se aburguesara — como gostava de pensar — ou, pelo menos, não se acomodara ao ponto de achar que traíra os seus valores e de sentir vergonha de si próprio.

Desdenhava o dinheiro e a fama. Não frequentava restaurantes caros e discotecas da moda, não gastava fortunas em carros e casas. Andava a pé, almoçava numa tasca pacata onde se fazia o melhor que havia da comida portuguesa e vivia numa casinha despojada de mobília, onde escrevia os livros que muito bem entendia. Desconfiava dos escritores da moda, certo de que escreviam livros *à la carte* com o único propósito de melhor os venderem.

Era um escritor considerado pela comunidade intelectual, mas quase ignorado pelo grande público porque se recusava a fazer concessões. E estava muito bem assim. Zé Pedro não se tornara uma pessoa azeda, revoltada com a vida, pelo contrário, achava-se abençoado pela sorte de ter alcançado aquela etapa feliz em que um homem se podia regozijar de fazer só aquilo que gostava, de ser independente e de não ter de *aturar merdas* a ninguém. E isso não tinha preço, era algo que lhe dava uma paz de espírito e um conforto a que podia chamar *felicidade.*

A vida não lhe dera tudo o que desejara, mas hoje em dia Zé Pedro sabia que a vida nunca é como a sonhamos. Porém, se nos esforçarmos e fizermos as opções correctas, a nossa realidade pode ficar algures a meio caminho do sonho. Ele ia a meio caminho do seu sonho.

Não era religioso, nunca tivera fé, talvez por causa da educação que recebera dos pais, ambos bons trabalhadores e fiéis marxistas, que nunca haveriam de mudar. Nem lhe era possível dizer se, de qualquer forma, teria acabado por perder a fé, caso tivesse recebido uma educação católica.

Normalmente, Zé Pedro era a calma em pessoa, porque o tempo moldara-lhe a tolerância e porque, afinal de contas, não tinha nada contra ninguém. Vivia como queria e não se metia nos assuntos dos outros. Era assim desde que se afastara dos amigos de outrora e partira para Amesterdão. Habituara-se à solidão pacífica da vida de expatriado e gozara essa existência tranquila com a sensação de ser imune às inquietudes normais do quotidiano das pessoas normais.

De regresso a Lisboa, achou que já não tinha sentido reatar as amizades antigas. O afastamento de Zé Pedro durante anos contribuíra para diluir o carácter sólido dessas amizades. Sentia que se tornara um homem diferente e que já não pensava como aqueles que haviam sido seus companheiros inseparáveis. Ainda sabia o paradeiro de alguns, dos que haviam feito carreira política. Via-os em fotografias nos jornais e na televisão. Mas ao ouvi-los falar, só conseguia pensar que eram pessoas desesperadas, agarradas a utopias improváveis.

Um dia, cruzou-se por acaso com um desses rostos do passado, um amigo incansável — na época tratavam-se por camaradas — de tantos e tantos dias de lutas e de borgas. O amigo era agora um quadro influente do Partido Comunista e deputado da Assembleia da República. Foram tomar um café em nome dos velhos tempos e Zé Pedro acabou a ouvir um monólogo penoso sobre uma conspiração insidiosa entre os socialistas e os *cabrões* da direita, para repartirem um poder perpétuo e as regalias do Estado. «Traidores da revolução», chamou-lhes, e Zé Pedro ficou ali sentado, perplexo, a pensar que aquele tipo ainda estava parado no 25 de Abril de 74, e era como se eles os dois não vivessem no mesmo país e não falassem a mesma língua.

De modo que não quis voltar atrás na vida e procurar os antigos amigos. Outros tempos, outras mentalidades. Esse tempo havia passado. Agora devia seguir em frente.

Embora a solidão não o incomodasse, havia dentro da sua cabeça uma vozinha recorrente que lhe dizia que estava a deixar para trás a oportunidade de passar por uma das experiências obrigatórias da humanidade. Era como se tivesse um alarme no cérebro que tocava quando ia na rua, ou estava no supermercado e via uma criança pela mão do pai, e surpreendia nos olhos deste um brilho intenso e uma expressão encantada. Tamanho desvelo, imaginava, só se podia dever a um sentimento único, reservado à paternidade.

Zé Pedro sabia, por ouvir dizer a outros, que ter um filho era uma experiência tão emocionante que alterava um homem. Acreditava quando lhe asseguravam que uma pessoa descobria em si própria emoções que nem imaginava que existiam. Zé Pedro pensava muito nisso. Gostaria de ter um filho. E até estava disposto a abdicar dos pequenos egoísmos da sua condição de solteiro e a adaptar-se às mudanças radicais que a responsabilidade de criar uma família implicava.

Todavia, nos últimos anos, Zé Pedro tinha sido sempre inconsequente com as mulheres. Habituara-se a navegar na espuma dos dias, despreocupado. Aceitava o que a vida lhe trazia de bom e rejeitava as complicações implícitas dos compromissos sólidos. Ia para a cama com elas, mas não as queria para companheiras. O mais parecido com uma relação duradoura que Zé Pedro admitia era partilhar a casa com o gato, e nem mesmo esse ele considerava como seu. Tanto assim que nunca lhe dera um nome, nem sequer assumia a responsabilidade de o alimentar todos os dias.

Tinham passado muitas mulheres pela sua vida. Vinham à livraria, insinuantes, rondavam a bancada das novidades, levavam-lhe dois livros ao balcão para lhe pedir conselho, para que desempatasse, e arranjavam forma de prolongar a indecisão simulada e a conversa, depois de lhe captarem a atenção.

Mostravam-se interessadas nele de um modo tão evidente que não seria possível serem mais directas. As mulheres quando cobiçavam um homem conseguiam ser desconcertantes de tão óbvias. Zé Pedro lia-lhes os sinais e dava-lhes troco, se lhe agradavam. Elas regressavam sempre com o pretexto de quererem mais um livro. Como um predador de sangue frio, deixava-as cair na armadilha dos sentimentos profundos, fazendo-as crer que tinham um lugar especial no seu coração.

Depois da conquista, dos comentários amorosos sussurrados à mesa de alguma esplanada à beira Tejo — o Sol a pôr-se com um esplendor de fogo no horizonte romântico, sugerindo o sonho de um amor para toda a vida —, depois das mãos juntas e da respiração suspensa de um primeiro beijo molhado com sabor a novidade, das defesas definitivamente caídas, do sexo consentido com a esperança de uma relação estável, chegava a hora de cortar amarras e elas percebiam, despedaçadas, que tinham ido meter-se direitinhas na boca do lobo.

Zé Pedro não queria ser de ninguém, queria gozar a vida e não permitia que mulher alguma o sufocasse com uma paixão indesejada. Só se entregara sem reservas duas vezes no passado e nenhuma delas acabara bem: uma primeira, com a namorada da universidade — com quem chegara a viver algum tempo —, a segunda, com Mariana, bem mais curta, mas a única que lhe perdurara em sonhos impossíveis durante quinze anos. Não sabia explicar aquele entusiasmo inabalável por Mariana, mas com a mesma facilidade que se libertava das namoradas ocasionais sem um suspiro de indecisão, também tinha a certeza arreigada no mais íntimo do seu ser de que o mundo seria perfeito se ela fosse sua mulher para sempre.

Era uma certeza tão forte que Zé Pedro se viu remetido a um silêncio ressentido, a pensar na cena da pedra enquanto dois homens lhe tapavam com um contraplacado provisório a

montra vandalizada. E o episódio violento daquela manhã sus-
citou-lhe uma questão definitiva: O que é que ele estava disposto a fazer para não perder Mariana? *Qualquer coisa*, replicou
a si próprio sem precisar de pensar duas vezes, *qualquer coisa*.

25

Voltou para trás do balcão. Pegou na lista telefónica, *Páginas Amarelas,* sentou-se no banco alto e colocou-a no colo. Acendeu um cigarro, expirou o fumo para o tecto e pousou os olhos pensativos nos homens que terminavam o trabalho na montra. Começou a folhear a lista telefónica sem grande determinação. Passou as folhas com uma mão displicente enquanto pesava as consequências daquilo que lhe ia na alma.

A livraria mergulhara numa penumbra lúgubre. A única claridade do dia que entrava era pelo vidro da porta, e Zé Pedro esquecera-se de acender as luzes. O homem na montra pregou os derradeiros pregos e disse «pronto, já não cai». «Desde que não haja nenhum vendaval», acrescentou o outro, dirigindo um olhar irónico para Zé Pedro, que não se deu ao trabalho de lhe replicar. «Dá cá mais um prego», disse o primeiro, por descargo de consciência.

Zé Pedro contemplou a livraria vazia. *Mais um dia com a casa às moscas,* pensou, desviando-se momentaneamente do assunto que lhe ocupava a cabeça. Deu uma passa distraída no cigarro já no filtro. A cinza inteira caiu-lhe em cima das páginas abertas no colo. Expeliu o fumo com um sopro resoluto, agarrou na lista telefónica e despejou as cinzas num grande cinzeiro prateado à sua frente. Fechou a lista, atirou-a para o balcão e levantou os braços acima da cabeça com as mãos unidas. Espreguiçou-se devagar, como um gato, esticando os músculos ao máximo para logo a seguir deixar cair os braços e relaxar os ombros com um suspiro resignado, a pensar que não conseguia pensar com aqueles dois a martelar pregos no contraplacado.

Levantou-se, deu a volta ao balcão e foi dar uma espreitadela à obra. «Isto daqui não cai», asseverou-lhe o tipo do martelo. «Amanhã já lhe trazemos o vidro», acrescentou o outro, ocupado a arrumar a tralha toda numa caixa de ferramentas.

Acompanhou os homens à porta. Vista de fora, a loja com a montra entaipada parecia fechada para obras, ou pior, para demolição. O prédio fora pintado no ano passado, de amarelo, mas já começava a ficar sujo outra vez.

Deu com a sua imagem reflectida no vidro da porta e deparou com um homem com as mãos nos bolsos das calças de ganga, *T-shirt* cor de vinho por fora das calças, sapatos de ténis e um cabelo encaracolado ruivo como fogo e demasiado comprido. Ali estava ele, bem avançado na idade adulta, mas vestindo-se ainda como um puto de vinte anos. *Quero lá saber.* De qualquer maneira, não parecia ter a idade que tinha.

— Fizeram-lhe aí um bonito trabalho — comentou uma voz familiar atrás de Zé Pedro. Voltou-se e era o advogado do primeiro andar, por cima da livraria, um tipo engomadinho, na casa dos sessenta, uma réstia de cabelo bem aparado a emoldurar-lhe a careca e unhas tratadas por mãos experientes.

— Ah, doutor, está bom?

— Eu estou, e você?

Encolheu os ombros.

— Já tive dias melhores — disse, resignado.

— Sabe quem é o tipo?

— Hum-hum. — Abanou a cabeça.

Ficaram em silêncio, um ou dois segundos, a contemplar a montra entaipada.

— Que raio de livro é que você lhe vendeu, para o homem ficar tão chateado? — perguntou o advogado, com um laivo de cinismo. Zé Pedro esboçou um sorriso frágil.

— Não — disse —, isto foi outra coisa — calando-se em seguida.

— Hum — fez o advogado. Compreendeu que ele não queria revelar-lhe o motivo do tumulto e desistiu de lhe sacar nabos do púcaro. Em seguida olhou para o relógio sem ver as horas e anunciou: — Bem, tenho de ir.

— Até amanhã, doutor.

— Se precisar dos meus serviços para processar o tipo, diga-me — ofereceu-se, à laia de despedida. — Estou ao seu dispor.

— Está bem, doutor, eu digo-lhe. Obrigado.

Mas Zé Pedro não tencionava processar ninguém. A sua experiência do tempo em que era estudante ensinara-o a não gostar de polícias — demasiadas manifestações ilegais, cargas de porrada da polícia de intervenção e passagens ocasionais por uma ou outra esquadra para identificação — e a desconfiar dos advogados. O passado era o passado e, embora achasse que não tinha motivos para se envergonhar dessa época heróica, considerava-a um capítulo encerrado. Contudo, havia hábitos que não se perdiam e um deles era que preferia resolver os seus problemas sem envolver os *chuis ou* os advogados e os tribunais nas confusões que só a si lhe diziam respeito.

Mesmo sem conhecer Ricardo pessoalmente, Zé Pedro já se inteirara o suficiente, através de Mariana, para formar uma opinião sobre o género de pessoa que devia ser. *Um betinho de direita,* pensava nele com esta frase redutora que no entanto fazia todo o sentido na sua cabeça, na medida em que o enquadrava num grupo social com uma série de característi-cas muito concretas. Não tinha uma imagem mental dele como tinha das pessoas que conhecia quando se lembrava delas, mas era-lhe fácil imaginar como se vestia, como pensava na generalidade, os seus princípios de vida — conservadores, claro —, os ambientes em que se movia, o círculo de amigos, estúpidos presunçosos que pautavam o próprio sucesso pela capacidade de exibirem apartamentos de luxo, carros topo de gama e roupas de marca; gente que adoptava o dinheiro como religião e que representava tudo o que Zé Pedro detestava.

Mariana também fazia parte desse meio social. Era uma contradição, admitia-o, mas refugiava-se no argumento providencial de que o amor não se explica. Gostava dela e, quando se amava uma pessoa, era necessário fazê-lo sem reservas. Não havia espaço para preconceitos, era pegar ou largar. E a história do amor de Zé Pedro e Mariana resumia-se a eles, enquanto homem e mulher. Apaixonara-se por ela em Amesterdão — terreno neutro, portanto — sem lhe conhecer a família, os amigos, a casa onde vivia, o local onde trabalhava e os lugares que frequentava. Não fora um problema na altura e continuava a não ser agora.

Zé Pedro pensara no assunto, não seria hipócrita ao ponto de fingir que não lhe ocupara a cabeça nem por um segundo. A maneira como as coisas evoluíram — Mariana a dizer-lhe finalmente que se ia separar do marido e, depois, aquela cena com a cunhada dela que os apanhara em flagrante —, a forma como os acontecimentos se haviam precipitado levaram Zé Pedro a acreditar no impossível: Mariana seria sua mulher, talvez, preferia pôr um grande *talvez a* seguir a esse pensamento promitente, não fosse sofrer uma segunda desilusão com Mariana.

De qualquer modo, as defesas psicológicas desvaneciam-se quando Zé Pedro se punha a sonhar acordado e a imaginar a sua vida com Mariana. E nessas alturas, pressupondo que estava a considerar um compromisso para o resto da vida, não deixava de analisar as diferenças culturais entre ambos, e até que ponto duas pessoas nascidas e criadas em ambientes sociais tão díspares podiam ser compatíveis e construir uma relação feliz.

Ponderando essa questão, Zé Pedro concluía que tudo correria bem entre eles desde que ela não lhe tentasse impingir os seus amigos e não o pressionasse a fazer o que ele não quisesse; e vice-versa. Portanto, esse era um falso problema. Não haveria nenhum choque de culturas que se interpusesse entre eles.

Já o marido de Mariana era outra conversa. Zé Pedro achava que topava muito bem qual era a onda dele: um tipo pacífico, cheio de bons princípios, muito católico e tolerante até lhe pisarem os calos. O descontrolo de Ricardo, a agressividade levada ao extremo, tornando-se um vândalo quando sentia o tapete a fugir-lhe debaixo dos pés, revelava que não gostava que o contrariassem, que não aceitava um *não* como resposta. Zé Pedro imaginava que Ricardo não teria erguido uma empresa do nada se não tivesse mão de ferro com os funcionários. Era aquela mentalidade autoritária, do quero, posso e mando que a ele, pessoalmente, lhe dava vómitos. Odiava pessoas que só respeitavam a opinião dos outros desde que coincidisse com a delas.

Zé Pedro aprendera há muito que qualquer homem, por mais civilizado que fosse, podia tornar-se um selvagem de um momento para o outro. A cena macaca de Ricardo, naquela manhã, só lhe fazia lembrar aqueles tipos de duas facetas, incansáveis e extremosos em família, violentos e impiedosos fora de casa. Não iria tão longe no que se referia a Ricardo, não pensava que fosse um tipo totalmente destituído de escrúpulos, mas também não tinha ilusões sobre quão fina era a linha que separava a vida controlada do ramerrão diário, do comportamento mais primário. Os jornais estavam cheios de exemplos desses, notícias sobre tipos inofensivos que nunca tinham feito mal a uma mosca, a quem num dia qualquer saltava a tampa e, de súbito, matavam a mulher, a sogra, o cão, o gato e tudo o que mexesse e lhes aparecesse pela frente.

A desfaçatez de Ricardo em invadir-lhe a livraria, aterrorizar a pobre da Rosa, deixar ameaças no ar e ainda se achar no direito de lhe partir a montra à pedrada era uma prova muito clara de que se tratava de um filho da puta egoísta sem limites, pensava Zé Pedro, e, quanto mais o fazia, mais sentia crescer a revolta dentro de si.

Era óbvio para Zé Pedro que, independentemente de Ricardo amar Mariana — e não duvidava de que assim fosse —, o tipo pensava na mulher como se ela fosse propriedade sua. Ricardo dispunha-se a lutar por Mariana com os mesmos métodos que utilizaria para evitar que lhe roubassem um objecto de valor. Como se Mariana não tivesse vontade própria ou, se a tivesse, não devesse ser levada em conta.

Zé Pedro voltou para dentro e foi sentar-se outra vez no banco alto por detrás do balcão. Acendeu um cigarro enquanto retomava a pesquisa nas *Páginas Amarelas*. Fumar apaziguava-lhe os nervos. Procurou o capítulo das empresas de informática e memorizou a morada que lhe interessava sem precisar de a escrever num papel. Tinha boa memória, pensou, com toda a carga vingativa que essa reflexão implicava.

Acabou de fumar o cigarro sem se apressar. Batiam as quatro da tarde e restava-lhe ainda muito tempo para a tarefa que se propunha levar a cabo. Sem se dar conta da frieza do seu raciocínio, Zé Pedro ponderou os passos a dar, um por um, de forma a garantir que cumpriria o objectivo com sucesso. Sem qualquer problema de consciência que o levasse a parar para pensar se seria sensato fazê-lo. Por momentos, regressou à época em que ele e os companheiros organizavam acções subversivas com a mesma precisão das operações militares. Fazer o reconhecimento do objectivo, calcular o tempo para entrar, executar e sair como um fantasma; evitar a confrontação desnecessária, não se desviar do objectivo principal, não deixar provas incriminatórias. Estava tudo a voltar-lhe.

Na época dos grandes combates políticos Zé Pedro não se limitara às escaramuças estudantis com os *betinhos de direita*. Houve ocasiões em que se envolveu em coisas bem maiores, coisas que lhe teriam custado a liberdade se tivesse sido apanhado pela polícia. Coisas como aquela operação coordenada com os tipos do PC para dispersarem uma *manif* organizada pela direita com o intuito provocador de celebrar a nostalgia do passado. A marcha iria descer a Avenida da Liberdade, no coração de Lisboa. A missão de Zé Pedro e dos seus companheiros consistiu em colocar vários petardos em locais estratégicos ao longo do percurso, fazendo-os rebentar com um estrondo de campo de batalha quando o grosso dos manifestantes desfilava frente à sede do Partido Comunista. Não eram bombas, apenas artefactos ruidosos para lançar o pânico entre a multidão. Nesse momento — enquanto Zé Pedro e os companheiros se divertiam a ver os *fachos* correr como coelhos assustados numa fuga precipitada pelas ruas transversais — uma centena de comunistas de fibra saiu à rua e gritou palavras de ordem com o punho esquerdo bem erguido no ar.

Tempos loucos esses, tempos passados, pensava ele, tempos de uma outra vida. E, no entanto, via-se agora a planear uma pequena operação particular, punitiva, com o pensamento condicionado pelas velhas tácticas guerrilheiras, como se nunca se tivesse deixado disso. Parecia um agente de um estado terrorista, adormecido durante anos, que levava a sua vidinha sensaborona de cidadão exemplar até ao dia em que era reactivado para executar uma missão destruidora.

Esmagou no cinzeiro prateado a beata fumada até ao tutano. Um *trim-trim* irritante arrancou-o aos pensamentos. A porcaria do telefone começou a tocar na prateleira debaixo do balcão. Zé Pedro lançou um olhar rancoroso ao aparelho. Não atendeu, *não estou para ninguém*, pensou, agarrando no casaco de bombazina verde-garrafa muito pouco elegante, comprado há já dois anos na Zara, mais por necessidade do que por vontade. Bom e barato, o *design* que se lixasse.

Agachou-se para dar duas voltas à fechadura da porta da livraria, quase ao nível do chão. Abanou a porta duas vezes para se certificar de que ficava bem fechada e enfiou a chave no bolso do casaco. Deu meia-volta, com a cabeça mergulhada em pensamentos práticos — *o transporte para lá, vou de Metro, não me esqueci do boné, não, está no bolso de dentro do casaco, tenho a carteira e o tabaco, vamos lá então* — e pôs-se a caminho, contra a corrente de fim de tarde que atravessava a Baixa, entre o Rossio e a Praça do Comércio, em direcção ao barco para a outra banda.

26

Tinha dado algum trabalho aos três perplexos funcionários — os rapazes da manutenção chamados de urgência — fazer com que o gabinete de Ricardo recuperasse uma aparência minimamente normal. Colocaram a secretária no seu lugar, substituíram a cadeira esfaqueada por outra provisória, limparam os vidros estilhaçados do armário, recolheram os dossiês e a papelada espalhada pelo chão e voltaram a fixar as dobradiças arrancadas a pontapé da ombreira da porta.

Ricardo deixou claro a todos que não tencionava dar explicações sobre o furacão destruidor que lhe arrasara o gabinete. Nem precisou de verbalizar a sua intenção de colocar uma pedra sobre o assunto, bastou-lhe rosnar algumas ordens secas à secretária para que esta as transmitisse com uma diligência solene aos colaboradores mais próximos e ao chefe da manutenção, acrescentando-lhes a advertência definitiva de que o patrão estava com um humor de cão. As relações de Ricardo com as pessoas, que trabalhavam com ele eram, no mínimo, peculiares. Era um patrão na verdadeira acepção da palavra, em geral correcto com as pessoas, mas volta e meia excedendo-se nos acessos de irascibilidade. Havia dias em que se comportava como uma verdadeira besta, gritando com todos, insultando desde os directores às secretárias. Nesses dias, já se sabia, era melhor uma pessoa manter-se ao largo e esperar que a crise passasse.

Havia três directores, mais próximos, que privavam com Ricardo com uma certa abertura e que se esforçavam por manter a relação com o patrão dentro de um espírito de amizade. Eram a elite da empresa, gozavam do privilégio de tratar Ricardo por tu e de poder emitir opiniões sem rodeios nas reuniões de trabalho, muito embora soubessem por experiência que era mais avisado serem moderados nas críticas e lestos a concordar com as ideias de Ricardo. Não eram seus verdadeiros amigos, mas recebiam ordenados generosos e pretendiam mantê-los, de modo que era aguentar e cara alegre. Em contrapartida, Ricardo exigia-lhes lealdade absoluta e levava a mal quando algum deles dizia a palavra *impossível* em resposta a uma ordem sua. Ricardo decretara há muito que naquela empresa não havia impossíveis, pois não pagava àqueles tipos para que lhe contestassem as ordens, mas sim para que as executassem e ponto final. Podiam achar o que bem entendessem, mas no final quem decidia era ele.

Ricardo fizera aquela empresa a partir do zero e tinha a plena convicção de que não estaria onde estava hoje se não tivesse cortado a direito desde o princípio. Não seria um patrão lá muito popular, mas que se lixassem todos que ele já tinha amigos de sobra e, como se costumava dizer, trabalho é trabalho, conhaque é conhaque. Na empresa queria cães de fila, não queria amigos.

Naquele dia intratável, Ricardo passou horas seguidas a atirar ordens certeiras a todos os departamentos como se disparasse tiros de pistola. Fez de propósito para impedir que os colaboradores o incomodassem com perguntas embaraçosas para manter a cabeça ocupada e, já agora, descarregar a bílis em pequenas doses e evitar outra explosão descontrolada como a dessa manhã. Ricardo bem berrou com tudo e todos até às cinco da tarde, e continuou nesse registo frenético contra os resistentes que se aventuraram pelas horas extraordinárias — que, a propósito, só serviam para impressionar as chefias porque naquela empresa não se pagava nem mais um cêntimo depois da hora de saída —, mas não houve maneira de conseguir abstrair-se de Mariana e da maldita traição que lhe invadira o lar com um efeito destruidor como nunca imaginara ser possível.

Por volta das oito da noite, Ricardo viu-se sentado à secretária a vasculhar um monte de papéis, afadigando-se numa pesquisa inútil para descobrir um qualquer assunto inadiável que o prendesse ali a trabalhar por mais algum tempo. Mas a verdade é que já não havia nada para despachar que não tivesse de esperar pelo expediente do dia seguinte.

Recostou-se na cadeira, rendido à evidência de que teria de voltar para casa, mais hora menos hora, por muito que isso lhe custasse. Não se sentia com coragem para encarar Mariana, sabendo que não teria nada de agradável para lhe dizer e, pior ainda, receoso de que ela estivesse já na disposição de o dar como um caso encerrado.

Ricardo não o sabia, mas ela ainda não estava a par do seu intempestivo assalto à livraria de Zé Pedro. De facto, Mariana tentara contactá-lo durante a tarde, mas ninguém atendera o telefone na livraria. Aliás, ela não chegara a falar com Zé Pedro depois de ter contado tudo a Ricardo no sábado anterior. Ele apenas deduzira que ela já o fizera devido à reacção muito pouco subtil do marido. E o silêncio de Mariana, aliado ao insólito ataque de ciúmes de Ricardo, deixou Zé Pedro bastante ansioso.

A falta de comunicação entre os dois naquele momento crucial das suas vidas acabaria por lhes provocar muitos dissabores e, mais uma vez, condicionar-lhes um futuro que nem um nem o outro teve a lucidez de profetizar.

Na altura, Mariana não se apressou a falar com Zé Pedro por entender que aquele era um assunto seu e de Ricardo, demasiado delicado para envolver uma terceira pessoa. Claro que Zé Pedro era o principal factor do problema, o rastilho que provocara o incêndio, mas no final das contas só ela poderia assumir a responsabilidade pelo fracasso do casamento. Tratava-se do *seu* casamento e ninguém a obrigara a destruí-lo ao fim de quinze anos de uma insuspeita dedicação ao marido.

Num primeiro momento, Mariana achou preferível não incomodar Zé Pedro com as dificuldades que estava a passar em casa. Mas depois de pensar melhor, percebeu que não o podia deixar em suspenso durante semanas e aparecer-lhe um dia destes com um sorriso aliviado a dizer-lhe olá aqui estou eu com a minha vidinha resolvida, já podemos começar tudo do zero. Por mais que o quisesse poupar, a verdade é que Zé Pedro tinha o direito de saber o que ela andava a fazer, até porque o casamento dela podia ser só dela, mas o que Mariana decidisse fazer agora a pensar no futuro também lhe dizia respeito.

E então, pesadas as coisas, Mariana decidiu telefonar-lhe e despejar o saco. Só que Zé Pedro não atendeu o telefone. E, por algum mistério que ela ainda não decifrara, mas que devia estar relacionado com o exótico desapego dele aos bens materiais, Zé Pedro não usava telemóvel, pelo que se mantivera incomunicável durante toda a tarde.

Mariana sabia como ele era independente e às vezes um bocadinho insondável. Não sendo propriamente tímido, Zé Pedro também não parecia ter necessidade de se prender a grandes amizades. Falava a toda a gente sem fazer distinções de maior, sempre atencioso, sempre com um sorriso pronto. Tal como ela o via, Zé Pedro era simpático e generoso mas cioso da sua privacidade. Senhor de um mundo muito próprio, não estava na disposição de o partilhar com muitas pessoas. Por isso Mariana não estranhava que Zé Pedro desaparecesse de circulação durante uma tarde inteira. Mais tarde, pensou, ele surgiria do nada com toda a naturalidade e, se ela quisesse saber por onde andara, dir-lhe-ia apenas: «Por aí.»

Acontece que Mariana só conhecia superficialmente o outro Zé Pedro, aquele que fizera da sua juventude um combate ideológico tão empenhado que, em muitos aspectos, ainda lhe condicionava a maneira de pensar e de agir.

Desta vez, ele não desaparecera de circulação apenas para se isolar, fizera-o com o propósito muito concreto de acertar as contas da manhã. Posteriormente, Mariana perguntar-lhe-ia como podia ter feito semelhante coisa sem sequer a avisar, e ele replicar-lhe-ia que não era um problema dela.

De modo que andavam os três a lidar com um problema comum como se fossem assuntos separados.

27

Levantou-se do seu lugar atrás da secretária e foi abrir a porta do gabinete. A sala contígua era um imenso *open space* tornado um labirinto devido às divisórias que separavam os espaços de trabalho dos funcionários, uma cambada de alienados geniais — como Ricardo gostava de se lhes referir com secreto orgulho — enfiados nos seus casulos artificiais è agarrados horas a fio aos computadores, viciados, resolvendo à distância problemas declarados insolúveis por clientes rendidos ao mistério informático, aceitando os desafios como se fossem jogos, programando e desenvolvendo novas aplicações à medida das necessidades de cada empresa. Quando os observava a trabalhar, com aquele seu aspecto de maltrapilhos desgrenhados, quais fedelhos que tivessem faltado à escola para ir para ali *brincar* com os computadores, Ricardo tinha a nítida sensação de que aqueles gajos gostavam tanto daquilo que até aceitariam trabalhar de graça, se lhes fizesse a proposta.

Normalmente agitada pelo labor criativo de dezenas de pessoas, àquela hora a sala encontrava-se mergulhada num silêncio profundo e numa penumbra fantasmagórica, cheia de reflexos coloridos projectados nas divisórias dos casulos e na parede do fundo pelos computadores nunca desligados, em cujos ecrãs se desenvolviam figuras geométricas em permanente mutação, uma eterna brincadeira informática, como se fossem máquinas de putos.

Aquela quietude animada pelos computadores em repouso, quais animais de estimação à espera dos seus donos, acentuou o sentimento de depressão que tomara conta de Ricardo logo de manhã, depois daquela tensão toda se ter esfumado com o impacto da pedra da calçada contra o vidro da montra. Sentiu-se abandonado como um cão rafeiro. *Todos me abandonam,* pensou com pena de si próprio, contemplando estupidificado a sala vazia.

Depois esboçou um sorriso amargo, porque lhe ocorreu a lembrança nostálgica de um tempo distante, em que eram muito menos e ainda batalhavam lado a lado para impor a empresa num mercado exíguo. Recordou-se das maratonas que faziam para cumprir prazos impossíveis, todos muito verdes, mas com uma febre de sucesso, um tal empenho juvenil que levava a situações absurdas como as vezes em que ele, o patrão, tinha de desligar o computador aos seus empregados para os obrigar a irem para casa descansar.

Chegava ao pé deles, afastava para o lado pratos sujos transformados em cinzeiros a abarrotar de beatas, encostava-se às suas mesas de trabalho povoadas de copinhos de plástico da máquina do café, cruzava os braços e perguntava a um tipo de vinte e poucos anos hipnotizado pelo ecrã: «E tu, meu rapaz, há quanto tempo é que estás aqui?», farto de saber que o rapaz não ia à cama há quarenta e oito horas. «Hã?», respondia-lhe o alienado, olhando para ele com uns olhinhos pequeninos e injectados que pareciam já não ver mais nada do que números e gráficos, ou lá o que era que eles escreviam nos computadores, pois disso Ricardo não percebia patavina.

Sorriu, triste, a recordar essa época em que tinha por sua conta aqueles viciados dos computadores, que trabalhavam dias a fio à base de café, cigarros e sandes. Quem os visse agora... parecia mentira, como se tudo se tivesse passado noutra empresa, noutra vida. Abanou a cabeça, desconcertado, constatando como tudo mudara. Tal como a empresa, os jovens viciados cresceram, engordaram, casaram, tiveram filhos, tornaram-se mais exigentes e mais selectivos nas suas opções. Muitos partiram, outros ficaram, mas à custa de um bom aumento. Ainda eram bons trabalhadores e adoravam o que faziam, sem dúvida mais experientes e mais responsáveis, mas já não havia maluquinhos presos aos computadores pela madrugada fora como se o destino do mundo dependesse dos seus desempenhos.

Regressou ao gabinete a limpar os óculos à gravata, enervado com a perspectiva de ter de ir para casa. Sentou-se mais um bocadinho. Voltou a pôr os óculos e, sem querer, caiu no vazio durante uns misericordiosos segundos, com os olhos vítreos concentrados no infinito, a alma em branco, sem pensar em absolutamente nada.

Abanou a cabeça para espantar o êxtase e recobrar os sentidos. Inspirou fundo e deixou-se esvaziar num longo suspiro. «Bem, está na hora», disse, em tom de fatalidade e em voz alta para se mentalizar de que não poderia passar a noite ali a olhar para as paredes e a atormentar-se com reflexões sombrias. Só lhe apetecia meter-se nos copos, mas a última garrafa desintegrara-se contra o armário do gabinete. Ponderou a hipótese de passar por um bar a caminho de casa, mas achou a ideia demasiado deprimente.

Vestiu o casaco, apagou as luzes e desceu à garagem.

Quando avistou o *Mercedes* estacionado no lugar reservado com a placa da empresa, sentiu um baque no coração. Abrandou um pouco a passada quase parando, revoltado perante a visão do carro destruído. *É impressionante a quantidade de estragos que fiz nos últimos dias,* espantou-se, fazendo a contabilidade mental de tantos danos em tão pouco tempo: uma bebedeira histórica, um gabinete arrasado, um carro desfeito, uma montra partida à pedrada com ameaças à mistura.

Ao pensar nisto, Ricardo não se reconheceu. Nunca pensara que pudesse ser tão violento e tornar-se um vândalo descontrolado com aquela facilidade. Havia uma ou outra história no passado, era certo, mas nunca *sujara* as mãos, por assim dizer.

E o pior é que ainda não se sentia satisfeito. Estava capaz de seguir em frente com a mesma fúria destruidora que lhe aliviara um pouco a alma, a dor de corno, queria ele dizer. Contudo, resistia muito a esta realidade, quase bloqueando a razão quando lhe vinha à cabeça a ideia de traição. Queria muito acreditar que Mariana não era culpada de nada e sim vítima de um filho-da-puta que lhe tinha enchido a cabeça de fantasias idiotas. Talvez fosse um mecanismo de autodefesa, um expediente psicológico para preservar o que restava do seu ego abalado, mas Ricardo não conseguia aceitar que a vida, às vezes, prega partidas de que não estamos à espera. Pensava, *já devia saber que não se pode dar nada como certo,* e logo a seguir empreendia numa explicação tortuosa para justificar o injustificável, *Mariana é uma alma pura, uma ingénua, e o outro cabrão, um manipulador.* Desculpava-a. Sentia-se magoado, claro, mas desculpava-a. Doutro modo a sua vida não faria sentido. Quinze anos enganado, quinze anos corno?! Não, não era possível. Ele estivera lá, vivera todos os momentos ao lado dela, os bons e os maus, tinham-se apoiado mutuamente, Mariana tivera uma filha dele, haviam partilhado sentimentos íntimos que não se podiam fingir. Aliás, não lhe entrava na cabeça que alguém pudesse simular um amor sem máculas durante tanto tempo. Ricardo não se lembrava de ter tido uma única zanga séria com Mariana. Eram, diziam todos os amigos — e com razão, pensava ele —, um casal exemplar.

Destrancou as portas com o comando à distância enquanto se aproximava do *Mercedes*. As quatro luzes dos piscas acenderam-se por um momento, à frente e atrás, iluminando-se em ângulos estranhos, persistindo em funcionar apesar de todas as pancadas e da chapa amolgada. Ricardo ia a abrir a porta quando pressentiu a presença de alguém, na sombra, à sua esquerda. O homem estava emboscado, imóvel e abrigado entre o pilar de betão e a parede à frente do carro, protegido pela penumbra daquele canto mal iluminado pelas lâmpadas fluorescentes da garagem.

«Ricardo?», perguntou o estranho. Apanhado de surpresa, Ricardo deu um salto instintivo para trás, assustado. Mas foi tarde de mais.

28

Tinha sido um dia difícil, mais um. Desde sábado Mariana nunca mais fora capaz de passar um minuto em paz. Sentia o coração apertado. Em todos aqueles anos de casada voltara sempre ao pensamento recorrente em que se via outra vez solteira. Imaginava o que faria se o seu casamento se desfizesse devido à inevitável corrosão que o tempo exerce até sobre as uniões mais sólidas. Fazia-o — como toda a gente, supunha — mais para aquietar o espírito do que por outro motivo qualquer. Mariana não receava que o marido a trocasse por algum amor mais fresco ou que a deixasse só por se ter cansado dela. Sabia-o apaixonado e fiel, e não tinha motivos para desassossegos.

Lera algures que é próprio dos homens imaginar as piores tragédias pessoais, porque isso ajuda a descomprimir da tensão que provoca o medo irracional de cenários catastróficos imprevisíveis. É uma forma de espantar fantasmas. Acontecia-lhe isso sem querer. Mas quando imaginava o divórcio, pensava sempre na perspectiva de um dia Ricardo se curar da paixão incondicional que o ligava a ela e nunca no contrário. Ironia das ironias, esse dia havia chegado, mas por culpa dela.

Nos seus devaneios inconsequentes, Mariana gastava muito tempo em planeamentos práticos, reestruturando de cabeça a vida ponto por ponto, pensando em todos os passos necessários para poder recomeçar com estabilidade e independência.

Porém, agora descobria que de nada lhe tinham valido essas previsões preventivas, na medida em que não era possível reduzir um acontecimento desta dimensão à frieza corriqueira dos aspectos práticos.

A questão não era tanto o dinheiro, a casa e o carro, mas muito mais os danos psicológicos que um divórcio provocava. Mariana começava a ter consciência disso, porque já se sentia emocionalmente arrasada e ainda nem sequer concretizara a separação. Mesmo sendo essa a sua vontade, era duro aceitar o facto de que se preparava para desistir de uma pessoa que a amava, que ela conhecia profundamente e que lhe dava toda a segurança do mundo.

E, de certo modo, assustava-a a ideia de embarcar numa aventura amorosa com um homem que tinha o poder de a encantar, mas que não podia dizer que conhecia assim tão bem. Havia demasiados *ses* a ponderar. Acontecia que, apesar de todos os receios, Mariana sabia que teria de correr o risco, porque quando caía na ilusão de que ainda lhe seria possível voltar atrás e suportar a vida sem Zé Pedro, era logo assaltada por uma tristeza avassaladora que não sabia explicar por palavras, mas que era de uma clareza absoluta para o coração.

Mariana foi buscar Matilde à escola e levou-a a lanchar a uma pastelaria escolhida ao acaso antes de regressarem a casa. Foi uma quebra na rotina que a miúda acolheu de imediato com entusiasmo. Ao vê-la sentada ali à sua frente, entretida numa tagarelice alegre, Mariana teve a súbita revelação de que a filha estava uma mulher. *Ainda bem*, consolou-se, *pode ser que assim entenda mais facilmente o nosso divórcio e não se atormente tanto.*

Com quinze anos, Matilde era a cara chapada da mãe. Tinha sido sempre uma miúda fácil, desde pequenina, sempre pronta a saltar para o colo da mãe. Mariana recordava com saudade os primeiros anos, quando ela a seguia pela casa inteira, agarrada às suas saias, choramingando se ia à casa de banho e a deixava à espera do lado de fora da porta. Ainda que se tivesse tornado um pouco mais independente e reservada com o advento da adolescência, Matilde estava longe de ser uma miúda-problema. Adquirira o hábito recente de se fechar durante horas no quarto a ouvir música e já não era tão comunicativa como em criança, mas Mariana constatava que a filha se tornara numa jovem responsável, estudiosa e, na maior parte das vezes, amável e atenciosa. Usava aparelho nos dentes como todas as raparigas da sua idade e começava a interessar-se por rapazes e a preocupar-se com a sua imagem. Usava o cabelo castanho-claro e liso cortado um pouco abaixo dos ombros e as feições harmoniosas do rosto, aliadas à sua simpatia natural, faziam pensar que não teria dificuldade em construir uma vida feliz.

Um dos seus maiores receios era que Matilde ficasse demasiado abalada com a notícia da separação dos pais e se revoltasse. Mariana compreendia que não haveria maneira de evitar que Matilde passasse incólume por aquela experiência traumatizante e, como ela própria se sentia fragilizada, teve necessidade de estar mais tempo a sós com a filha.

Por uma daquelas coincidências extraordinárias que às vezes nos assombram, Matilde saiu-se com uma conversa oportuna que permitiu a Mariana sondar a opinião dela sobre o divórcio.

— Os pais da Francisca divorciaram-se — anunciou Matilde entre duas dentadas com gosto numa bola-de-berlim com creme. Falava da colega de turma e sua melhor amiga.

— Não me digas — espantou-se Mariana. — Eles davam-se tão bem.

Matilde confirmou a notícia com um aceno de cabeça. — E a Francisca, como é que está?

— Está bem, acho eu.

Falaste com ela?

— Hum-hum.

— Ela ficou a viver com a mãe?

— Claro.

— O que é que tu achas disso?

— Do divórcio?

— Sim.

Matilde encolheu os ombros ao mesmo tempo que chupava por uma palhinha enfiada numa garrafa de *Coca-Cola*.

— Não sei — disse. — Já há tantos assim. Só na minha turma temos pelo menos cinco com os pais separados. É normal, acho eu.

— É... — assentiu Mariana, pensativa. — Queres mais alguma coisa?

— Não, já estou cheia.

— Então, vamos pedir a conta.

A conversa aliviou-a um pouco, se bem que tivesse as suas dúvidas sobre se Matilde encararia o assunto com a mesma displicência quando fosse com ela. Claro que não, concluiu.

Ricardo quase não falava com ela, só o indispensável. De manhã tinha acordado cedo, juntara-se a elas na cozinha, como de costume, trocara algumas palavras vagas com Matilde e saíra com a filha deixando para trás um «até logo» seco. Nada do beijo de despedida habitual. Mariana passara o dia suspensa das intenções de Ricardo, enervada com o seu silêncio. Precisava de falar com ele e não sabia até aonde é que o marido tencionava levar a atitude punitiva de a ignorar. Decidiu esperar por ele acordada até de madrugada, se fosse necessário, já a imaginar que Ricardo só voltaria para casa muito tarde. E rezou para que não viesse bêbado outra vez.

29

Foi uma espera demorada, um exercício de paciência, ali encaixado entre a parede e a coluna de betão, ao abrigo das câmaras de vigilância em frente do *Mercedes* de Ricardo, no lugar reservado com a placa onde se lia o nome da empresa dele. Zé Pedro chegara há quase duas horas. Entrara pela porta principal do edifício como qualquer pessoa. Trazia o boné com a pala a esconder-lhe o rosto e foi directo aos elevadores, mantendo a cabeça virada para baixo e os olhos no chão. Mais tarde, se alguém quisesse identificá-lo pelas gravações das câmaras de vigilância, só conseguiria ver um homem com um boné e as mãos enfiadas nos bolsos do casaco. Carregou num botão ao acaso. Saiu no quarto andar, mudou de elevador e desceu para a garagem.

Teve muito tempo para pensar no que fazia, ali naquele canto escuro e frio, na provável reacção de Ricardo, no perigo que correria se as coisas se descontrolassem, nos problemas que teria se fosse topado por algum segurança ou por outra pessoa qualquer que fosse a correr chamar a polícia. Absteve-se de fumar para não denunciar a sua presença, apesar de lhe apetecer muito puxar de um cigarro para acalmar os nervos e enganar o frio.

Já não fazia nada de semelhante há tantos anos que lhe parecia irreal ver-se metido numa alhada daquelas. Ponderou as consequências e concluiu que, se fosse apanhado, seria, no mínimo, terrivelmente embaraçoso ter de explicar a sua presença naquela garagem. Zé Pedro tinha consciência de que já não era o mesmo rapazinho arrogante que usava camisolas com a foto do Che e colocava petardos à socapa para dispersar manifestações. Agora, se fosse apanhado, era garantido que a notícia chegaria à imprensa e que a sua fotografia sairia em todos os jornais. Sendo um escritor conhecido, Zé Pedro não estava imune aos escândalos. Já não seria como na época em que uma escaramuça de rua com a polícia de choque lhe valia umas cacetadas valentes e umas horas na prisão, antes do regresso à vida anónima. Antigamente, por mais graves que fossem os confrontos, pelo menos não tinha de se preocupar com a reputação.

Em momento algum se preocupou com o que diria Mariana quando soubesse daquilo — e podia estar certo de que ela acabaria por saber — e qual seria a sua reacção. Negativa, com certeza, mas um homem tinha de fazer o que tinha de fazer e não ia ser um filho-da-puta qualquer que lhe ia atirar pedras à montra da livraria e ficar sem resposta só por ser um corno de um cabrão. E quanto mais pensava nisso, mais tinha vontade de disparatar. Ricardo não tivera tomates suficientes para esperar por ele na livraria. Preferira partir-lhe o vidro, assustar Rosa, sabendo que a mulher não tinha nada a ver com o assunto, e fugir. Pois bem, Zé Pedro esperaria por ele, com toda a certeza do mundo de que não se acagaçaria nem se deixaria trair pelos nervos.

Ao fim de algum tempo Zé Pedro já estava a mudar o peso de um pé para o outro e a bater o dente de frio. Sabia, por experiência própria, como estes factores contribuíam para desmoralizar uma pessoa naquela situação. A espera fazia um tipo distrair-se do objectivo principal, começar a perguntar-se por que raio se sujeitava a tamanhos perigos, se valeria mesmo a pena o sacrifício e por aí fora. Zé Pedro aprendera a disciplinar-se e a nunca perder o sangue-frio e por isso, por conhecer tão bem os sintomas do derrotismo, não se deixava cair nas armadilhas mentais.

Naquela época distante em que ele e os amigos se envolviam em todo o género de confusões, levados pelo entusiasmo de uma ideologia exacerbada e pela adrenalina juvenil que os excitava e os viciava no perigo — e ainda hoje não sabia qual dos dois factores era mais estimulante, se bem que o primeiro ter-lhe-ia sido indiferente sem o segundo —, Zé Pedro passara por muitas situações-limite. A determinada altura já não se tratava só de um grupo de arruaceiros que gostava de andar à porrada e de mostrar que eram os gajos mais tesos do liceu. Zé Pedro viu-se a comandar uma autêntica tropa de choque às ordens de obscuros líderes da esquerda mais radical. Havia os encontros clandestinos para receber instruções, os ataques violentos às sedes dos partidos de direita, aos comícios e às manifestações dos sociais-democratas e dos centristas; houve o cerco à Assembleia da República na fase mais quente da luta política e um sem-número de batidas à noite, pelas ruas da cidade, para desancar os pobres voluntários que colavam cartazes de candidatos legítimos a eleições democráticas. Num espaço de tempo muito curto, Zé Pedro tornou-se um especialista em actos subversivos e envolveu-se em muitos dos acontecimentos violentos que fizeram as notícias daquela época em que a política se fazia no fio da navalha.

Ainda nem sequer tinha dezoito anos quando foi abordado por um dos seus contactos habituais e recebeu uma inesperada proposta para se juntar a um grupo de camaradas que andava a observá-lo há vários meses — foram estas as palavras usadas pelo homem — e queriam que alinhasse num projecto político muito especial.

O projecto incluía uma viagem paga à Líbia para uma temporada num dos campos de treino que o coronel Muammar Khadafi mandara instalar no deserto e que financiava com os fundos ilimitados do petróleo para promover o terrorismo internacional.

Anos antes, em Setembro de 1969, o extravagante líder líbio, então com apenas vinte e oito anos, dirigiu um golpe de estado contra a muito contestada monarquia do rei Idris e proclamou a república. Khadafi nacionalizou as empresas estrangeiras e fez generosas ofertas de terras aos agricultores, com casa e tractor incluídos. Também prometeu dividir a fortuna do petróleo por todos os líbios e, embora depois não tivesse cumprido a promessa, proibisse os partidos e decretasse a censura para não ser contrariado com a sempre aborrecida liberdade de imprensa, que diabo, não havia regimes perfeitos. O povo idolatrava-o naqueles primeiros tempos, Moscovo apoiava-o e, portanto, as coisas não poderiam estar a correr melhor para Khadafi.

Em seguida, o Coronel virou-se para outro projecto que já fervilhava há muito no seu espírito funesto. A Líbia, senhora de um território cinco vezes maior do que Portugal e, apesar disso, com cerca de metade da população portuguesa, reunia as condições ideais para o projecto. Khadafi decidiu aproveitar o discreto e imenso deserto para instalar aí dezenas de campos de treino para terroristas. O grupo Baader Meinhof e a Facção do Exército Vermelho, alemães, o IRA, irlandês, a ETA, basca, as Brigadas Vermelhas, italianas, enfim, toda a fina flor do terrorismo internacional foi acolhida pelo bem-aventurado Coronel e financiada com os dinheiros do ouro negro.

Nos anos que se seguiram, o terrorismo proliferou com as suas acções mortíferas um pouco por todo o mundo ocidental. A própria Líbia organizou os seus atentados na década de oitenta, de entre os quais o mais espectacular foi a explosão de uma bomba que derrubou o voo 103 da Pan Am sobre a cidade escocesa de Lockerbie e matou centenas de pessoas. Khadafi afrontou o inimigo americano e celebrou com gáudio a notícia de que o sangue de civis inocentes era derramado a jorros. «Ah, que grande vitória!», exclamou o Coronel, exultante, dando um murro entusiasmado na sólida mesa de ébano, na sua luxuosa tenda armada algures no deserto, para onde gostava de se retirar por curtas temporadas, qual profeta islâmico em busca da luz divina.

Mas também teve os seus sobressaltos. Foi derrotado no Chade, onde uma aventura militar mal calculada culminou numa grande humilhação, e perdeu uma filha quando o presidente Reagan ordenou um ataque aéreo ao seu palácio em Tripoli. O bombardeamento foi uma retaliação exemplar a um atentado à bomba contra uma discoteca em Berlim frequentada por soldados americanos.

Khadafi só viria a repensar a sua política de terror após perder o apoio da União Soviética na década de noventa. O muro de Berlim caiu e a Líbia, empobrecida pelas sanções internacionais, atolou-se na desgraça do isolamento económico.

E foi para passar uma temporada neste país governado pela insanidade que, a determinada altura, Zé Pedro foi convidado, com o sinistro objectivo de lhe serem ensinadas as mais sofisticadas formas de matar. Iria aprender técnicas de sabotagem, a fabricar todo o tipo de bombas e a manusear armas de guerra. Seria o curso completo. Voltaria diplomado em terrorismo.

Zé Pedro compreendeu que há alturas na vida em que um homem tem de fazer opções decisivas, porque se se mete por um caminho sem regresso, o mais certo é condenar-se a um inferno antecipado; e disse para consigo que não seria o destino a decidir por si, mas sim ele a fazer o seu próprio destino. Não daquela vez, não enquanto estivesse nas suas mãos decidir.

Um dos seus companheiros, que se encontrava internado no hospital a tomar as refeições por uma palhinha, recuperava, entre outras coisas, de um grave ferimento de bala. Olhando à sua volta, Zé Pedro constatava que tudo aquilo havia tomado proporções sérias e já não achava tanta graça à vida em que andava metido. Aos poucos, a política nacional ia estabilizando e ele começava a perguntar-se até que ponto seria legítimo o uso da violência para fazer valer um ponto de vista político. Recusara-se sempre a utilizar armas de fogo ou navalhas e não lhe parecia concebível embarcar numa viagem clandestina rumo a um deserto qualquer, no meio de África, para aprender a matar inocentes. Se bem que os apologistas do terrorismo defendessem que se tratava de uma guerra onde ninguém era inocente, Zé Pedro mantinha intacto um sentido humanitário que o impedia de aderir à selvajaria das carnificinas.

Disse que não, sob a promessa solene de que esqueceria a proposta ou acabaria numa cama de hospital ao lado do seu camarada baleado. Esse foi o ponto de viragem. Começou a desligar-se das actividades políticas, afastou-se dos companheiros e recomeçou a estudar. O que ele queria era ser escritor e não terrorista.

Anos mais tarde, depois de uma direcção especial da Polícia Judiciária acabar de uma assentada com o terrorismo em Portugal, Zé Pedro reconheceu dois dos seus antigos companheiros na televisão, sentados no banco dos réus, atrás do vidro à prova de bala da sala de audiências do tribunal de Monsanto.

30

Ao avistar a figura de Ricardo a menos de dois metros de distância do local onde se encontrava emboscado na garagem, Zé Pedro teve a percepção instantânea de que dispunha de menos que nada para agir. Caso contrário, perderia a vantagem da surpresa e poderia ver-se metido num grande sarilho.

Zé Pedro sabia que neste género de situações havia que contar com os imponderáveis e, no caso, a incógnita maior era Ricardo. Zé Pedro não tivera oportunidade de avaliar o homem que enfrentaria. Mariana só lhe falara do marido como uma pessoa atenciosa com a família, carinhosa com ela e com a filha, e devotada ao trabalho. E não lhe mostrara uma fotografia dele em nenhuma ocasião, nem lhe dissera que Ricardo jogara râguebi na juventude, e que os cem quilos que pesava se deviam em grande medida aos anos de treino para desenvolver a massa muscular e a agilidade. Claro está que o Ricardo de agora não era o mesmo Ricardo capaz de atropelar meia dúzia de adversários quando ganhava velocidade com a bola oval bem protegida pelos braços grossos como troncos, embalado em direcção à linha de cabeceira da equipa contrária. Mas Ricardo também já provara que podia ser muito diferente do marido carinhoso habitual, de modo que Zé Pedro não se espantaria se ele voltasse a surpreendê-lo.

— Ricardo? — perguntou-lhe, dando um passo em frente. Mas não esperou pela confirmação. Aproveitando-se da vantagem da surpresa e do facto de ser bastante mais alto que Ricardo, Zé Pedro deu mais um passo em frente, deitou as mãos ao casaco dele, agarrou-o com firmeza e, valendo-se de todo o seu peso e do balanço que levava, deu-lhe uma violenta cabeçada entre a testa e o nariz. Foi uma pancada tremenda que desequilibrou Ricardo e o atirou ao chão, prostrando-o sem reacção e em estado de choque. Sentado, com as pernas bambas, Ricardo apoiou uma mão no solo e levou a outra ao nariz partido para constatar espantado que sangrava.

Zé Pedro baixou-se com as mãos apoiadas nas pernas dobradas e falou-lhe ao ouvido, sem levantar a voz, frio.

— Nunca mais voltes a atirar pedras à minha livraria, nunca mais te passe pela cabeça ameaçar-me e, acima de tudo, não penses que podes impedir-me de fazer seja o que for com a violência, porque eu posso ser um filho-da-puta teso como tu nem imaginas.

Apanhou as chaves do carro de Ricardo, que lhe haviam escapado da mão, accionou o comando que abria a porta da garagem lá ao fundo e atirou-as de novo para o chão.

Ricardo ouviu-o em silêncio, endireitou os óculos que lhe tinham ficado pendentes na cara e ensaiou um movimento lento para se levantar.

Vendo que o outro começava a recuperar, Zé Pedro calculou os passos que tinha de dar para alcançar a rampa de saída da garagem em segurança. Mesmo abatido, Ricardo parecia ter força suficiente para reagir e atacar, como uma fera que se tornava ainda mais perigosa depois de ferida e assustada. Zé Pedro sentiu-se ameaçado e nem pensou duas vezes.

O pontapé atingiu Ricardo em cheio, no lado direito do rosto. A cabeça rodou desamparada para a esquerda, fazendo girar o corpo pesado sem vontade própria e abatendo-se no solo de betão frio da garagem. Ricardo ficou deitado, com os olhos turvos vislumbrando o chão cinzento e as rodas de um carro estacionado ao longe. Ouviu o eco dos sapatos de Zé Pedro afastando-se, tac-tac, tac-tac, tac-tac... depois desmaiou.

Não saberia dizer quanto tempo ficou ali desmaiado. Tanto podia ter sido uma hora como um minuto. Ao voltar a si, começou por ouvir vozes distantes. Alguém o segurava pelos ombros e perguntava-lhe se estava bem. Deram-lhe palmadinhas no rosto, numa tentativa desajeitada para o reanimar. Mãos fortes ajudaram-no a sentar-se. Outras mãos colocaram-lhe os óculos tortos na cara. «O senhor está bem?», perguntou uma voz preocupada. Ricardo não respondeu de imediato. Concentrou-se, num esforço lento para focar a visão. O homem de cócoras à sua frente vestia a farda verde da empresa encarregada da segurança do edifício. Havia outro, de pé, à civil, fato e gravata, nervoso, decerto quem dera com ele inanimado e chamara o segurança.

Sentiu uma dor lancinante e levou a mão ao nariz. Pelo menos já não sangrava. Em contrapartida, tinha a camisa e o casaco manchados de vermelho. *A roupa toda estragada,* pensou, contrariado, se bem que essa fosse a sua menor preocupação naquele momento. «Quer que chame uma ambulância?», perguntou-lhe o tipo da farda verde. Ricardo olhou para ele como se não tivesse entendido a pergunta e ia dizer qualquer coisa quando ouviu a segunda voz, do fato e gravata, dizer: «É melhor.» Ergueu a mão cansada e os outros perceberam que lhes estava a pedir uns segundos para se recuperar do choque. Não queria ambulância nenhuma, lembrar-se-ia mais tarde de ter pensado.

Por fim levantou-se, deu umas sacudidelas inúteis ao fato sujo e amarrotado. Resmungou qualquer coisa mais ou menos inconcebível sobre ter caído quando se dirigia para o carro, agradeceu muito o interesse e a ajuda de ambos, mas não havia necessidade de se preocuparem. Já estava dentro do *Mercedes* e punha o motor a trabalhar, ainda o segurança insistia em saber se tinha a certeza de que não era melhor ir ao hospital. «Está tudo bem, amigo», disse ao funcionário atónito. O hematoma no rosto e o nariz partido eram provas evidentes de que não estava nada tudo bem. Mas Ricardo fechou a porta do carro, engrenou a marcha atrás e foi-se embora dali com um último e penoso aceno aos seus dois salvadores frustrados.

Por fim, acabou por passar mesmo pelas Urgências do Hospital Particular, rendido às dores e preocupado com a possibilidade de ter alguma lesão interna grave, o que não se veio a confirmar. Inventou um acidente de viação, facilmente corroborado pela chapa amolgada do carro, e foi tratado por médicos eficientes e pouco dados a perplexidades, que se limitaram a tagarelar sobre o perigo que representavam as estradas portuguesas e em como o país parecia envolvido numa guerra civil, com tantos mortos e feridos em acidentes rodoviários.

Ricardo telefonou para casa e avisou Mariana de que chegaria tarde por causa de um acidente estúpido.

— Onde estás? — perguntou-lhe ela.

— No hospital — respondeu Ricardo, sem a apaziguar com uma palavra de sossego porque quis, de propósito, deixá--la preocupada. Cruel mas reconfortante para a sua alma ferida e a pedir vingança.

— Vou aí ter contigo — decidiu Mariana depois de se inteirar do seu estado de saúde. E Ricardo não disse que não.

Tivera alguma tranquilidade de espírito para se acalmar e reflectir sem interrupções enquanto aguardava a sua vez de ser atendido. E mesmo durante o tratamento, sujeitando-se com indiferença às mãos experientes dos médicos e às suas conversas de circunstância, permaneceu absorto, procurando analisar aquele dia insólito, preocupado com a ideia assustadora de ter acordado o diabo e ainda não saber as consequências dessa ousadia.

Ricardo sentiu medo. Não sendo um cobarde, também não se podia dizer que fosse um aventureiro ou um homem de acção. No passado tivera de enfrentar uma ou outra ameaça, nomeadamente por causa de cobranças difíceis a tipos mais ou menos mafiosos que se recusavam a pagar e lhe deixaram a empresa à beira do precipício. Mas isso fora naquele período mais periclitante em que ainda estava a arrancar com o negócio e em que arriscava a falência por causa dos calotes. Mesmo nessa altura Ricardo não se encarregara pessoalmente desses assuntos desagradáveis e perigosos. Pagava a alguém para lhe fazer o trabalho sujo.

É verdade que era um tipo forte, musculado, capaz de se desenvencilhar numa escaramuça ocasional, mas já passara dos quarenta e não se sentia com ânimo para recomeçar agora as cenas de pancadaria em que se envolvera com alguma frequência na juventude, nas noitadas de copos com o resto da equipa de râguebi, depois dos jogos.

Com o peso dos anos um homem tornava-se mais cauteloso e tolerante, não reagia à primeira provocação com uma chuva de murros na tromba de um cabrão qualquer que se atirasse para fora de pé com algum comentário infeliz. Mas a honra era a honra e só se lavava da mesma forma que havia sido maculada. Ricardo pensava nestas coisas e dava-lhe medo saber que não iria parar enquanto não se vingasse.

Mariana chegou a tempo de o ver sair lá de dentro com um penso sobre o nariz a decorar-lhe o rosto amolgado. «Logo eu que consegui o milagre de jogar râguebi durante anos sem nunca partir o nariz», gracejou Ricardo.

Deixaram o carro dele para o dia seguinte e foram no dela.

— Como é que foi o acidente? — quis saber Mariana.

— Eu não tive um acidente — rosnou Ricardo, num tom ressentido que a deixou alarmada.

A verdade saiu-lhe sem ponderação. Na realidade, pensara deixar Mariana no escuro, cuidando que se tratava de um assunto de honra que deveria ser resolvido com a discrição masculina que estes casos mereciam. Contudo, mudou de opinião no exacto momento que ela lhe fez a pergunta. Ao descansar a cabeça ferida no encosto do banco, fechou os olhos, disposto a fazer às escuras o caminho inteiro até casa. Mariana fechou-lhe a porta, deu a volta ao carro e sentou-se ao volante.

— Sentes-te bem? — perguntou, em cuidados.

— Já me senti melhor — confessou ele, dizendo aquilo como se fosse um suspiro.

Mariana pôs o carro a trabalhar, voltou a cabeça para ver se vinha alguém de trás e arrancou sem dizer nada. Mas daí a pouco quebrou o silêncio, interessada na ocorrência. A pergunta não apanhou Ricardo desprevenido, que imaginara o acidente tantas vezes e com tantos pormenores credíveis que até a ele já parecia verdadeiro. E estava preparado para o contar tintim por tintim. Contudo, respondeu precisamente o contrário. «Eu não tive um acidente», disse. Fê-lo devido ao presságio revelador de que Zé Pedro não só não se calaria com o assunto da montra, como procuraria tirar vantagem do incidente.

— Foi o teu amiguinho que me pôs neste estado.

Mariana voltou a cara para observar a expressão do marido: os olhos fechados num sofrimento talvez exagerado, ponderou.

— Ricardo, por amor de Deus — censurou-o no tom benevolente reservado às mentiras infantis.

— Por amor de Deus, uma gaita! — exclamou ele, abrindo os olhos pela primeira vez, mas sem os desviar do carro que seguia à frente deles. — O filho-da-puta estava à minha espera na garagem e atacou-me à cabeçada e ao pontapé. Nem tive hipótese de me defender.

E então Mariana percebeu que ele estava a dizer a verdade — conhecia-o demasiado bem — e empalideceu, sentindo o sangue a fugir-lhe da cabeça. Como é que uma coisa daquelas podia ter acontecido?

31

Depois do episódio da garagem, Zé Pedro apanhou um autocarro e foi direito para casa. Pelo caminho desfez-se do boné, atirando-o para um caixote de lixo. Abriu a porta e deu de caras com o gato, que o esperava sentado na entrada com cara de quem sabia muito bem que horas eram. Vens atrasado, diziam os olhos cinzentos expectantes do animal.

— Não comeces — avisou-o Zé Pedro. Passou por ele em silêncio e foi ao frigorífico buscar um pacote de leite para encher o prato de plástico que estava no chão da cozinha. O gato aproximou-se faminto e nem esperou que ele acabasse de deitar o leite para mergulhar o focinho no prato.

Sentou-se no sofá da sala. Acendeu um cigarro. Não se orgulhava do que fizera, mas encolheu os ombros, era tarde para se arrepender. O que estava feito, estava feito. Agora teria de arcar com as consequências. O que diria Mariana? Nem queria pensar nisso.

Zé Pedro via-se como uma pessoa normal: algumas vezes seguro de si, outras — demasiadas, talvez — nem por isso. Por que é que batera em Ricardo? Por estar furioso com ele ou por insegurança? Gostaria de pensar que havia sido porque, pura e simplesmente, não admitia merdas a ninguém. E em parte era disso que se tratava. Mas a verdade é que o seu maldito orgulho de macho não se recomporia tão cedo se ele não tivesse feito qualquer coisa drástica para responder à afronta. Agora sentia-se bem por ter descarregado toda a sua fúria à cabeçada e ao pontapé. Não seria uma coisa bonita de se admitir, mas era assim que se sentia. Por outro lado, incomodava-o a consciência de que a violência era o recurso dos fracos. Porra, um tipo mais frio não se teria deixado perturbar pela ideia de que seria um cobarde se engolisse a afronta e não respondesse à altura. Um tipo mais frio — e mais seguro de si — teria usado a inteligência em vez da violência.

As pessoas costumavam cair no erro de pensar que ele era um tipo muito inteligente só porque escrevia livros; Zé Pedro tinha-se na conta de alguém com uma inteligência normal e sabia muito bem que os livros apareciam escritos devido à persistência e ao trabalho rotineiro, não por ser um génio.

A campainha do telefone pregou-lhe um susto. Zé Pedro sentiu o coração acelerar. *Mariana,* pensou, e num primeiro impulso sentiu-se tentado a não atender e fingir que não estava em casa. Só para ganhar tempo, pois mais tarde ou mais cedo teria de falar com ela. Contudo, aquela vozinha na sua cabeça que o acusava sempre de cobardia quando pensava em esquivar-se às situações difíceis obrigou-o a atender. Levantou o auscultador, mas guardou um silêncio prudente, ansioso, à espera de ouvir alguém no outro lado da linha.

— Zé Pedro? — ouviu a voz de Mariana.

— Sim? — replicou, percebendo de imediato que se estava a comportar como um puto culpado e com medo de ser repreendido.

— Zé Pedro, é a Mariana.

— Olá, Mariana.

— Zé Pedro, o que é que aconteceu?

— O que é que aconteceu, como? Cerrou os olhos, numa careta. *Estúpido!* Continuava a fugir com o rabo à seringa.

— O que é que aconteceu, por que é que o Ricardo foi parar ao hospital, o que é que te deu para lhe bateres daquela maneira, será que eu ando enganada, a pensar que te conheço bem e afinal és um selvagem?! — Despejou a torrente de perguntas de um só fôlego, impaciente, deixando bem claro que não estava disposta a entrar em jogos de palavras.

— Como é que ele está?

— Está todo amassado, graças a ti. E eu só gostava de saber se tu tiveste alguma avaria na cabeça e deixaste de pensar.

— Ele contou-te o que se passou? — perguntou Zé Pedro, passando por cima do insulto com algum estoicismo.

— O que é que achas? — replicou Mariana, desdenhosa.

— Ele contou-te por que é que eu lhe bati? — insistiu, tolerante.

— Não, mas eu gostava de ouvir da tua boca, porque deves ter razões muito fortes para fazer uma coisa assim, tão... tão selvática.

— Ah, pois podes ter a certeza de que tenho.

— E pode saber-se quais são, ou vais guardá-las só para ti? —perguntou Mariana, persistindo no registo cínico.

— Então, ele não te disse que me partiu a montra da livraria à pedrada e que pregou um susto de morte à Rosa?

— Não... ele fez o quê?!

— Exactamente o que eu acabei de dizer. O teu marido foi à minha livraria esta manhã. Entrou por ali adentro, foi agressivo, assustou a minha empregada e depois saiu e atirou uma pedra da calçada contra o vidro da montra.

Silêncio.

— Não percebo.

— O que é que tu não percebes, Mariana?

— O que vocês estão a fazer — murmurou, abismada com a enormidade da revelação. Já não sabia o que... perdeu o ímpeto, o ânimo. — Tenho de desligar — disse.

— Mariana, Mariana, ouve...

Desligou devagar, pousou o auscultador, pensativa. Estava sentada no sofá grande da sala. Ricardo deitara-se cedo, depois de tomar um comprimido para as dores e outro para dormir. Matilde também já dormia — para ela mantiveram a versão do acidente. A televisão estava desligada e a casa mergulhada em silêncio.

Por mais penoso que um divórcio pudesse ser — e Mariana nunca tivera ilusões quanto a isso — jamais lhe passara pela cabeça que fosse assim. Consigo, pelo menos. Claro que sabia que aquelas coisas aconteciam. Era advogada, lia jornais, via televisão, não vivia num conto de fadas, sabia que no mundo real uma boa parte dos crimes de sangue se deviam a motivos passionais. Mas, que diabo, Ricardo e Zé Pedro eram pessoas instruídas, responsáveis, civilizadas, supostamente... Era difícil imaginá-los envolvidos numa luta de galos. Não lhe parecia concebível que perdessem a cabeça ao ponto de recorrerem à violência. Incrível, pensou, como se fossem dois miúdos de liceu a lutar por uma namorada. E se Mariana tivesse dezassete ou dezoito anos, talvez se sentisse orgulhosa ao ver que lutavam por ela, mas como tinha trinta e nove, sentiu-se chocada.

O que a deixava mais estarrecida era constatar que os dois se achavam no direito de quase se matarem sem terem em conta a opinião dela. Ao final do dia, Mariana descobria que decorria uma guerra entre eles e que, consoante a sorte das batalhas, o mais forte levaria o prémio, sendo que naquele caso o prémio era ela. Ora, Mariana não gostava de ser vista como um troféu. Por maior amor que aqueles dois lhe tivessem, irritava-a que quisessem resolver o assunto entre eles como se ela não fosse parte interessada e não tivesse uma palavra a dizer. Uma palavra decisiva, por sinal. Ou estariam eles convencidos de que a poderiam vir reclamar depois de ajustarem as contas?

Acontecera tudo tão depressa. Mariana, sentada sozinha na sala, olhava em redor para os quadros na parede, a televisão apagada, o armário com os livros e as molduras com as fotografias da família, e ficava-lhe a impressão de que nada mudara. As coisas permaneciam no seu devido lugar, o marido e a filha a dormirem, *amanhã é um novo dia, igual aos outros.* Poderia ser assim, mas não seria. Nada seria como dantes, nunca mais. Mesmo que escolhesse ficar com Ricardo, haveria sempre *aquilo que ambos sabiam,* como uma nuvem escura sobre as suas cabeças. Por mais definitiva que fosse a sua reconciliação, não haveria forma de apagarem o passado da memória. Teriam de recomeçar as suas vidas a partir de um momento doloroso. Por muito que quisesse, Ricardo talvez não fosse capaz de ultrapassar a traição e, provavelmente, tornar-se-ia desconfiado e sufocá-la-ia com cenas de ciúmes insuportáveis, até que o casamento se afundasse num abismo de recriminações e eles acabassem por se odiar.

Independentemente de gostar mais de Ricardo ou de Zé Pedro, era altura de ser realista e aceitar que o seu casamento estava acabado.

32

Graça Deus — nome apropriado para um tipo que, no passado, se habituara a levar muito a sério o seu papel de pôr na ordem os extraviados desta vida — corrigia a posição dos objectos em cima da secretária com uma meticulosidade obsessiva enquanto decorria a conversa.

— Tem a certeza de que não quer deixar as coisas como estão? — Arqueou a sobrancelha ao fazer a pergunta, desviando por um instante os olhos da tarefa de continuar a arrumar a secretária arrumada.

Como resposta, Ricardo abanou vigorosamente a cabeça, confirmando assim a sua decisão. Sentava-se do outro lado da secretária, na cadeira reservada aos clientes, de perna traçada. O gabinete espartano, com as suas paredes vazias de quadros e um único armário a completar a decoração minimalista. Fazia lembrar — e isso era perturbador — uma daquelas salas de interrogatório das esquadras, que se viam nos filmes. Só lhe faltava o espelho falso.

— É que... — continuou o outro, falando devagar, num tom avisado, com os olhos a seguirem de novo a mão que voltava a acertar o pisa-papéis sobre uma resma de folhas, fingindo-se distraído, quase como se fosse um assunto banal, sem importância nenhuma — É que, o seu... o seu... digamos que o seu rival, ele não parece ser pessoa de se deixar intimidar com facilidade. A minha experiência destas coisas é que quanto mais

forçamos a nota, mais se vai agravando a situação. Você ataca
-o, ele retalia, você volta a atacar, ele volta a retaliar. — Ergueu
os olhos para encarar Ricardo. — Você está preparado para a
guerra?

Tratava-o por você, não por senhor ou doutor, apenas
um *você* revelador de uma cumplicidade que já vinha de longe.
E não se tratava de uma cumplicidade qualquer, mas daquelas que se criam devido à prestação de serviços urgentes, que
custam muito dinheiro e não se anunciam na lista telefónica.
O escritório de Graça Deus dedicava-se a prestar serviços de
segurança, designação eufemística daquilo que podia ser muito mais do que providenciar uns profissionais bem vestidos e
educados para protegerem o cliente. Por vezes ultrapassava um
bocadinho os limites da lei, como fora o caso no passado quando Ricardo precisara de abanar alguns tipos mal encarados que
se recusavam a saldar as suas dívidas.

Graça Deus, nos seus quarenta e dois anos recheados de
experiências duras, considerava-se um profissional sério, com o
currículo feito na escola da polícia. O seu tom de voz apaziguador, os olhos meio cerrados, a expressão grave, todo ele apelava
ao bom senso do cliente, como que dizendo que não estava ali
para lhe sacar o dinheiro a qualquer preço. Obrigava as pessoas a pensarem duas vezes naquilo a que vinham e, se percebia
que hesitavam ou que não sabiam no que se estavam a meter,
mandava-os embora com um discurso sensato que, trocado por
miúdos, se poderia reduzir a uma frase liminar: «Tenha juízo,
homem.»

Pousou os olhos em Ricardo, sondando-lhe a alma
enquanto esperava pela resposta, tentando avaliar-lhe a determinação. Estaria preparado para uma guerra imprevisível?

— Estou — disse Ricardo, após uma pausa pensativa. —
O gajo está a pôr o meu casamento em perigo, já me pôs neste

estado... —referia-se ao hematoma azulado na face e ao nariz partido, bem evidentes da brutalidade de que fora vítima.

— Você é que o provocou — lembrou o ex-polícia, sem disfarçar a censura — com aquela ideia peregrina de lhe partir a montra à pedrada.

— Sim, é verdade — reconheceu Ricardo. — Não o devia ter feito.

— Mas agora quer fazer ainda pior.

— Não, não. Eu só quero assustá-lo, percebe? Só quero que ele deixe a minha família em paz.

A tua mulher, queres tu dizer, pensou Graça Deus. Não que um tipo como Zé Pedro o assustasse, evidentemente. Passara dois anos a liderar o combate ao narcotráfico no pior bairro de Lisboa, destacado na esquadra de Alcântara, e não o fizera sentado a uma secretária. Ele e um punhado de bravos enfrentavam os filhos-da-mãe mais perigosos que havia neste país, dando-lhes caça em batidas temerárias no Casal Ventoso, então o hipermercado de droga da capital, de *shotgun* aperrada e uns tomates do caraças. Quando eles entravam no bairro à bruta e as coisas aqueciam, os traficantes não se ensaiavam em mandar chumbo. Estavam-se a cagar se era a bófia ou o Papa que ia a correr atrás deles, colina abaixo, aos gritos para que se rendessem, a jogar ao gato e ao rato pelos caminhos labirínticos entre a Dona Maria e a Avenida de Ceuta. Uma vez lá dentro, estavam num mundo à parte, com regras diferentes, e ai deles se hesitassem ou fraquejassem.

Bons tempos esses em que Graça Deus chegara a aparecer nos jornais, acarinhado com o epíteto de superpolícia. Não tivesse sido o excesso de protagonismo — e, claro, o misterioso desaparecimento dos dois pacotes de coca apreendidos ao maior traficante do bairro — e Graça Deus ainda estaria, provavelmente, no activo. Assim, tivera a sua retirada discreta, sem inquéritos embaraçosos. Mas, que se lixasse, de qualquer forma agora ganhava bastante mais do que antes. Fechava-se uma porta, abria-se uma janela e a vida continuava. Não era homem de viver no passado.

De modo que não se tratava de ter receio, mas sim de conhecer *a priori* o terreno que pisava para não se ver metido numa alhada das antigas. Zé Pedro era um escritor com nome na praça e, como tal, propício ao escândalo. Por outro lado, já revelara alguma capacidade de iniciativa. Graça Deus percebeu, do relato que Ricardo lhe fez do incidente na garagem, que Zé Pedro tivera a inteligência de não se precipitar. Outro gajo qualquer teria perdido as estribeiras e atacado Ricardo à frente de uma data de testemunhas e, naquele momento, já estaria com umas algemas nos pulsos e a responder a um juiz de primeira instância. E o tipo soubera precaver-se, de forma a não dar qualquer hipótese de defesa a Ricardo. Se Graça Deus sabia avaliar uma pessoa — e não havia dúvida de que o sabia — o homem sentado à sua frente, mesmo com a cara feita num bolo, era um boi de força, nada fácil de deitar abaixo numa luta de igual para igual. Tudo isto sugeria-lhe que Zé Pedro devia ser um gajo lixado para a porrada, com experiência neste género de situações e, definitivamente, não era um idiota qualquer. Pelos dados que possuía dele, Graça Deus concluiu que o tipo poderia tornar-se imprevisível.

Era preciso saber fazer as coisas discretamente. E arremessar pedras contra montras não se enquadrava de modo algum no padrão profissional de actuação.

— Você tem a seu favor o facto de ele não ter apresentado queixa à polícia — concedeu-lhe. — Caso contrário, estávamos conversados. Sendo assim, vamos ver o que se pode fazer. Mas, atenção, a partir de agora deixa o assunto por minha conta.

— Absolutamente.

— Quer que lhe atribua um dos meus homens, como guarda-costas?

— Não, não quero assustar a minha mulher.

— Vigilância discreta? Ela nem vai dar por isso.

— Também não. Basta que faça o que for preciso para que o gajo vá à vida dele e desapareça das nossas vidas.

33

Encontraram-se no café defronte da livraria, na esplanada. O calor instalara-se em Lisboa com todas as promessas que o Verão sempre oferecia. Os dias eram felizes, luminosos e coloridos, as raparigas, despojadas das roupas sufocantes que lhes tapavam o corpo durante a provação invernosa, moviam-se com a certeza orgulhosa de que a sua passagem deixava um perfume de tentação; as praias da Caparica e da linha de Cascais enchiam-se de gente sequiosa da indolência acolhedora das areias quentes, do sol e da água; a cidade ganhava uma vida pautada pela descontracção das esplanadas e, à noite, os restaurantes prosperavam com as mesas cheias de gente jovem e alegre que dali transitava para as discotecas à beira-rio, onde as preocupações se diluíam na relatividade do álcool que corria festivo até de manhã. Os dias confundiam-se num eterno fim-de-semana e ninguém ficava em casa para não perder as oportunidades de felicidade e amor implícitas na boa onda da época.

Mas Mariana passava ao lado do entusiasmo colectivo, ignorava essa ilusão romântica que permitia às pessoas sonharem e acreditarem que afinal o amor, a fortuna e o êxito não lhes escapariam. Mariana sentava-se muito direita, com os músculos rígidos, padecendo de uma mágoa que lhe assombrava a alma havia três dias. Aguardava por Zé Pedro.

Esquivou-se à armadilha do café e pediu um sumo de laranja natural, cuidando que já trazia o espírito suficientemente alvoroçado pelos acontecimentos irreais daquela semana estranha para lhe somar aditivos energéticos, por mais inocentes que fossem. Ainda agora, passadas setenta e duas horas — mesmo no escasso sono que conseguira roubar às noites em branco vira-se atormentada por sonhos catastróficos —, continuava a pensar naquele confronto de machos como uma aberração que não encaixava na imagem serena que tinha tanto de Ricardo como de Zé Pedro.

Enquanto esperava por Zé Pedro, sentada com o copo gelado de sumo de laranja esquecido entre as mãos, Mariana cimentou a ideia já muito amadurecida de que teria de ser ela a consertar as coisas entre todos. Depois de tudo o que se passara, conseguir que houvesse alguma harmonia entre Ricardo e Zé Pedro parecia-lhe que seria esperar de mais deles, mas pelo menos tentaria que respeitassem umas tréguas fundadas na dignidade de homens civilizados que ambos pretendiam ter, embora os acontecimentos recentes contrariassem essa certeza como uma nódoa na honra.

Sentada na esplanada, Mariana viu Zé Pedro sair da livraria e atravessar a calçada ao seu encontro. Vinha descontraído, com uma *T-shirt* azul-escura e as mãos enfiadas nos bolsos de umas calças de ganga pretas. Dava passadas largas, elegantes e fáceis, graças à agilidade conferida por uns sapatos de ténis batidos. Visto assim ao longe, vestido daquela maneira e com o seu cabelo ruivo naturalmente despenteado, Zé Pedro parecia o mesmo jovem por quem ela se apaixonara sem querer em Amesterdão. *É bonito,* constatou, admirando-se como sempre com o seu porte atlético, esquecendo-se por momentos de que estava zangada com ele. *É bonito e os anos não passam por ele.*

— Olá, Mariana — cumprimentou-a. Fez menção de a beijar, mas ela desviou a cara e devolveu-lhe um olá seco e apontou-lhe a cadeira do outro lado da mesa.

— Senta-te — disse.

Zé Pedro sentou-se e ficou a olhar para ela com uma expressão a meio caminho entre o homem sério e o menino culpado. *Sabes muito,* pensou Mariana, acautelando-se para não se deixar enternecer por aquele olhar irresistível.

— Espero que tenhas qualquer coisa para me dizer, ou vais ficar aí sentado a olhar para mim com essa cara de cachorrinho triste?

— Mariana... — Abriu as mãos como quem diz *por favor* e mudou para uma expressão mais carregada, ligeiramente amuado.

— O que foi? — contra-atacou ela, não se deixando intimidar pela admoestação dele.

— O que é que tu querias que eu fizesse?

— Olha, para começar, queria que tivesses falado comigo antes de partires a cara ao meu marido.

Usava palavras duras, certeiras, que traduziam bem o seu estado de espírito.

— Eu não quis envolver-te numa situação tão desagradável.

— Ah! Não quiseste envolver-me?! Essa é muito boa.
— É verdade, Mariana, não quis preocupar-te.

— Cada vez melhor — disse ela, olhando para o lado à laia de comentário para si própria. Abanou a cabeça. — Cada vez melhor — repetiu.

— O que é que é cada vez melhor?

— Zé Pedro, não quiseste envolver-me, como? Explica-me lá isso. *O meu* marido partiu-te a montra por causa de um negócio que correu mal? — lançou-lhe a ironia, triste. — Eu sou um negócio entre vocês, um negócio que vocês tratam sozinhos, é isso?

— Não é nada disso, Mariana.

— Então, se não é isso, como é que não me quiseste envolver? Tu não percebes que eu já estava envolvida?

Zé Pedro coçou a cabeça com vigor.

— E não achas que eu tinha o direito de saber o que se estava a passar?

— Acho — admitiu. Tirou um cigarro do maço e procurou o *bic* no bolso, incomodado, querendo dar o que fazer às mãos.

— Zé Pedro, eu não sou uma boneca de que vocês os dois gostam e pela qual andam à porrada.

— Eu sei, Mariana... — Deteve-se um segundo para acender o cigarro. — Eu sei. Não foi isso. Ele partiu-me a montra, eu passei-me e não pensei duas vezes, admito. Mas — e voltou ao início da conversa — o que é que tu querias que eu fizesse?

— Já te disse o que é que eu queria que tu fizesses. Quedaram-se em silêncio. Zé Pedro olhou para a rua e deixou escapar da boca uma pequena nuvem de fumo suspirada.

— Não fui eu que comecei — comentou, sem olhar para Mariana. *Como se isso interessasse muito,* pensou ao mesmo tempo, *não estou a dizer as palavras certas.* Mas depois virou-se para ela e, sem ser capaz de o evitar, ainda disse pior. — E se ele voltar a repetir a graça, volta a levar.

— Ah! — Mariana abriu a boca, incrédula. — Zé Pedro, eu não te estou a reconhecer...

— É muito simples: eu não vou admitir que o teu marido me intimide. Se ele quiser continuar a levar isto para a violência, tudo bem — encolheu os ombros —, eu pago-lhe na mesma moeda. Não tenho medo dele.

— E eu, não conto?

— É claro que contas, Mariana, mas o teu marido não pode comportar-se desta maneira. É tão simples como isto.

— E tu podes?

— É diferente. Eu só lhe bati por causa do que ele me fez. Porra, não percebes? Por que é que estás a defendê-lo?

— Eu não estou a defendê-lo. Eu só quero que vocês se portem como gente civilizada, os dois.

— Estás a defendê-lo — insistiu. — Se ele for civilizado, não há problema nenhum.

— Tudo bem, já percebi. Não vale a pena continuar esta conversa. — Mariana levantou-se com brusquidão, irritada. — Eu esperava que tu entendesses a minha posição, mas, pelos vistos, estou a falar para o boneco.

— A tua posição, se eu bem entendo, é defenderes o teu marido. E ele é que fez merda! — replicou-lhe, também irritado.

— Não, Zé Pedro, não é nada disso. A minha posição é que não quero ser o prémio da vossa luta de machos. — Disse-o com uma voz embargada, desgostosa. — Mas parece-me que vocês estão mais interessados em ver qual dos dois é mais homem do que preocupados comigo.

— Vá lá, Mariana, não te faças de vítima. Eu fiz o que tinha de fazer.

Não te faças de vítima, ele disse para não me armar em vítima? Filho-da-puta, pensou, ofendida.

— Vai à merda — disse. Voltou-lhe as costas e foi-se embora.

«Sim, senhor. Correu muito bem», disse Zé Pedro, a falar sozinho. Mariana já lá ia, desaparecera entre a multidão e deixara-lhe a sensação que fora mais do que isso, que se evaporara da sua vida como se nunca tivesse chegado a ressurgir de facto, após tantos anos sem lhe conhecer o paradeiro.

Um empregado veio perguntar se desejava alguma coisa. Zé Pedro apontou para o copo de sumo de laranja meio bebido, só para se livrar dele. Estava a pensar que estragara tudo devido à insensibilidade monumental com que tratara o caso. Mariana tinha toda a razão, claro, ele gerira as suas emoções com uma clareza própria de quem tinha o coração ao pé da boca. Agora já lhe parecia disparatado ter pensado que podia *tratar* de Ricardo sem discutir primeiro o assunto com Mariana. Talvez se tivesse sentido demasiado seguro em relação a ela, ponderando com alguma superficialidade de raciocínio que Mariana acabaria por aceitar que ele apenas recorrera à violência por ser homem e por ser assim que um homem a sério ajustava as suas contas. Na altura não lhe parecera bem falar com ela. No fundo, pensara que pedir conselho a Mariana seria como se fosse pedir protecção a uma mulher. Ora, Zé Pedro nunca se escondera atrás das saias de nenhuma mulher e não era agora que iria começar a fazê-lo.

Em contrapartida, Mariana entendera o facto de ele ter passado por cima do seu conselho como uma falta de consideração, inadmissível numa pessoa que se dizia apaixonada por ela. As perspectivas eram diferentes. Ele agira respaldado pela íntima convicção da legítima defesa; ela reagira com a indignação de ter sido ignorada e por não aceitar que alguém respondesse à violência com mais violência.

Zé Pedro acendeu um segundo cigarro, tão mergulhado num mar de perplexidades profundas que nem se apercebeu de que o primeiro ainda ardia no cinzeiro. Sentiu-se irritado consigo mesmo. Sendo certo que tivera todo o direito de ir às fuças a Ricardo — e não havia ninguém neste mundo capaz de o convencer do contrário — também era verdade que fizera mal em não falar com Mariana. Com a agravante de que, quando falara, em vez de lhe aplacar a justificada fúria, deixara-se levar pela sua estúpida arrogância de macho orgulhoso. *E agora fiquei sem ela, que é para não ser estúpido*, concluiu, desmoralizado com a sua desconcertante queda para dizer o que pensava sem pesar as palavras. Só lhe apetecia voltar a bater em Ricardo.

Mariana caminhou até à estação de Metro do Rossio com a alma em sangue. Procurou os óculos escuros que trazia na carteira e usou-os pelo pudor de ser vista a chorar na rua. Fez um esforço heróico para se controlar, certa de que não conseguiria parar de chorar se se deixasse ir atrás da tristeza. Levava os olhos marejados de lágrimas retidas durante três longos dias, à força de querer ser racional e de se recusar a ceder ao turbilhão de emoções que a empurravam para um abismo triste. Contudo, a conversa com Zé Pedro fora a gota de água. Mariana acreditara que ele era especial, que a amava ao ponto de fazer qualquer sacrifício por ela — e por sacrifício Mariana entendia, por exemplo, não ser egoísta, não se esquecer dela logo à primeira dificuldade, não ceder ao impulso básico de satisfazer uma vingança mesquinha sem ter em conta as consequências que isso teria para ela e para a relação deles — e afinal começava a perceber que Zé Pedro talvez não fosse tão especial como ela o imaginara. Erro seu, com certeza, ponderou Mariana, num assomo de lucidez, dado que o tinha visto sem defeitos em Amesterdão, continuara a pensar nele assim durante uma década e meia de sonhos imaculados, e persistira no engano induzido pela paixão nas últimas semanas de amores clandestinos.

Que idiota fora ao não querer ver para além do enlevo de um romance de águas calmas. Apercebia-se agora, caminhando assustada para o destino incerto a que a sua vida a conduzia, que caíra no engano fácil dos amores recentes, que levavam uma pessoa a ignorar os defeitos e a sobrevalorizar as virtudes. O primeiro problema sério, a primeira desilusão. Era assim que se conhecia de facto a pessoa amada, ou não seria?

Entrou na primeira carruagem e foi sentar-se encolhida no canto do banco, com os braços cruzados e os olhos postos no vazio escuro do túnel que via deslizar através da janela. Zé Pedro magoara-a. Magoara-a com o seu egoísmo e com as suas palavras. Sentia-se desiludida e desamparada.

Os homens, por vezes, conseguiam ser tão obtusos. Mariana tivera uma conversa semelhante com Ricardo e as respostas dele revelaram-lhe que o seu pensamento, neste particular, não andava longe do de Zé Pedro. Incrível, dois homens de origens diametralmente opostas, com interesses e opiniões diferentes sobre tudo e mais alguma coisa, duas maneiras de ver a vida e o mundo e, no entanto, confrangedoramente coincidentes nas atitudes quando o caso lhes tocava no orgulho. Tal como Zé Pedro, Ricardo reagia com violência a uma ameaça, mostrava--se incapaz de resistir a uma provocação e sentia uma necessidade primária de retaliar. As palavras de Ricardo não diferiram muito das de Zé Pedro, quando confrontado por Mariana.

— Ricardo, tu enlouqueceste? — perguntou-lhe ela.

— Porquê? — disse ele, fazendo-se despercebido, tal como Zé Pedro na noite anterior, ao telefone.

— Porquê?! — empertigou-se. — Partiste a montra da loja do Zé Pedro e ainda me perguntas porquê?

— Ele estava a ameaçar a minha família — disse, assim, sem grandes complicações. Mariana andava para trás e para a frente no gabinete dele enquanto abanava a cabeça e repetia «não, não, não...» E Ricardo permanecia sentado à secretária, bastante abatido e ainda surpreendido pela chegada intempestiva dela, de manhã, no dia seguinte à ida dele ao hospital por causa da carga de pancada que o deixara com aquele ar de quem fora atropelado por um comboio. Ricardo batera um recorde de resistência qualquer ao conseguir levantar-se da cama para ir trabalhar. Só para não a ter por perto a fazer-lhe perguntas embaraçosas, evidentemente. De manhã ele saíra com Matilde, o que a impedira de puxar o assunto logo ao pequeno-almoço. Mas Mariana não se ensaiara em aparecer-lhe no escritório. E ali estavam os dois, na intimidade do gabinete, com Ricardo a dar--lhe respostas relutantes que não tivera oportunidade de preparar.

— Ele está a tentar roubar-me a minha mulher — acrescentou, como se esta fosse uma justificação plausível para se comportar como um animal.

Mariana parou no meio do gabinete e voltou-se para ele de boca aberta, sem querer acreditar no que acabara de ouvir.

— Ele o quê?! — replicou-lhe, furiosa.

— Ouviste bem. Ele está a tentar roubar-me a minha mulher.

— Ele não está a tentar roubar-te coisa nenhuma — quase lhe gritou. — Em primeiro lugar, porque eu não sou uma *coisa* que se roube, em segundo lugar, porque eu *é* que decido se quero continuar contigo, eu *é* que sou responsável pelos meus actos e *eu é* que tomo as decisões sobre o *meu* casamento.

— O *nosso* casamento — corrigiu-a, aborrecido com o que lhe pareceu um pequeno discurso unilateral, como se fosse só ela a mandar no circo todo. *E eu sou o quê, um palhaço?,* pensou, vexado.

— O nosso casamento, dizes bem — replicou Mariana, aproveitando a deixa. — Se é o *nosso* casamento, então *é comigo* que tu tens de falar e é *a mim* que tens de pedir explicações, não ao Zé Pedro, certo?

— Certo, mas...

— Não, não, não. — Agitou um indicador autoritário à frente do seu nariz. — Não há mas, nem meio mas. O Zé Pedro não tem nada a ver com o assunto. Se eu não me sinto feliz contigo, se eu te coloco a possibilidade de nos separarmos, não podes ir descarregar a tua frustração em cima do Zé Pedro.

Uau, esta doeu, agitou-se Ricardo. Em matéria de discussões, ela dava-lhe dez a zero, arrasava-o, se fosse caso disso. Pensamento rápido, resposta na ponta da língua, boa argumentação. A advogada em acção, costumava dizer Ricardo, à laia de defesa, quando se sentia a perder terreno no confronto intelectual. Este era um desses momentos em que Mariana não o poupava. E ele sem resposta. É *ouvir e calar,* pensou, desesperado. Mas fora ele quem se pusera naquela posição. Antes tivera todos os motivos para a atacar, criticar, queixar-se dela e não lhe admitir nem uma palavra. Agora, depois da asneirada da montra, era ela quem estava em vantagem. Não que Ricardo se arrependesse de ter partido o vidro — na sua opinião, Zé Pedro merecia isso e muito mais — mas, pelos vistos, o caso só servira para a voltar contra ele. Quer dizer, acabara no hospital e ainda por cima piorara a sua relação com ela. Só prejuízos, concluiu. O que não o impediu, depois de suportar todas as censuras, de requisitar os serviços de Graça Deus. *Perdido por cem...*

Mariana desviou os olhos da janela da carruagem, farta de ver o reflexo triste do seu rosto. Reparou num jovem que escutava música com uns auriculares nos ouvidos e a observava intrigado, a dois bancos de distância. *Por que é que eu estou triste, és capaz de adivinhar?* perguntou-lhe por telepatia. Ele sentiu-se incomodado com o olhar fixo dela e desviou os olhos. *Perdeste,* regozijou-se Mariana, momentaneamente distraída da sua aflição.

O comboio parou em Picoas. Mariana saiu na estação e dirigiu-se para o escritório, farta de saber que nesse dia não teria cabeça para trabalhar. Mas para onde é que haveria de ir?

34

Matilde foi avisada de tudo quando já não havia nada a fazer. Contaram-lhe o fundamental, como se faz com as crianças nestas situações, deixando-a saber a verdade aos bochechos, porque, contando aos poucos, davam-lhe a possibilidade de se ir acostumando ao choque da separação dos pais. Deixaram de fora os pormenores sórdidos, evidentemente. Em todo o caso, ela espantou-os com uma abertura de espírito inesperada, a qual, não obstante a inevitável tristeza que aquilo tudo lhe provocou, era um reflexo óbvio do que se estava a passar nas escolas, hoje em dia. Tal como Matilde tinha dito a Mariana, já havia tantos adolescentes na mesma situação, que mais divórcio menos divórcio não fazia diferença. Era algo que se enquadrava dentro da normalidade vigente. Matilde teria de passar por um período de adaptação, pais separados, casas diferentes e tudo isso, mas não seria apontada a dedo na escola nem observada como um animal raro e interrogada até à medula pelos colegas, como teria acontecido noutra época.

Mariana saiu de casa com o coração oprimido, porque Ricardo resolveu não facilitar as coisas e disse-lhe que se quisesse sair a decisão era dela, mas teria de o fazer sozinha. Ele não a deixaria ficar com a casa e muito menos permitiria que levasse a filha. Mariana compreendeu que Ricardo ainda estava demasiado magoado para que pudessem ter uma conversa razoável sobre o futuro de Matilde. Naquela altura ele não hesitaria em usar a filha para atingir a mãe, e Mariana decidiu não insistir, convencida de que, se fosse obstinada, Matilde acabaria por sofrer injustamente. Conhecia muitos pais e muitas mães que jogavam com a vida dos filhos para se flagelarem, e a última coisa que queria era destruir a felicidade de Matilde. Já bastava o que bastava. A filha atravessava uma fase difícil e precisava de ser protegida.

Mariana confiava que a revolta de Ricardo abrandaria com o tempo e, portanto, mais tarde teriam oportunidade de chegar a um consenso sobre a melhor forma de garantirem que a menina continuasse a ter um pai e uma mãe. Se Ricardo se mantivesse indefinidamente irredutível, então Mariana teria de forçá-lo a ceder pela via judicial, mas pareceu-lhe mais sensato aguardar por um rebate de consciência antes de lhe cair em cima com toda a artilharia legal.

De modo que se viu confinada à condição deprimente de uma vida de hotel e mais sozinha do que nunca. Separada do marido, afastada da filha e zangada com Zé Pedro, Mariana agarrou-se ao trabalho como a uma tábua de salvação. De qualquer forma já tinha tanta coisa atrasada que essa sua disponibilidade súbita para despachar os assuntos pendentes acabou por ser providencial. Lurdes, com a impertinência que lhe era comum, atirou-lhe à cara que não aguentaria receber nem mais um telefonema de clientes desesperados a exigirem que Mariana cumprisse os prazos dos seus assuntos urgentes. Noutra altura, Mariana teria ficado angustiada, mas naquele momento tinha problemas bem mais assustadores que os dossiês dos clientes.

— Tenha calma, Lurdes. — Encolheu os ombros. — Os clientes querem sempre tudo para ontem. Traga-me primeiro os assuntos mais urgentes. Depois resolvo os outros.

Depois de um dia de trabalho — uma maratona, mais exactamente, desde as dez da manhã até às dez da noite — Mariana regressou ao hotel Tivoli, a sua nova morada de luxo, a meio da Avenida da Liberdade. Passou pelo balcão para perguntar se havia mensagens e subiu, directa para o quarto. O restaurante já estava encerrado e, de qualquer forma, não tinha fome nenhuma. Numa situação diferente teria sido uma bênção passar uns tempos num hotel de luxo — nada para arrumar, nada para limpar, nem roupa para lavar nem compras para fazer ou jantares para determinar — sem preocupações rotineiras, livre daquele tipo de obrigações matrimoniais que se colam à mulher no dia do casamento como uma maldição ancestral e que a obriga a arcar com a incumbência de gerir o lar porque é assim, porque sempre foi assim. Mas aquela não era uma dessas situações em que uma pessoa aceitava o inesperado como um bónus, um extra que não fazia parte do programa, mas que vinha mesmo a calhar.

Mariana fechou a porta do quarto, colocou a corrente de segurança, enfiou o cartão magnético na ranhura do aparelho que ligava a electricidade, esperou um segundo que as luzes se acendessem, avançou para o interior do quarto, desembaraçou-se da pasta de trabalho, da carteira e do casaco, sacudiu os sapatos, um de cada vez, atirando-os para um canto, abriu uma garrafinha de uísque, tirou duas pedrinhas de gelo do minifrigorífico e sentou-se na borda da cama, com os joelhos unidos, os pés afastados, em pontas sobre a alcatifa e os ombros descaídos. Bebeu uma boa parte do conteúdo do copo de um só trago. Olhou para o espelho do guarda-roupa com uma expressão ausente, vendo-se mas não se vendo, a pensar *cá estou eu outra vez sozinha neste quarto de merda,* com o copo de uísque esquecido no colo.

Deixou-se cair de costas na cama, abatendo-se com todo o peso da solidão. Manteve o copo entre as mãos, mas transferiu-o para cima da barriga. Tinha de encontrar um apartamento depressa porque aquilo não era vida. Só que passava os dias enfiada no escritório, onde é que ia arranjar tempo para andar a ver casas? No próximo sábado, decidiu, dedicaria a manhã a procurar um apartamento e levaria Matilde consigo. Era importante que a filha tivesse o seu lugar em casa da mãe e pudessem estar juntas nem que fosse aos fins-de-semana. Mariana suspirou. Era a terceira noite naquele abrigo de luxo impessoal, mas parecia-lhe uma vida inteira.

A separação tornara-se inevitável a partir do momento em que Mariana compreendeu que não queria continuar a partilhar o mesmo espaço nem a sua intimidade com Ricardo. Provavelmente, se não tivesse reencontrado Zé Pedro, teria continuado a viver com Ricardo, *até que a morte nos separe,* pensou, com um sorriso irónico para o tecto. Provavelmente, nem teria sido nenhum sacrifício, porque a verdade é que se acomodara há muito à felicidade confortável da rotina fácil, até ao dia em que deu de caras com o seu passado, nas escadas do Metro. O reencontro com Zé Pedro, admitia-o agora, reacendera-lhe no espírito adormecido um fogo ateado anos antes em Amesterdão, que ficara a arder em lume brando e nunca chegara a ser completamente extinto. Ele arrancara-a de um longo torpor, ao ponto de não poder regressar ao porto seguro do seu casamento, fingindo que vinha só de atravessar uma daquelas tempestades que, mais tarde ou mais cedo, abanavam todas as relações.

Voltou a sentar-se na cama para poder terminar o uísque, ponderando que Ricardo estivera parcialmente certo quando se queixara de que Zé Pedro lhe estava a roubar a mulher. Despejou o gelo derretido pela garganta abaixo, foi para a casa de banho a tirar a camisola e desapertou as calças enquanto punha a água a correr. Acabou de se despir, prescindiu da touca e entrou na banheira.

Abatera-se sobre a cidade uma canícula impiedosa e só se conseguia estar a salvo do calor sufocante ao pé de um ar condicionado. Na rua, até de noite se derretia. Mariana fizera uma curta viagem de Metro entre o escritório e o hotel, suficiente contudo para chegar ao quarto com a roupa colada ao corpo. Sentia-se pegajosa e necessitada de um duche revigorante, antes de se enfiar na cama.

Colocou-se debaixo do chuveiro e fechou os olhos a pensar que, de facto, Zé Pedro não a tinha roubado a Ricardo. Roubara-lhe a alma, isso sim, há muito tempo, em Amesterdão. Desta vez ele apenas viera reclamar o que já era seu.

35

Zé Pedro encolheu os ombros, sem notar que o fazia, a pensar, sentado à frente do teclado, e retomou a história atrasada do seu novo livro, um romance difícil de ver a luz das montras porque o seu criador já não tinha cabeça para o escrever desde que Mariana se interpusera entre ele e o trabalho. Naquela mesma manhã ficara meia hora sentado em frente ao computador antes de conseguir concentrar-se e alinhavar uma primeira frase, hipnotizado com o ecrã em branco, a vaguear por pensamentos melancólicos relacionados coma sua condição de homem apaixonado.

Ele, tal como o romance, também se achava encalhado num impasse que o impedia de voltar à normalidade enquanto não soubesse o desfecho da sua história de amor. Estava tal e qual como as personagens dos seus livros, gente perturbada por amores contrariados pelos entraves invisíveis das complicações sociais. Pôs-se a pensar como era desesperante que algo tão simples como o amor correspondido de um homem por uma mulher pudesse não chegar a um final feliz por causa de um nunca acabar de obstáculos alheios à vontade do casal. Era o caso deles como era o caso de milhares de enredos de obras de escritores de todos os séculos. Era irónico, a relação deles parecia condenada a confundir-se com os romances literários desde o princípio, quando Mariana tomara a estranha decisão de viajar para Amesterdão, com o propósito firme de conhecer o café da história que ele escrevera e que tanto a seduzira.

E, sendo um escritor de mão segura, Zé Pedro sabia bem que as paixões impossíveis eram o tema favorito e recorrente dos autores mais consagrados, não por ser infalível, mas porque estes não faziam mais do que dramatizar a realidade. O pior era nem sempre acabarem bem.

Rosa bateu com os nós dos dedos no vidro fosco da porta do escritório acanhado de Zé Pedro e abriu-a ao mesmo tempo, sem esperar por resposta. E quando o fez, surpreendeu-o a rir-se sozinho.

— Estamos divertidos — comentou, intrigada.

— Não — explicou ele, entre gargalhadas —, estava a pensar numa coisa.

— Ah, está bem. Olhe, eu vou almoçar.

— Vá, Rosa, vá — disse Zé Pedro, sem conseguir parar de rir. Não lhe contou a piada, mas estava a pensar que, se pegasse na sua própria história e a despejasse inteirinha num romance, ainda se arriscava a ganhar o prémio do melhor livro de ficção do ano.

Zé Pedro tentou, sem glória, chegar ao fim de uma página inteira. De facto, chegou, mas quando deu por isso tinha preenchido dez linhas com o nome de Mariana. *Isto é ridículo*, pensou, ao mesmo tempo que definia o texto e o apagava de uma só vez. E, de caminho, apagou o resto do texto que escrevera, pois decidiu que não prestava para nada.

Desligou o computador e foi penar a alma para trás do balcão. Por sorte, a livraria encheu-se de repente com cinco clientes, o que, por aqueles dias, podia ser considerado um recorde. Assim, Zé Pedro entreteve-se a atender os clientes. A última demorou uma eternidade para comprar o mais óbvio dos romances, aquele que ocupava nessa altura o primeiro lugar de todos os *tops* nacionais e, portanto, dispensava os conselhos do livreiro. De qualquer modo, a cliente, uma rapariga de vinte e poucos anos que usava uma provocante minissaia colegial, não se eximiu de pedir a opinião a Zé Pedro e ficou por ali a insinuar-se durante uns bons vinte minutos. Uma bênção para o espírito masculino, suspirou Zé Pedro, ao vê-la sair a balouçar as ancas com uma ingenuidade fingida. Antes, porém, ameaçou a rir-se que voltaria para lhe cobrar responsabilidades, caso o livro não fosse do seu agrado.

Noutras circunstâncias não teria perdoado tanta provocação. Não teria deixado a colegial ir-se embora antes de lhe sacar o número de telefone. Talvez até a convidasse para sair nesse mesmo dia. Mas Zé Pedro não se sentia inspirado para namorar. Sentou-se no banco alto a fumar um cigarro macambúzio, com os cotovelos apoiados no balcão e a ponderar se não seria já o momento certo para telefonar a Mariana.

Ligou-lhe várias vezes para o telemóvel e a todas Mariana respondeu com um toque imperturbável no botão vermelho. Não queria falar com Zé Pedro. Ou antes, para ser honesta consigo própria, até queria. Sentia saudades dele, custava-lhe ficar longe de Zé Pedro, ainda por cima zangada. Mas os acontecimentos dos últimos dias levaram-na a pensar que, provavelmente, não poderia ficar com ele. Era uma mulher adulta, com responsabilidades, uma filha para educar e proteger e tinha de ser razoável. E não podia continuar a lavrar na ilusão de que a felicidade só dependia do amor entre duas pessoas. No caso dela e de Zé Pedro, a vida estava farta de lhes demonstrar o oposto. Seria sensato insistir em contrariar o destino?

Não sabia dizer se *destino* era a palavra correcta para definir o problema. E nem sequer lhe seria fácil encontrar as palavras certas para explicar a sua perplexidade. Tinha tudo a ver com a forma como Zé Pedro reagira à atitude desesperada, estúpida e impensada de Ricardo. É claro que o comportamento de Ricardo era intolerável, ele não tinha o direito de andar a atirar pedras às montras de ninguém, por mais ultrajado que se sentisse. Contudo, a violência extrema, fria e impiedosa de Zé Pedro deixara Mariana chocada, em especial por ele não se ter mostrado arrependido. Pelo contrário, Zé Pedro fora bem claro ao dizer que não hesitaria em voltar a fazer o mesmo se Ricardo persistisse em intimidá-lo.

Mariana interrogava-se sobre o que pensar disto tudo. O instinto levava-a a ponderar se não haveria um lado improvável de Zé Pedro por descobrir; se não acabaria por chegar à conclusão de que, afinal de contas, não eram tão compatíveis como ela acreditara; se, enfim, não seria impossível viverem juntos apesar de gostarem um do outro. Mariana sabia que ela e Zé Pedro vinham de mundos diferentes, que haviam sido educados em ambientes culturais opostos. Até agora não dera grande importância a esse facto, mas começava a mudar de opinião. Ou pelo menos já se sentia à deriva num mar de dúvidas difíceis de entender.

Já passava das quatro da tarde quando Lurdes surgiu no gabinete de Mariana com ar de mistério e lhe anunciou que estava lá fora um desconhecido que insistia em falar com ela.

— Quem é, Lurdes?

— Não sei — respondeu a secretária, contrariada. — Não o conheço. — Lurdes era uma excelente profissional, mas também uma pessoa muito susceptível. Não gostava de surpresas, ofendia-se se algum desconhecido lhe entrava pelo escritório adentro dizendo que tinha um assunto particular para conversar com a *sua* doutora.

Mariana ergueu os olhos do computador.

— Não disse o nome? — perguntou-lhe, impaciente.

— Disse, claro. É o senhor José Pedro Vieira.

— Ah...

— Mando-o entrar?

Mariana olhou para ela sem a ver e não respondeu logo porque estava a pensar um monte de coisas ao mesmo tempo. O que é que ele queria? Por que é que lhe aparecia assim no escritório? — talvez por ela não lhe atender os telefonemas, óbvio. — O que teria ele para lhe dizer? E ela, o que tinha ela para lhe dizer? Não se sentia preparada para ter aquela conversa agora. Ficou atrapalhada, sem saber o que fazer.

— Doutora?...

— Sim, Lurdes. Mande-o entrar — acabou por decidir. — Muito bem.

Quis dizer à secretária que o fizesse esperar dez minutos, mas a mulher desapareceu muito depressa atrás da porta e Mariana perdeu a oportunidade. «Merda!», resmungou, levantando-se da secretária e dirigindo-se para a janela. «Merda!», repetiu, furiosa com Lurdes, com Zé Pedro e consigo própria. Precisava de um bocadinho de tempo para pôr as ideias no lugar antes de o enfrentar.

A porta voltou a abrir-se e Lurdes fez entrar Zé Pedro, voltando a fechá-la. Ele ficou ali de pé, parado, sem avançar, à espera que Mariana se virasse. Ela demorou-se um segundo a observar o trânsito intenso lá em baixo na Avenida Fontes Pereira de Melo.

— Olá, Mariana.

— Olá — disse, rodando nos calcanhares para ficar de frente para ele.

— Posso entrar?

— Já entraste — replicou-lhe, fazendo de propósito para o incomodar, para que percebesse que se sentia irritada com a intromissão.

— Pois, de facto. Mas tens tempo para falar comigo um bocadinho?

Mariana manteve-se junto da janela. Não mostrou intenção de se aproximar dele, não o convidou a sentar-se. Cruzou os braços e encostou-se à janela. Manteve, uma distância intimidante.

— O que é que vieste cá fazer?

— Conversar contigo — respondeu Zé Pedro, afastando um pouco os braços e deixando-os cair de novo. *Quero conversar, já te tinha dito,* queria dizer aquele gesto.

— Pensei que já tínhamos dito tudo o que havia a dizer.

— Não, Mariana. Eu fui um bocado bruto contigo e queria pedir-te desculpa por isso.

Fez-se um silêncio. Mas Mariana não disse nada. Nem que sim, nem que não. Se ele ficou embaraçado, não o demonstrou.

— Mariana, tu tens toda a razão para estares zangada comigo — continuou —, mas eu gostava que compreendesses que eu estava irritado quando foste falar comigo e... — abanou a cabeça, desolado — e disse coisas que não devia ter dito.

— Fizeste coisas que não devias ter feito. — Apontou-lhe um dedo acusador. — Tu não te limitaste a dizer, tu fizeste e disseste que eras capaz de voltar a fazer o mesmo.

— Eu sei, Mariana, eu sei. Reagi mal...

— Reagiste mal, é pouco — interrompeu-o, continuando a metralhá-lo.

— O teu marido partiu-me a montra!

— E depois? Era preciso mandá-lo para o hospital?

— Não, não sei, acho que não.

— Achas?

— Acho. Não era minha intenção mandá-lo para o hospital. Perdi a cabeça — disse Zé Pedro, pensando que era melhor não ser totalmente sincero com ela neste ponto. Caso contrário, teria de reconhecer que não tinha perdido nada a cabeça e que até agira com uma calma impressionante. Mas não queria assustá-la. Mariana não sabia algumas coisas importantes do seu passado e era melhor que continuasse a não saber.

— Costumas perder muitas vezes a cabeça?

Zé Pedro fez uma expressão aborrecida.

— Mariana, por favor...

— Não — insistiu —, é que eu já não sei se te conheço tão bem como pensava.

— Claro que conheces — disse, apaziguador, avançando para ela.

— Senta-te aí — disse Mariana, antecipando-se ao seu avanço.

Zé Pedro olhou para a cadeira, contrariado, mas sentou--se. Ela posicionou-se do outro lado da secretária com as mãos pousadas no espaldar da sua cadeira. Permaneceu de pé, fican-do assim em vantagem.

— Eu tenho de trabalhar — disse.

— Vais continuar zangada comigo? — perguntou ele, an-sioso por que a conversa não acabasse daquela forma.

— Não — respondeu Mariana. — Mas não sei se pode-mos continuar com isto — acrescentou numa voz hesitante.

É que não sabia mesmo. Mariana sentia-se fragilizada, insegura e assustada. O processo de separação estava a ser difí-cil e doloroso. Ricardo era um homem magoado, com má von-tade, insensível às tentativas de Mariana para atenuar a dor que implicava o fim do casamento. Ricardo estava a sofrer e queria que ela sofresse tanto quanto ele. Matilde não falava, em vez de extravasar a angústia, fechava-se num silêncio preocupan-te, preferindo a segurança ilusória do pequeno mundo do seu quarto a falar com os pais sobre as suas preocupações. E o mais dramático era que, se quisesse falar, acabaria por se aperceber de que, naqueles dias, o pai não seria a pessoa ideal a quem recorrer para conversar. Ricardo debatia-se entre a depressão e a revolta. Quanto a Mariana, a maior parte do tempo não estava presente para apoiar a filha. Matilde já não estudava com a mesma dedicação de antigamente e ficava horas a fio deitada na cama a ouvir música, com o volume tão alto que era improvável que conseguisse ouvir os seus próprios pensamentos.

Mariana esforçava-se por esquecer os problemas enquanto trabalhava, mas o espírito voava-lhe em divagações várias como um passarinho sem gaiola, e ela precisava do dobro da concentração para concluir metade das tarefas. Sentia-se sozinha e perdida. Pensava que Ricardo estava a ser egoísta porque vivia em função da sua dor e não colaborava com ela para a ajudar a aplacar a dor da filha.

Mariana ia buscar Matilde à hora do almoço e levava-a a um restaurante, onde passava uma hora a tentar comunicar com ela. Mas a maior parte das vezes o almoço resumia-se a uma conversa de surdos. Matilde assumia uma atitude de resistência passiva, punha os olhos no prato e respondia a todos os comentários da mãe com um encolher de ombros silencioso, pretendendo assim castigá-la com uma indiferença deliberada. Mariana percebia que Matilde achava que, de certo modo, a mãe a havia abandonado, a ela e ao pai, e responsabilizava-a por já não serem uma família unida.

Antes de aquilo tudo acontecer, Matilde tinha uma noção despreocupada da vida e do mundo; era uma miúda feliz, sentia-se protegida, alheia a qualquer ameaça. Na idade dela, e com a sua condição social, não havia nada que perturbasse uma rapariga. Conceitos trágicos como a morte, a guerra, a pobreza ou a infelicidade eram coisas que aconteciam aos outros, que se via na televisão e no cinema, mas que não a atingiam. Matilde pensava que era intocável. No entanto, a sua redoma de segurança estilhaçou-se em mil pedacinhos incertos e, de repente, a vida só lhe prometia dúvidas. A mãe já não estava em casa quando ela acordava e o pai andava acabrunhado, com uma disposição de cão. Por mais banal que fosse a separação dos pais nos dias que corriam, a experiência vivida na primeira pessoa era bem mais dramática do que ela supusera pelo conhecimento que tinha do assunto através das amigas.

Matilde exteriorizava a sua ansiedade com uma revolta surda, como se estivesse sempre à beira de explodir. E Mariana enchia-se de tolerância para lidar com a insegurança da filha e ajudá-la a recuperar a confiança. Não era fácil, porque Matilde sentia-se impelida a desafiá-la com respostas desagradáveis e Mariana via-se na contingência de fingir que não percebia os maus modos dela, caso contrário os poucos momentos em que estavam juntas acabariam em confrontos feios.

O mínimo que Mariana esperava de Zé Pedro nesta época difícil era que ele a apoiasse. Teria sido reconfortante poder contar com ele. Ter-lhe-ia dado a sensação de que não havia nada inultrapassável e de que, no fim, tudo acabaria bem. Mas Zé Pedro preferira guerrear-se com Ricardo a dedicar-se a Mariana.

Afinal, Zé Pedro era um homem mais duro do que ela imaginara. As pessoas navegavam nas aparências, iludiam-se. Viam um escritor, liam as suas histórias e tiravam daí o retrato do autor - tipo sensível, coração de manteiga e essas tretas todas. Mariana conhecia Zé Pedro, evidentemente. Para ela não se tratava apenas de um nome por detrás de um livro. Mas agora perguntava-se se não se deixara iludir também. Afinal de contas, Zé Pedro já fizera e dissera coisas que ela nunca esperara que fizesse nem dissesse. Na sua situação fragilizada, Mariana já não tinha certeza de nada e quando Zé Pedro deixou o gabinete — levando com ele a resposta dúbia de que *vamos deixar as coisas como estão. Damos um tempo e depois se verá* — ela ficou a olhar para a porta a pensar se aquilo tudo teria valido a pena? *Quem é este homem, afinal?*

36

Mariana iria perceber, nessa época, que as tentações de amor levavam as pessoas a fazer coisas que não pretendiam e que, talvez por isso, as mulheres eram frequente e justamente acusadas de insistirem em dizer *não* quando pretendiam dizer *sim*. Em matéria de assuntos românticos, a ideia do ser racional não se aplicava aos corações apaixonados. As mulheres levavam os seus romances como quem leva um peso às costas e, ao contrário do comportamento algo displicente e quase diletante dos homens, elas não eram capazes de gerir uma relação amorosa sem analisarem todos os passos. Mesmo sem pensar nisto, Mariana não era diferente. Mais tarde naquele dia, foi procurar Zé Pedro em casa e acabou nos braços dele, na cama dele. Entregou-se a um amor redentor que contrariava tudo o que lhe dissera algumas horas antes. Mas como, no que se referia a Zé Pedro, o que Mariana fazia não condizia com o que pensava, assim que se extinguiu o último tremor feliz na confusão dos lençóis, regressou às suas angústias.

Zé Pedro deslizou de cima dela e deitou-se de costas com os olhos bem abertos na escuridão do quarto. Agora estava tudo bem, sorriu. O que acabara de acontecer era a prova de que Mariana continuava a querê-lo, apesar de tudo.

Ela não falou. Puxou os lençóis para se cobrir, apesar do calor que fazia no quarto abafado e de suar por todos os poros, procurando naquele gesto uma protecção instintiva. A mão de

Zé Pedro tacteou em busca da mão de Mariana, mas ela encolheu-se com os braços cruzados no peito e os joelhos recolhidos,
de costas para ele. Zé Pedro virou-se e abraçou-a por trás, encos-
tando o peito às costas dela e passando os braços em seu redor.

— Está tudo bem, Mariana? — Estranhou o silêncio.

— Isto foi um erro — murmurou ela.

— O quê? — perguntou Zé Pedro, que não percebeu bem
o que ela disse.

— Isto foi um erro. Eu não devia ter vindo para a cama
contigo.

Zé Pedro afastou-se dela, rodou na cama, ficou de novo
de costas e soltou um longo suspiro. Mesmo sem conseguir ver
o rosto dele, Mariana percebeu que ficou chateado com as suas
palavras. Ainda assim resistiu à tentação de dizer algo para o
consolar. Não era justo da sua parte levá-lo a fazer amor com
ela e logo a seguir rejeitá-lo, mas também não seria justo fingir
que ultrapassara o desapontamento que sentira e mentir-lhe.
Não, decidiu, não podia mentir-lhe.

— Não percebo. — Zé Pedro quebrou o silêncio pesado,
quase palpável, como se se tivesse erguido uma parede entre
eles. — O que é que não percebes?

— Por que é que viste ter comigo, se achavas que era um
erro?

— Tens razão, não devia ter vindo.

— Sim, mas por que é que vieste?

— Porque queria estar contigo   reconheceu Mariana.

— Então, se querias estar comigo, por que é que dizes que
foi um erro? — insistiu Zé Pedro, a pensar *se não fosses complicada, não eras mulher.*

Porque as coisas não são assim tão simples, pensou Mariana.

— Porque — disse — eu gosto de ti, mas não sei se vai
ser possível ultrapassarmos todos os problemas e conseguirmos
construir uma relação estável.

— Se não tentarmos é que não vamos saber isso nunca, não é?

— É — concordou ela —, mas a minha vida ainda está muito complicada e eu acho que é melhor esperarmos algum tempo. Eu preciso de arranjar um apartamento, de assentar e então, depois de conseguir alguma estabilidade, é que terei cabeça para me dedicar a uma relação séria com alguém.

— Com alguém?

— Contigo — corrigiu. — Eu queria dizer *contigo*.

Zé Pedro esticou o braço para acender o pequeno candeeiro equilibrado em cima da pilha de livros que fazia de mesa-de-cabeceira, no seu lado da cama. Depois sentou-se de pernas cruzadas, tendo a preocupação de puxar o lençol para se tapar até à cintura, pois ter-se-ia sentido ridículo a discutir assuntos sérios completamente nu.

— Até quando — perguntou — é que vais continuar a vir para a minha cama e acabares a dizer que foi um erro?

A pergunta não podia ser mais legítima, mas levou-os apenas a uma conversa redonda que ameaçou prolongar-se pela noite dentro, com ambos a repisarem argumentos uma e outra vez.

Mariana queria ganhar tempo. Não se sentia segura para se atirar de cabeça para uma nova relação num momento em que ainda lidava com o fracasso do casamento. Para Zé Pedro, não fazia sentido ela divorciar-se do marido por sua causa se depois não queria assumir o amor que a levara a acabar com o casamento. De facto, Mariana já não estava tão confiante. Agora parecia tudo bem, ele voltara a ser o Zé Pedro de sempre, carinhoso, atencioso, quase que lhe parecia impossível acreditar que era a mesma pessoa que, num acesso de fúria improvável, despachara Ricardo para o hospital. Sem pestanejar, sem remorsos nem nada. Não que Zé Pedro lhe inspirasse medo, contudo Mariana observava-o e não conseguia vê-lo com os olhos de antigamente.

Era como se algo, um elo, se tivesse quebrado. E isso impedia-
-a de o aceitar sem reservas. Havia na sua cabeça uma vozinha
que a aconselhava a não se entregar de olhos fechados. Receava
embarcar numa viagem desconhecida e acabar magoada por não
ter tido o bom senso de ser cautelosa.

— Tu não sabes o que queres — acusou-a Zé Pedro. Saltou da cama irritado e começou a vestir-se. — E eu, para ser
sincero, estou farto desta conversa.

Mariana ficou paralisada perante aquela explosão de
impaciência.

— É melhor ires-te embora — acrescentou num tom seco.
Depois saiu do quarto, ainda a enfiar uma camisola pela cabeça.

Vestiu-se a correr, nervosa. Desceu ao andar de baixo com
as pernas e as mãos a tremerem, e foi encontrar Zé Pedro de
costas, sentado frente ao computador.

— Vou-me embora — disse.

Ele assentiu com um resmungo. Não se levantou, nem se
voltou para trás. Continuou a escrever qualquer coisa no computador enquanto Mariana atravessava o vestíbulo e passava
pelo gato que se esgueirou da sua frente silencioso. Abriu a
porta de casa, saiu e fechou-a devagar, sem bater.

Zé Pedro esperou até ouvir o bater discreto da lingueta da
porta a fechar-se e só então se voltou na cadeira para confirmar
que Mariana se tinha ido mesmo embora. Levantou-se, exasperado e descarregou a frustração com um pontapé num monte
de livros que se empilhavam ao lado da mesa do computador e
que voaram pela sala em várias direcções. O gato miou assustado e desapareceu a correr pelas escadas acima.

Deixou-se cair no sofá e passou a mão pelo cabelo. «Merda!», disse em voz alta, furioso por Mariana tornar tudo tão
difícil e por ele próprio não conseguir ser mais tolerante com
ela. «Merda!»

37

Julho chegara radioso e já se notava o início da debandada da cidade. Muita gente rumava ao Algarve e a outras paragens onde fosse possível aproveitar o sol e a praia. Lisboa estava mais desimpedida, menos carros, menos trânsito, menos confusão. As crianças estavam de férias, e de manhã as pessoas não se viam obrigadas a correr como loucas para as deixar nos colégios. Conseguia-se circular e arrumar o carro sem temer a caça indiscriminada à multa, tão habitual durante o resto do ano. As pessoas chegavam aos seus empregos mais descansadas e não começavam o dia de trabalho *stressadas* por causa da incrível barafunda de uma cidade que, apesar de já não comportar mais viaturas, assistia à notável incapacidade da câmara para resolver o problema.

Por esta altura, normalmente, Mariana faria um primeiro período de férias com a família. Costumavam ir para o Algarve e, mais tarde, no início de Agosto, faziam uma viagem ao estrangeiro. O Sul de Espanha havia sido o destino preferido nos últimos anos. No Inverno, tiravam uma semana de esqui numa qualquer estância europeia. Gostavam de variar. Este ano não haveria nem uma coisa nem outra.

Mariana começara finalmente a procurar um apartamento, e já se sentia um bocado desesperada porque tinha a sensação de ter visitado dezenas deles, cada um pior que o outro. Matilde acompanhava-a nessas visitas exploratórias, guiadas pelos classificados dos jornais. Matilde estava de férias e dividia o seu tempo entre a empresa do pai, a casa das amigas e, à hora de almoço, a busca de apartamento com a mãe. Havia dias em que comiam uma sandes no carro enquanto andavam de morada em morada, de desilusão em desilusão. Mariana decidira comprar em vez de arrendar. Aparentemente, era mais fácil e mais compensador, se bem que quanto à facilidade...

Zé Pedro não fazia férias em Julho, aliás não fazia férias em nenhuma época específica. Um dia chegava à livraria e anunciava a Rosa que estava de partida para um lado qualquer. Tanto podia ser uma semana como um mês. Adorava viajar sem destino, ir para onde os ventos soprassem. Em geral andava sozinho, à deriva pela Europa, pela América do Sul ou por onde lhe desse na gana. Solteiro, sem filhos, não havia responsabilidades nem satisfações a dar. Era uma das vantagens de estar só, podia partir simplesmente, quando lhe apetecia. O único mês certo em Lisboa era Agosto, altura em que Rosa ia de férias e a livraria ficava por conta dele.

O trabalho no escritório de advogados tinha tendência a abrandar no Verão, com as férias judiciais e a laboração a meio gás nas empresas. Naquele ano, porém, Mariana afadigava-se para não perder o pé aos processos e, mesmo assim, ia-se atrasando porque a sua vida pessoal não lhe dava tréguas e corria mais depressa do que as obrigações profissionais.

Foi uma semana a ferros, enfiada no escritório a despachar assuntos, uns atrás dos outros, com a celeridade possível, de forma a resolver os problemas com a certeza de que não fazia tudo mal por causa das pressas.

Em contrapartida, Zé Pedro não precisava de correr por nada, na medida em que o trabalho na livraria tinha o seu ritmo próprio. O movimento aumentara um bocadinho com o empenho das pessoas em comprarem livros para lerem nas férias e, claro, havia sempre o trabalho invisível da contabilidade, das encomendas e das devoluções. Era necessário atender aos pedidos invulgares, contactar as editoras, receber os vendedores e garantir a reposição dos títulos mais vendidos. Ainda assim, Zé Pedro não se atrasava muito, porque era metódico e podia contar com a preciosa ajuda de Rosa.

Ficaram uma semana sem se falar, cada um para seu lado, atormentados por sentimentos de culpa. Zé Pedro a achar que fora demasiado bruto com Mariana; ela convencida de que o ofendera irremediavelmente. Mariana gostaria de recompor as coisas entre eles, pensava que ambos precisavam de tempo para recomeçarem uma convivência normal e sem atritos, livres dos factores estranhos aos seus sentimentos que os impediam de estar na companhia um do outro sem se sentirem pressionados. Não havia dúvida de que Ricardo conseguira marcar um ponto ao minar a relação dela com Zé Pedro. *Se não é para mim, também não é para ninguém*, teria pensado o marido. Mariana achava que ele fora mesquinho e que continuava a comportar-se de um modo egoísta e irresponsável, em especial quando tentava voltar a filha contra ela.

Embora estivesse zangada com Ricardo, Mariana percebia que tudo o que ele fazia de errado era porque a amava e não suportava a ideia de a perder. E não conseguia deixar de pensar em Ricardo com uma certa ternura. Não era impunemente que se vivia uma década e meia com a mesma pessoa, e Mariana sabia que seria de uma enorme ingratidão esquecer todo o bem que ele lhe fizera no passado. Ainda agora, tinha a certeza, bastaria uma palavra sua para que Ricardo a aceitasse de volta.

Ricardo fizera o que fizera e isso tinha os custos que tinha, pensava Mariana. Num primeiro momento, a sua vontade fora não olhar mais para a cara dele, só que o tempo diluía as mágoas e, mesmo que assim não fosse, Mariana teria de ter sempre presente que Ricardo era o pai da sua filha e, no mínimo, sentia-se obrigada a proporcionar a Matilde uma vida estável, o que exigia uma relação civilizada entre os pais.

Bem vistas as coisas, nada disto deveria implicar com a sua relação com Zé Pedro. Ou eram pessoas adultas capazes de resolver os seus problemas, ou teriam de concluir que não estavam preparados para enfrentar o futuro juntos. Mariana ponderou estes assuntos até à exaustão. Depois do trabalho sobrava-lhe bastante tempo — demasiado, na sua opinião — para remoer as preocupações. Ia para o hotel, recolhia-se no quarto, encomendava qualquer coisa para comer e ficava sentada na cama a pensar na vida enquanto mastigava o jantar sem nenhuma vontade de comer e olhava para a televisão sem nenhuma intenção de ver.

Na quinta-feira à noite, chegou a uma decisão irreversível. Ali estava ela, sentada na cama, a repisar um e outro pensamento, analisando pela centésima vez as mesmas coisas, e percebeu que não fazia sentido continuar a viver naquela angústia.

38

Na sexta-feira Mariana saiu do hotel, inspirou fundo e preparou-se para uma caminhada de nervos. A missão que abraçava, ainda que resoluta, anunciava-se extenuante só pelo seu medo de não ser bem-sucedida. Às nove horas já fazia um calor sufocante. Ao longe, vislumbrava-se uma atmosfera turva por causa do gás mortal que saía dos tubos de escape dos automóveis e dos autocarros que circulavam na Avenida da Liberdade e que ficava a pairar no marasmo da canícula matinal.

Como ainda era cedo, Mariana foi a pé. Escolheu o passeio central da avenida, atraída pela sombra das árvores e pelo aspecto refrescante das áreas verdes que se estendiam até aos Restauradores. Atravessou a Praça do Rossio e percorreu sem pressa o largo passeio de calçada portuguesa da Rua Augusta, parando aqui e ali para admirar uma ou outra montra. Reparou, com satisfação, que o céu não poderia estar mais azul e que a luz do sol, sem o obstáculo das nuvens, realçava as cores da cidade com uma vivacidade inusitada. Considerou isso um bom presságio, pois que um dia assim bonito só poderia trazer coisas felizes.

Os dois homens que vigiavam discretamente a livraria entretinham-se a bebericar um café sentados na esplanada ali em frente. Vestiam roupa desportiva e a única característica que eventualmente os faria notados aos olhos de alguma alma atenta seria o facto de serem ambos bastante altos e corpulentos. Tirando isso, passavam por bons amigos em conversa animada. Um era negro, careca e via-se que se preocupava com a imagem, pois usava calças pretas de algodão bem vincadas, camisa cinzenta de marca e sapatos de atacadores engraxados; o outro era branco e bastava um olhar de relance para se perceber que se estava nas tintas para a roupa. Os sapatos de ténis vulgares e a camisa por fora das calças de ganga amarrotadas não davam muito crédito aos padrões exigentes da moda.

Andariam ambos na casa dos vinte, e pareciam mais empenhados em trocar piadas do que em vigiar fosse o que fosse. Palradores incansáveis, iam fazendo comentários mordazes sobre a missão que os trazia ali, as raparigas que haviam conhecido na noite anterior, as barracas do futebol nacional e tudo o mais para onde a conversa os levasse. Divertiam-se com a piada fácil e pareciam tão absorvidos na galhofa que ninguém diria que não lhes escapava um único pormenor do que se passava na livraria. Entradas e saídas, conhecido ou desconhecido, interessa ou não interessa.

— Olha, quem vem lá! — disse o negro, numa exclamação alegre.

— Quem é? — perguntou o colega, abstendo-se de virar a cabeça para não se tornar demasiado óbvio.

— A nossa amiga Mariana — informou o outro.

— Até que enfim que aparece.

— Sim, já estamos à espera dela há uma semana.

— Exacto. Os nossos pombinhos devem estar zangados.

— Já estava a ver que nos ia desiludir.

Enquanto falava, o negro ia tirando fotografias a Mariana. Usava uma máquina digital discreta, do tamanho de um cartão de crédito. As fotos registaram o momento em que ela se aproximou da livraria, a sua entrada, a saída poucos segundos depois acompanhada de Zé Pedro, eles a conversarem, o abraço demorado, o beijo ainda mais longo, a partida dela e o regresso dele à livraria. Tudo muito nítido e com a data e hora devidamente impressas em todas as fotografias.

— Um espectáculo, estas maravilhas tecnológicas — disse o negro, entusiasmado com a qualidade da máquina, um brinquedo recente.

— Deixa ver — pediu o colega, pondo-se a contemplar os vários instantâneos no pequeno ecrã do aparelho. — Hum, que queridinhos — comentou, sarcástico.

Mariana estava longe de imaginar que o seu encontro com Zé Pedro tinha sido testemunhado e registado por dois desconhecidos. Se soubesse, talvez não se controlasse. Se sonhasse com tamanha desfaçatez, Mariana teria dificuldade em manter a compostura, e o mais provável era que rompesse de vez com as tréguas de conveniência que a tinham levado a engolir todos os vexames em defesa do bem-estar de Matilde. Provavelmente, processá-lo-ia.

Já era suficiente que Ricardo insistisse em estratagemas pueris que lhe complicavam a vida com a filha, enchendo a cabeça da miúda de ideias absurdas para a virar contra a mãe. «O pai disse que tu saíste de casa porque já não gostas de nós», confessava-lhe Matilde, destroçada, ou «o pai acha que tu estás doente e devias ir ao médico, senão não tinhas fugido com um homem que nem conheces». Mariana ficava revoltada. Só ela sabia como era desgastante passar horas a desfazer as maldosas lavagens ao cérebro que ele fazia a Matilde.

Ao menos, para contrariar a maldição daqueles dias atribulados, restou-lhe o curto alívio de a conversa com Zé Pedro ter chegado a um consenso encorajador.

— Vim cá pedir-te desculpa pelo outro dia — disse-lhe, depois de o arrastar para a rua sob o olhar ressentido de Rosa.

— Sim, é verdade que passo a vida a pedir-te desculpa e depois volto a fazer o mesmo.

— Tiraste-me as palavras da boca. — Zé Pedro soergueu as sobrancelhas e abanou a cabeça numa demonstração de fatalidade que não merecia mais comentários.

— Zé Pedro, eu gosto de ti e quero ter uma vida contigo.

— Então, mostra que assim é. Fica comigo de uma vez por todas.

Mariana olhou para ele com um pesar sentido e os olhos brilhantes de impotência.

— Era por isso que eu queria falar contigo — disse, num tom suplicante que lhe apelava à tolerância. — Zé Pedro, eu preciso que me dês tempo para reorganizar a minha vida. Não me entendas mal, eu não estou a rejeitar-te, só que tu não imaginas o que têm sido estes últimos dias. O Ricardo só me levanta dificuldades, a minha filha anda muito insegura e precisa de todo o apoio que eu lhe possa dar. Compreendes?

Não compreendia. Ou melhor, compreendia, mas não percebia por que é que ela o queria manter à distância, apesar de tudo.

— Não seria melhor se estivesses comigo? — acabou por perguntar. — Por que é que insistes em fazer tudo sozinha?

Porque tu já mostraste que, em vez de ajudares, só complicas ainda mais as coisas, pensou Mariana, pesarosa.

— Porque são problemas meus e não adianta nada tu envolveres-te neles. É pior — disse. — Prefiro que me deixes resolver as coisas à minha maneira.

— Tudo bem — resignou-se. — Tu é que sabes.

— E, Zé Pedro, mais uma coisa...

— O que é?

— Se o Ricardo voltar a fazer alguma estupidez, se voltar a provocar-te, por favor, não lhe respondas. Ignora-o.

Zé Pedro olhou para o céu, rolou os olhos nas órbitas e coçou a cabeça com uma mão nervosa, como se fosse alérgico à ideia de não partir a cara a Ricardo à menor provocação.

— Zé Pedro?...

— Está bem — acedeu, com uma voz arrastada, contrariado, mas acedeu.

— É melhor assim — disse ela. — Vamos ter a vida inteira para estarmos juntos. Não vale a pena precipitarmo-nos.

— Mas eu tenho pressa de estar contigo.

— Eu também. Só que agora eu não seria uma boa companhia, acredita. Preciso que tenhas um bocadinho de paciência comigo. — Fez-lhe uma cara triste, para o comover.

— Está bem. — Zé Pedro abriu os braços em sinal de rendição. — Já disse que está bem.

Mariana garantiu-lhe que iria comprar um apartamento, iria avançar com o processo de divórcio e, em breve, teria a paz de espírito necessária para recomeçar uma nova vida.

39

Zé Pedro regressou à livraria com um humor desgraçado, e foi entrincheirar-se no seu gabinete claustrofóbico para se pôr a salvo do mais que provável interrogatório de Rosa. Desde o susto da montra partida, ela achava-se no direito de o questionar sobre os seus amores tumultuosos. Fazia-o com o álibi da legítima defesa, gracejando que não queria ser apanhada desprevenida quando as pedras recomeçassem a cair. Já antes gostava de lhe vasculhar a vida, só que agora fazia menos cerimónia. Zé Pedro não lhe levava a mal a bisbilhotice e, por vezes, até lhe contava os pormenores de uma ou outra noite libertina, pois tratavam-se de romances fáceis com mulheres que lhe eram tão indiferentes que lhes esquecia o nome em poucos dias. O caso com Mariana, porém, era diferente e Zé Pedro não se sentia na disposição de o partilhar com Rosa.

A sensação de que Mariana arranjava pretextos sucessivos para não se comprometer pairava sobre Zé Pedro como uma nuvem negra. Estava certo de que a amava. Mais do que isso, ela era a única mulher que Zé Pedro amara realmente em toda a sua vida, de modo que se preocupava por achá-la cada vez mais distante. Para Zé Pedro, Mariana não era mais uma das suas conquistas banais, mas sim uma daquelas paixões que só aconteciam uma vez na vida de uma pessoa. As separações e reconciliações que os mantinham a navegar em águas turvas deixavam-no frustrado, tanto mais que tinha dificuldade em lembrar-se doutra mulher que tivesse passado pela sua vida amorosa com tantas reticências. Habitualmente, bastava-lhe mostrar-se interessado para lhes cair nas boas graças. A sua agenda pessoal estava repleta com uma lista de números de telefone tão vasta que, se quisesse, poderia ter uma mulher diferente durante dias seguidos. O mais irónico era que a única com quem Zé Pedro desejava mesmo partilhar a cama fosse tão obstinada em contrariá-lo. Mariana, obviamente, queria acautelar o futuro e não aceitaria dar o passo definitivo sem ter a certeza de que não lhe passava um cheque em branco. Zé Pedro compreendia que, em grande medida, era o responsável pelo estado de espírito dela. Se tivesse sabido controlar a sua fúria, se não tivesse ido atrás das emoções, por certo não estaria agora naquela situação muito pouco agradável. Mas Zé Pedro não andara uma vida inteira a batalhar pela sua independência para se deixar espezinhar agora por um ditadorzinho de merda. Odiava tipos autoritários, habituados a rosnarem ordens a funcionários que lhes obedeciam sem pestanejar, com medo de perderem o emprego. Ricardo não aceitava um *não* como resposta?, pior para ele. Mariana só conhecia o lado afável de Zé Pedro?, paciência. Se quisesse viver com ele, teria de saber que não era homem para abdicar dos seus princípios. Zé Pedro era a favor da democracia, e do respeito pelo próximo, e dessas coisas todas, mas que diabo, a tolerância tinha limites.

Reconfortado com estas reflexões encorajadoras, agarrou-se ao teclado do computador e começou a escrever. Retomou o fio à meada da sua história que, a propósito, já estava parada há demasiado tempo e, pela primeira vez nas últimas semanas, conseguiu concentrar-se no trabalho durante uma tarde inteira.

Acabou o dia satisfeito com o bom avanço que dera ao livro. Já passava das sete quando se recostou na cadeira e acendeu um derradeiro cigarro, antes de desligar o computador e ir para casa.

Soprava um vento ameno de fim de tarde e ainda havia bastante gente na rua. Zé Pedro fechou a porta da livraria e abanou-a para ter a certeza de que ficava bem trancada.

Ia demasiado embrenhado nos seus pensamentos para se aperceber da presença dos dois homens que o vigiavam. Acabara de virar à esquerda, tomando por instinto o percurso habitual para casa, quando um negro, bem mais alto, avançou direito a ele, levando-o a dar um passo ao lado para que não chocassem. Então o homem fez o mesmo e barrou-lhe o caminho. «Desculpe», disse Zé Pedro, a pensar que era um daqueles embaraços quotidianos em que as pessoas se atrapalham umas às outras quando se cruzam no passeio. E deu outro passo ao lado. Mas desta vez o homem apoiou-lhe uma mão enorme contra o peito e impediu-o de continuar. «Zé Pedro Vieira?», perguntou.

Alarmado, deu um passo atrás e embateu contra o corpo de um segundo homem, tão grande como o primeiro.

40

Mariana combinara ir buscar Matilde a casa do pai no sábado de manhã. Um acordo só conseguido após extenuantes negociações ao telefone na noite anterior.

— Tenho de ir ao escritório bem cedo — disse Ricardo — e levo a Matilde.

— Ricardo, já tínhamos combinado que a Matilde fica comigo aos sábados. — Mariana sabia que ele nunca ia ao escritório ao fim-de-semana e que estava só a criar dificuldades para a incomodar.

— Tudo bem — replicou-lhe. — Vai buscá-la ao meu escritório.

— A que horas vais sair de casa?

— Às nove e meia.

— Então, eu passo aí às nove e meia.

— Não, passa no escritório porque eu posso sair mais cedo.

— Logo se vê. Se já tiverem saído, eu passo no escritório.

— Por que é que não vais directamente para o escritório? É só para mostrares que só fazes o que queres, é o que é.

Mariana inspirou fundo e fechou os olhos, antes de lhe responder. Ele queria iniciar uma discussão e ela preferia evitá-la.

— Não, Ricardo — disse. — É porque me dá mais jeito. Só isso.

— O que te dá mais jeito — resmungou ele — é arranjares sempre maneira de me contrariar.

— Eu não te quero contrariar. Só quero que tenhamos um relacionamento normal.

— Então, por que é que saíste de casa?

— Ricardo, por favor, não vamos recomeçar com essa conversa.

— Não te agrada, não é?

— O que não me agrada é estar sempre a discutir contigo. Isso é que não me agrada.

— Também eu não gosto de muitas coisas. Não gosto de aturar as merdas que tu inventas, por exemplo! — Ricardo disse isto de uma forma ríspida e desligou-lhe o telefone na cara.

Mariana ficou estarrecida. Hoje em dia, falar com Ricardo representava um enorme sacrifício. Ele fazia de tudo para elevar a tensão aos limites. Levantava problemas, provocava-a, chegava a ser insultuoso. Mariana não se lembrava de ele lhe ter falado alto alguma vez, antes da separação.

Logo a seguir a desligar o telefone, Ricardo recebeu uma segunda chamada.

— Fala Graça Deus — anunciou-se a voz polida do outro lado da linha.

Ricardo encontrava-se sentado à secretária, no seu escritório, em casa, onde costumava recolher-se para tratar dos assuntos profissionais. Matilde estava no quarto e ele fechara-se ali para que a filha não ouvisse os seus telefonemas.

— Os meus homens já transmitiram o recado ao Zé Pedro —informou Graça Deus.

— E ele?

— E ele não reagiu bem.

— Filho da puta!

— Se eu fosse a si — continuou Graça Deus, ignorando diplomaticamente a observação de Ricardo — tinha cuidado nos próximos dias.

— Acha que ele pode fazer alguma coisa?

— Não sei, não sei...

— Hum...

— Quer que eu lhe arranje segurança? Um ou dois homens, só por precaução?

— Não, não vale a pena. — Enquanto falava, Ricardo abriu a gaveta da secretária com uma chave que trazia sempre consigo e retirou de lá uma pistola. — Desta vez, eu vou estar à espera dele.

— Tem a certeza?

— Absoluta.

Aquela pistola nunca havia sido disparada. Tratava-se apenas de um apetrecho de fanfarronice que só saía da gaveta quando Ricardo sentia medo por alguma razão. No passado servira-lhe tanto de consolação como uma chucha servia a uma criança. Na época em que Ricardo procurara Graça Deus para o ajudar a fazer as cobranças difíceis que o ameaçavam de falência, pedira-lhe que lhe arranjasse uma arma para se proteger dos homens perigosos que se propunha pressionar. Ele não acedera ao pedido, mas dissera-lhe onde a poderia conseguir.

Ricardo guardava a *Beretta*, de calibre 6.35, na gaveta, sempre fechada à chave por causa de Matilde, e só a mantinha porque não sabia o que fazer com ela. Se tivesse pensado melhor no assunto, teria voltado a guardá-la. Graça Deus avisara-o uma vez de que um homem armado acabava sempre por carregar no gatilho. «Não», respondera-lhe Ricardo, «é só para assustar.»

41

Se não fosse o caso de não conseguir dormir decentemente há tanto tempo que já não se lembrava do que era uma noite inteira de sono, o jacto de água fria do chuveiro teria sido suficiente para a acordar de vez. Mariana deliciou-se com o duche. Era a melhor coisa que o hotel lhe podia oferecer, tudo o mais se resumia à solidão que a apoquentava naqueles dias. Sempre que entrava pela porta do hotel, era obrigada a recordar-se de que tinha deitado a sua vida para o caixote do lixo e que teria de enfrentar sozinha o caminho que escolhera.

Os amigos comuns não tinham optado pela neutralidade, preferindo tomar as dores de Ricardo. Era estranho que as pessoas se revelassem tão intransigentes na defesa da hipocrisia a que chamavam lealdade e valores familiares, até ao dia em que uma situação semelhante lhes atravessava a vida. As suas amigas já não lhe falavam e a própria mãe só lhe telefonava para a criticar e para lhe dizer que estava louca. «Isso já eu sei, mãe», respondera-lhe da última vez, «mas os loucos também têm direito à vida. E, caso se tenha esquecido, eu é que sou sua filha e não o Ricardo.» Foi inútil, porque a mãe já tinha Ricardo no coração e já o considerava um filho há tanto tempo, que agora o problema se transformava numa questão moral. E, vistas as coisas nesses termos, aos olhos da mãe, Mariana ficaria sempre a perder.

Vestiu roupa prática: uma camisola leve de algodão, branca, calças de ganga e sapatos de ténis. Era óptimo poder descansar um pouco da formalidade dos conjuntos elegantes que era obrigada a usar durante a semana. Olhou para o relógio antes de sair do quarto e confirmou aliviada que ainda lhe restavam trinta minutos para chegar a horas a casa de Ricardo. Desceu à recepção e saiu pela porta principal. Fez o percurso até à garagem do hotel a pairar na incerteza de não saber se Ricardo teria saído de casa mais cedo só para a contrariar. Encontrou o seu *Volkswagen Beatle* amarelo a brilhar de limpinho. Só usava o carro ao fim-de-semana, mas dava instruções para que o lavassem à sexta-feira.

Desceu a larga avenida com as Twin Towers, monumentais, ao fundo. Ainda faltavam quinze minutos para as nove e meia. Parou o carro à frente do prédio, cedeu ao impulso nervoso de olhar outra vez para o relógio, confirmando que o ponteiro dos minutos continuava nas nove e quinze, e desligou o motor a ponderar se deveria tocar à campainha ou esperar pelas nove e meia. Decidiu esperar.

De facto, antecipar a ida ao escritório, só para obrigar Mariana a andar de um lado para o outro, não foi nada que não tivesse passado pela cabeça de Ricardo. Mas Matilde também falara com a mãe na noite anterior e insistiu com o pai que esperassem por ela. Resignado, ele acedeu.

Matilde ligou para o telemóvel da mãe minutos depois de ela ter estacionado. «Estou cá em baixo, querida», confirmou Mariana. Em vez de saírem pela garagem como era habitual, desceram até ao piso zero e saíram pela porta principal. Ricardo não resistiu à tentação de acompanhar a filha até ao carro de Mariana. Queria vê-la. Por mais ressentido que estivesse, não deixava de sentir saudades dela. E isso ainda o tornava mais rancoroso, pois incomodava-o que ela não o quisesse e, em contrapartida, ele não conseguisse desligar o fusível que o conectava com Mariana. Vivia pendente daquela paixão e, ao mesmo tempo, sentia-se vingativo, com uma vontade enorme de recorrer a todos os expedientes possíveis para a prejudicar. Dessa forma apaziguava o ciúme, a humilhação e, sobretudo, o desgosto decorrente da rejeição a que ela o votara.

Um táxi parou alguns metros à frente do *Volkswagen* de Mariana. Ela reparou no carro no momento em que estacionava, mas não lhe prestou muita atenção.

Ricardo e Matilde saíram do prédio. Mariana viu-os e levou a mão à boca, como se quisesse conter a nostalgia que a assaltou. Ainda os via, aos dois, como a sua família.

Matilde reconheceu o carro da mãe e acenou-lhe de longe. Vinha de mão dada com o pai e a sorrir. A recordação mais forte que Mariana haveria de reter sempre daquele dia terrível seria o sorriso da filha. Pelo menos, seria sempre a primeira imagem que lhe acudiria à memória. O sorriso de Matilde e a expressão carregada de Ricardo.

Registou mentalmente o bater da porta do táxi, mas, de tão imersa nos seus pensamentos tristes, ficou hipnotizada a observar pai e filha. Sentiu os olhos húmidos, pestanejou. Matilde de mão dada com Ricardo, como quando era pequenina. Um gesto de carinho só deles.

De súbito, Ricardo estacou no passeio. Mariana viu nos olhos dele uma expressão alarmada de reconhecimento de algo mau. Seguiu-lhe a direcção do olhar e então reparou pela primeira vez na pessoa que saíra do táxi.

O que é que o Zé Pedro faz aqui?, pensou, um *flash* antes de abarcar a gravidade da situação. Deitou a mão ao fecho da porta e viu-se fora do carro.

Ricardo soltou a mão de Matilde. A filha deu mais dois passos e depois voltou-se para trás, intrigada por o pai ter parado. «O que foi, pai?», perguntou. Ele não respondeu.

Zé Pedro foi ao encontro de Ricardo. E Mariana foi atrás dele, que ainda não a vira. *Não acredito nisto!*, pensou ela, enervada.

Ele não chegou a ficar a menos de cinco metros de Ricardo. Este levou a mão ao bolso do casaco e o instinto levou Zé Pedro a abrandar. Mariana, pelo contrário, correu com a intenção de se interpor entre eles.

E, de repente, ali estava Ricardo com uma pistola na mão. Matilde assustou-se e começou a gritar com ele. «Pai, pai!!!»

Zé Pedro parou e levantou os braços. « Eh, eh, eh! O que é isso, homem? Calma», disse.

Mariana estava agora quase ao lado dele, sem conseguir tirar os olhos estarrecidos do cano ameaçador da pistola na mão de Ricardo. «Estás doido?!», exclamou no calor do pânico.

Ricardo não falou, ele próprio ao mesmo tempo assustado e embaraçado com a situação. Tinha medo de que Zé Pedro o atacasse, mas não queria disparar sobre ele. *É só para assustar,* convenceu-se. *Vai-te embora!,* desejou.

— Não te aproximes! — gritou.

— Está tudo bem, Ricardo. Só quero conversar contigo.

— Vai-te embora!

— Eu vou, mas baixa a pistola.

— Ricardo, baixa a pistola — pediu Mariana.

— Pai... — gemeu Matilde.

— Vai-te embora! — Ricardo repetiu a ordem.

Os dois polícias fardados saíram pela porta do centro comercial que havia na base das Twin Towers, alertados por transeuntes assustados que procuraram refúgio no interior. Era um passeio bastante largo, entre a porta do centro comercial e a estrada. Ricardo encontrava-se a meio caminho, de costas para os polícias, e não deu pela presença deles. Os agentes

separaram-se, sacando das pistolas de serviço. E aproximaram-
-se sem aviso.

— Não me apontes essa merda — disse Zé Pedro, encora-
jado pela presença dos polícias.

— Largue a arma! — gritou um dos agentes.

— Largue a arma, já! — gritou o outro.

Ricardo olhou para trás, baralhado. Viu os agentes. Hesitou. Olhou para a frente... Os polícias continuaram a gritar,
atraindo a sua atenção. Voltou a olhar para a frente...

Mariana aproximou-se de Zé Pedro e ele precipitou-se
num passo em frente, com o objectivo de a impedir de se interpor entre si e a pistola.

— Não te aproximes! — gritou Ricardo.

— Não, não... é a...

Foi um tiro de instinto, de medo. No meio da confusão,
dos gritos, das ordens, do movimento à frente e atrás, o dedo
de Ricardo carregou no gatilho, simplesmente...

Ouviram-se mais dois tiros, simultâneos.

Mariana encolheu-se, escondendo a cabeça entre os braços. Matilde não se mexeu, paralisada pelo medo.

Zé Pedro caiu no passeio, espantado.

Mariana abriu os olhos, viu-o no chão, e teve este pensamento fatal: *Acertou-lhe.*

Virou-se para Ricardo, para o repreender, mas ele já estava de joelhos, desabando em seguida para o lado, inanimado.
Os polícias caíram-lhe em cima, com as armas ainda fumegan-
tes, e afastaram a dele.

Depois, Mariana entrou em estado de choque. Viu pessoas aproximarem-se, alguém a gritar por uma ambulância, um
agente a pedir ajuda via rádio... «A senhora está bem? Não foi
atingida?», perguntou-lhe o segundo agente. Olhou-o sem perceber... «Não está ferida?», insistiu o homem. *Não, acho que
não*, pensou ela.

Procurou localizar Matilde, ansiosa. Lá estava ela, os olhos assustados a espreitarem por cima dos dedos que lhe escondiam o rosto. Correu a abraçá-la. A filha agarrou-se a ela num pranto. Mariana começou a ouvir sirenes ao longe...

42

Este tipo de coisas não devia acontecer, não é o género de coisas que aconteça, pelo menos connosco. Por mais que pense no assunto, uma pessoa nunca imagina que a situação descambe ao ponto de originar uma cena de tiros. Zé Pedro estava sentado numa cama na enfermaria do Hospital Santa Maria, encostado a duas almofadas, embrenhado em reflexões. Ignorava o politraumatizado da cama ao lado. Mesmo que quisesse, o desgraçado não estava em condições de conversar com ninguém. Vítima de acidente de viação, informara-o uma enfermeira. Duas pernas e um braço engessados, a cabeça envolvida em gaze, máscara de oxigénio, o saco do soro a pingar para um tubo, a máquina com o gráfico do coração, o pontinho electrónico a saltitar, monótono, confirmando que a múmia silenciosa que lhe fazia companhia era, de facto, um homem com coração, a lutar pela vida.

A cama de Zé Pedro era a primeira de uma fila delas, junto à parede da porta. Em todo o caso, reparou, podia dar-se por contente, pois não havia mais ninguém naquela enfermaria em melhor estado que ele. A bala, de pequeno calibre, entrara e saíra pela perna direita. Uma ferida limpa, tinha-lhe dito o médico. Perdera algum sangue, mas não fora atingido com gravidade. Não havia lesões musculares irreversíveis nem ossos danificados. Não ficaria paralisado, nem sequer coxo.

Mariana foi visitá-lo um dia depois de ter sido internado.

Parecia dez anos mais velha. Não dormia há mais de vinte e quatro horas, tinha a mesma roupa da véspera, amarrotada, o cabelo desalinhado, os olhos raiados de sangue.

— Como estás?

— Acho que me safo desta — Zé Pedro tentou gracejar, fazendo um sorriso triste. — E ele?

Mariana abriu a boca para dizer qualquer coisa, mas não conseguiu falar. Levou uma mão à boca, para se impedir de chorar, e a outra à cintura, assumindo uma atitude prática. Voltou-se à procura de uma cadeira. Havia uma encostada à parede. Foi buscá-la e levou-a para o lado da cama de Zé Pedro.

— Ele... — murmurou — está muito mal.

Zé Pedro assentiu com a cabeça.

Mariana colocou a mão no braço dele. Agarrou-lhe a manga do casaco do pijama com força e torceu-a, numa manifestação de desespero.

— Eu pedi-te... — Baixou a cabeça, apoiando a testa na mão e o cotovelo na perna. Zé Pedro não lhe via o rosto, mas os ombros dela abanavam enquanto chorava em silêncio.

Era a primeira vez que se permitia chorar desde que aquilo acontecera. Tivera de se manter forte, de apoiar a filha, acompanhá-la durante as horas críticas em que decorria a intervenção cirúrgica a que Ricardo fora submetido. Uma bala a centímetros da coluna, outra na cabeça e mais algumas lesões de menor gravidade, não auguravam nada de bom. *Como é que isto aconteceu, meu Deus?*, perguntou-se horas a fio, sem encontrar resposta. Ela e a filha, num corredor, à porta do bloco operatório — Matilde recusara-se a deixar o hospital enquanto a operação não terminasse —, ambas com o pânico controlado à base de calmantes.

— Zé Pedro, eu pedi-te para... — Mariana tentou, mas não conseguiu.

Ele segurou-lhe a mão.

— Eu sei — disse. *Eu pedi-te para não responderes às provocações de Ricardo,* era o que Mariana queria dizer.

— Eu sei... — repetiu, apaziguador. Deduziu que não adiantava acrescentar que só quisera falar com ele. Não agora, não no momento em que Ricardo continuava entre a vida e a morte. Esperou que Mariana se recompusesse.

Ela limpou as lágrimas com as costas da mão e forçou um sorriso desanimado.

— Acho que ficamos por aqui — declarou, finalmente.

— Não vais querer falar comigo daqui a uns dias, quando as coisas acalmarem? — perguntou Zé Pedro, em tom de sugestão. Mariana abanou a cabeça, desolada.

— Acho que não.

— Não?...

— Não. Não ia adiantar nada.

— Mariana...

— Zé Pedro — interrompeu-o. — Eu gosto muito de ti, mas não quero ficar contigo. Eu acho que nós tivemos a nossa oportunidade e deixámo-la escapar. O nosso tempo passou, percebes?

— ... Percebo. — *Haveria sempre recordações muito penosas, demasiadas pedras no sapato,* queria ela dizer. Não poderiam construir uma relação estável e feliz a partir daquilo. Zé Pedro encarou-a, vencido. Os seus olhos encontraram-se, cheios de tristeza. Os lábios de Mariana desenharam o risco apertado de um sorriso que não chegou a sê-lo.

Ela levantou-se, debruçou-se sobre ele e beijou-o na testa. Depois saiu em silêncio.

E agora ali estava ele, sentado na cama, com um penso enorme na perna e uma ferida imensa na alma. *Morria por um cigarro,* pensou, desesperado com a proibição óbvia. Só isso

— e as dores mal-disfarçadas pelos analgésicos — é que o distraía do peso na consciência.

Sentia-se culpado por não ter previsto aquilo. Ter-lhe-ia sido assim tão difícil aperceber-se da catástrofe antes de ela acontecer? *A posteriori,* o drama de Ricardo era tão evidente que lhe custava a acreditar na sua própria insensibilidade. Esmagara-o física e psicologicamente, empurrara-o para o pântano mental que o levou ao acto extremo, quase demente de o enfrentar com tiros de pistola.

Talvez Zé Pedro estivesse a ser demasiado duro consigo próprio. Deitado numa cama de hospital, fragilizado, tendia a analisar os acontecimentos recentes à luz de uma perspectiva diferente.

Quem me dera poder fumar um cigarro, pensou, a ponderar a possibilidade inconcebível de se arrastar até ao corredor para o fazer.

De qualquer modo, mesmo que fosse capaz de andar, não tinha cigarros. Retirou uma das almofadas que lhe serviam de encosto e deitou-se, esperançado em dormir, apagar-se, esquecer o pesadelo que estava a viver acordado. Mas o espírito recusou-se a ceder à vontade e continuou a torturá-lo com as imagens memoráveis dos dias anteriores: os dois capangas enviados por Ricardo a ensanduichá-lo no meio da rua para o intimidarem com ameaças pouco veladas; a sua revolta mal contida no caminho para casa; o vaivém constante na sala, como um tigre encurralado; a decisão de interpelar Ricardo em casa dele logo pela manhã, para o forçar a uma conversa definitiva que pusesse um ponto final naquela loucura; a reacção inesperada de Ricardo, a arma apontada, a sucessão de tiros, o choque da bala provocando-lhe o ardor de uma picada violenta; a perna a ceder, deitado no passeio, a confusão, a ambulância e o hospital... As imagens corriam-lhe na mente com uma clareza perturbadora.

Apertou o botão da campainha para chamar a enfermeira e pediu-lhe qualquer coisa forte que o ajudasse a dormir. Só queria dormir, um mês inteiro se possível.

43

Zé Pedro teve alta três dias depois. Saiu do hospital pelo seu pé, ainda que forçado a apoiar-se numa muleta providenciada pelos serviços. Os pais foram buscá-lo. A mãe insistiu, com argumentos carinhosos, que ficasse uns dias em casa deles, mas Zé Pedro recusou a ideia até ao limite da tolerância. Precisava de ficar sozinho e, se bem conhecia a mãe, seria difícil conseguir um minuto de sossego com ela a apaparicá-lo vinte e quatro horas sobre vinte e quatro. Além disso, não lhe parecia apropriado entregar-se aos mimos da mãe para se submeter a uma recuperação confortável. Sentia-se deprimido e tentado a deitar-se no sofá da sala com a janela fechada durante um mês inteiro. O que merecia era que fossem encontrá-lo morto de fome e de sede já muito depois de ter perdido a consciência e a razão, tarde de mais para o reanimarem.

Sabia que nada disto aconteceria, porque o instinto de sobrevivência acabaria por prevalecer, mas, de facto, naquele momento só lhe apetecia morrer.

A Mariana, a necessidade de se manter forte não lhe deixou tempo para depressões. Atravessou a semana com os olhos enxutos e uma determinação de ferro, sempre a correr do hospital para casa da mãe, atenta ao estado de saúde de Ricardo e ao estado de espírito da filha. Matilde ficou entregue aos cuidados da avó para que não suportasse a angústia da solidão enquanto a mãe estivesse no hospital.

Mariana encheu-se de coragem e afastou da cabeça todos os pensamentos que não tivessem a ver com os aspectos práticos da rotina diária. Por felicidade, os irmãos de Ricardo acorreram em força e apoiaram-na com o melhor espírito de união de uma família em dificuldades. Houve o entendimento tácito geral de que as recriminações e os ajustes de contas, se houvessem, deveriam ficar para mais tarde. Aquele não era o momento próprio para se consumirem com julgamentos precipitados.

Ricardo continuava na Unidade de Cuidados Intensivos e as boas notícias iam-lhes chegando a prestações, intercaladas pelas incertezas dos médicos. Tanto lhes diziam que já havia deixado de precisar da respiração artificial, como os avisavam do receio de uma infecção perigosa. Tinham-lhe extraído uma das balas, estancado as feridas e minimizado tanto quanto possível os danos físicos provocados pelos projécteis. Mas a segunda bala continuava alojada na cabeça, porque os médicos decidiram que seria mais nefasto para a sua saúde retirá-la logo, do que deixá-la ficar onde estava. Os próximos dias seriam decisivos, avisaram. Ricardo era forte e o seu estado parecia evoluir em sentido favorável, mas nestes casos podiam surgir sempre complicações fatais. Ele permanecia sob o efeito dos medicamentos, a navegar nas águas profundas da inconsciência e a travar uma luta solitária pela sobrevivência.

Sentada, logo de manhã, à frente de uma chávena fria de café, com os cotovelos apoiados no tampo de uma mesa do refeitório do hospital, Mariana observou as suas próprias mãos a brincarem com um pacotinho de açúcar. Já lá ia uma semana e ela deixara de contabilizar os comprimidos que tomava para se manter de espírito alerta e alheia às ratoeiras psicológicas.

— Sentes-te bem? — perguntou Isabel. A cunhada acompanhara-a ao refeitório e agora sentava-se à sua frente, preocupada com o aspecto desastroso de Mariana.

— Estou óptima — respondeu, sempre interessada no pacotinho de açúcar.

— Tens dormido? — Pelas olheiras de Mariana e pelo seu ar alienado, Isabel suspeitou de que, dentro em pouco, ela já nem saberia dizer o seu próprio nome.

— Hã-hã. — Abanou a cabeça. — Nem por isso.

— Quanto tempo é que achas que vais aguentar este ritmo, Mariana? Tens de descansar.

Mariana encolheu os ombros.

— Vou ter a vida toda para dormir — replicou-lhe.

— Mariana — Isabel baixou-lhe os braços com delicadeza, para conseguir toda a sua atenção. — Eu percebo que queiras estar perto do Ricardo, mas, se continuas assim, daqui a pouco não vais poder ajudar nem o Ricardo nem a Matilde. Devias ir para casa descansar e ficar perto da tua filha. Neste momento, é ela quem precisa mais de ti.

— Não posso, Isabel. — Abanou de novo a cabeça, obstinada. — Não posso...

— Eu fico aqui, Mariana, e vou-te informando de tudo o que acontecer.

— Não, eu não saio deste hospital enquanto não tiver a certeza de que o Ricardo vai ficar bem.

— Mariana...

Ela recolheu os braços, deixou-os cair no colo e afastou-se da mesa e das mãos protectoras de Isabel. A cunhada sustentou o olhar dela, numa tentativa de a chamar à razão.

— Acabou a conversa — disse Mariana, em resposta à pressão silenciosa de Isabel. — Vamos. — Levantou-se. — Está na hora, temos de ir.

Percorreram os corredores de Santa Maria ao encontro do médico-cirurgião. Mariana caminhou em silêncio, com uma firmeza que desmentia a ansiedade indiscritível que sentia todas as manhãs, antes de ter a certeza de que Ricardo sobrevivera à batalha de mais uma noite. Só que desta vez era diferente, porque ele passara a manhã no bloco operatório. Os médicos tinham avaliado os riscos e concluído que Ricardo já se encontrava com força suficiente para enfrentar uma segunda operação. Havia chegado a hora de lhe extrair a segunda bala, alojada no cérebro. Se resistisse a essa cirurgia, tão delicada quanto imprevisível, Ricardo ficaria bem.

Anunciaram-se às enfermeiras e depois foram sentar-se num banco de madeira. Estavam num corredor de azulejos brancos e frios. Um auxiliar de limpeza acabava de passar a esfregona no chão e pairava no ar um cheiro forte a detergente. Mariana e Isabel deram as mãos em silêncio. Não havia ali nada que as distraísse do terror que as assaltava enquanto os minutos discorriam com uma lentidão tortuosa.

O médico, um homem de rosto benévolo, na casa dos quarenta, surgiu de uma porta ao fundo do corredor e aproximou-se a passos lentos. Mariana pôs-se de pé num salto, como que impulsionada por uma mola. Isabel levantou-se atrás da cunhada. Mariana tentou ler na expressão do médico se trazia boas notícias, mas ele vinha pensativo e baixou os olhos quando elas se levantaram. Mariana apertou a mão de Isabel com uma força desesperada. *Ele não traz boas notícias,* pressentiu, *ele não traz boas notícias.*

44

A notícia do tiroteio espalhou-se como um vírus poderoso e tornou-se uma praga imparável que explodiu nas capas das revistas e encheu páginas de jornais. Zé Pedro nunca tivera nem metade do reconhecimento público com os seus livros. Ironia das ironias, a sua popularidade subiu tão depressa quanto a velocidade de uma bala. Um repórter fotográfico do *Correio da Manhã* emboscou-o à porta da livraria e capturou-o de rajada numa série de excelentes instantâneos para a primeira página. O exclusivo foi publicado na edição do dia seguinte e reproduzido pelas televisões, que exploraram a história com o poder sugestivo das imagens raras, captadas à socapa, ideais para ilustrar a notícia. As fotos eram uma sequência certeira, mostravam o escritor apoiado numa muleta, a vítima do marido ultrajado escondendo a cara do fotógrafo e entrando na livraria.

Depois dessa emboscada noticiosa, o passeio fronteiro à livraria tornou-se um acampamento de repórteres ávidos de uma imagem, uma declaração, qualquer coisa. A história era demasiado boa para ser ignorada. O público devorava todas as informações relativas ao caso e mantinha-se suspenso do boletim médico facultado pelo hospital — onde, a propósito, também já enxameavam repórteres irrequietos. A família de Ricardo era assaltada por microfones à entrada do hospital e Mariana só os evitava porque, em boa altura, a administração de Santa Maria lhe providenciou uma passagem secreta, reservada para estas emergências privadas.

Incomodado com a popularidade inesperada, Zé Pedro entrincheirou-se em casa, onde permaneceu refugiado durante quase um mês. Contra todos os seus princípios, tornou-se famoso pelo motivo errado. O seu editor fazia-lhe telefonemas exuberantes sobre as vendas. Os seus livros estavam em primeiro lugar em todas as tabelas, as edições atropelavam-se em números absurdos. A sua própria livraria era procurada por multidões de leitores esperançados em obter livros autografados pelo autor. A máquina da popularidade pusera-se em movimento e nada a faria parar. Zé Pedro estava a ganhar dinheiro como nunca sonhara e martirizava-se por não poder fazer nada para o evitar. Havia sido ultrapassado pelos acontecimentos e não sabia como gerir a situação.

Vivia atemorizado com a ideia de que Mariana achasse que, no fim de contas, ele se estava a aproveitar da desgraça. O que é que ela estaria a pensar daquilo tudo?

E Ricardo, o que lograra ele com as ameaças insanas, a cabeça perdida de amor, as explosões de cólera, os tiros? Quanto mais não fosse, levara até às últimas consequências a decisão inapelável de impedir, nem que fosse à lei da bala, que no final daquela história ingrata Zé Pedro e Mariana casassem e fossem felizes para sempre. Como é que poderiam ser felizes para sempre se, por causa deles, Ricardo fosse infeliz para sempre?

Eventualmente, o desespero de se ver abandonado acabaria por se dissipar com o tempo. O mais provável era que encontrasse o seu caminho e, olhando para trás um dia mais tarde, conseguisse pensar que afinal a infelicidade não era eterna e que podia, se não perdoar, pelo menos esquecer Mariana. Mas as circunstâncias tinham-nos empurrado para a tragédia e, portanto, nunca mais haveria espaço para recordações pacíficas.

Durante aquela semana insuportável, Mariana sentiu-se morrer aos poucos com a possibilidade inaceitável de Ricardo não resistir aos ferimentos. No final, o pânico de vir a ter de comunicar à filha a notícia impensável de que ficara órfã de pai, acabou por lhe dar a determinação de que precisava para aguentar o calvário daqueles dias incertos sem deixar de acreditar no impossível nem por um segundo. No primeiro dia os médicos disseram-lhe que não esperasse nada de bom, pois, a avaliar pela gravidade dos ferimentos, as hipóteses de Ricardo sobreviver eram ínfimas. E nos dias seguintes Mariana foi-se agarrando a todas as migalhas de esperança que os médicos lhe foram dando. Ainda que espantados com a resistência de Ricardo, eles foram adiando o prognóstico fatal a cada vinte e quatro horas, mas sempre demasiado cautelosos para lhe darem um vaticínio feliz.

Quando o médico se aproximou delas, após a operação, percorrendo o corredor com uma lentidão que só podia trazer más notícias, Mariana apertou a mão de Isabel com uma força insuspeitada. Sentiu-se gelar em suores frios, alagada no pânico de quem pressente uma notícia terrível antes de a ouvir. Isabel não a pôde ajudar, porque também tremia dos pés à cabeça e, mesmo que a quisesse acalmar, não teria conseguido falar nesse momento. Incapaz de se conter, Mariana deu um passo à frente e quase gritou de impaciência:

— Como é que ele está, doutor?

O médico ergueu as mãos para a sossegar.

— Calma — disse, acabando de percorrer os últimos metros até elas. — Calma — repetiu. — O seu marido vai ficar bem. Conseguimos extrair a bala. Correu tudo bem. Ele agora

vai ficar no recobro, sob vigilância. Ainda é cedo para saber-
mos como é que a lesão o vai afectar no futuro, mas, na minha
opinião, as perspectivas são boas. Acredito que recupere completamente.

Mariana demorou um segundo a interiorizar as palavras
do médico. E só depois voltou a respirar. Um alívio espantoso
desceu sobre ela e espalhou-se pelo corpo todo como um calor
reconfortante. O médico continuou a falar, mas ela não ouviu
mais nada. O choque de adrenalina que a mantinha de pé dis-
sipou-se e Mariana sentiu as pernas cederem. Sem forças para
mais, sentou-se no banco.

Finalmente, Mariana foi-se abaixo. O último sopro de
coragem que lhe restava evaporou-se no vazio branco daquele
corredor asséptico. Pela primeira vez em muitos dias, ela deixou o choro correr sem fazer nenhum esforço para o contrariar.
Lavada em lágrimas, libertou-se do terrível peso que carregava
às costas sozinha, havia uma semana.

45

Os dois meses seguintes não foram fáceis, mas depois da provação do hospital, Mariana não se assustou com nada e encarou todas as dificuldades com um optimismo prático. Voltou para casa, mas com a advertência firme de que só ficaria enquanto Ricardo estivesse em recuperação. De resto, não foram tempos felizes, e nada tiveram a ver com a reconciliação que toda a família imaginou com uma convicção absurda. Mariana tratou de Ricardo, sim, embora o fizesse com a simpatia distante e a eficiência impessoal de uma enfermeira privada e, desde logo, deixou-o sentir que não estava ali para o apaparicar com carinhos de esposa. E se alguma dúvida restasse quanto à sua determinação em tratá-lo de forma correcta mas desinteressada, depressa se desvaneceu no silêncio forçado a que ela se submeteu. Só falava com ele por necessidade, limitando-se ao mínimo de palavras que lhes permitisse uma rotina normal e aos assuntos urgentes.

— Queres castigar-me — lamentou-se ele no início, ao sentir que ela persistia em não dizer mais do que o necessário. — Não te posso censurar.

— Deixa-te de tretas, Ricardo — replicou-lhe. — Se não falo mais contigo é porque não tenho nada para te dizer.

Para além da recuperação física de Ricardo, ainda havia que lidar com o intricado problema de acertar as contas com a justiça. Andar aos tiros na rua não era coisa que pudesse passar impune aos olhos das autoridades. Mariana sabia que o caso contra Ricardo era demasiado grave e público para que pudesse vir a atolar-se algures num pântano burocrático e acabasse, como muitos outros processos que não chegavam a ver a deliberação justa que se esperava deles, prescrito antes de ser julgado. De modo que recorreu a todas as habilidades jurídicas, e ao apoio dos seus colegas de escritório, para manter Ricardo fora da prisão até ao inevitável momento de comparecer em tribunal.

Ele foi ouvido por um juiz de primeira instância, logo que os médicos lhe deram alta, e, dado o seu estado de saúde e a convicção de que não havia o perigo de reincidência, foi-lhe aplicada a medida mais leve possível nestas situações: o termo de identidade e residência. Ricardo ficou em liberdade, mas impedido de se ausentar para o estrangeiro e com a obrigação de se apresentar uma vez por semana na esquadra do bairro.

Finalmente foi a julgamento. Valeu-lhe a excepcional preparação da equipa de advogados reunida por Mariana. O advogado que o representou — designado por ela — alegou que o seu cliente disparara em legítima defesa, assustado pela atitude ameaçadora de Zé Pedro que, dias antes, o havia espancado numa garagem. Zé Pedro acabou por deitar água na fervura do julgamento ao dizer que tinha sido tudo um mal-entendido e que não acreditava que o réu pretendesse, na realidade, matá-lo. No final, os juízes deixaram-se convencer por estas atenuantes e pelo facto de Ricardo não ter antecedentes criminais, e decidiram-se pela pena suspensa.

Mariana viu Zé Pedro pela última vez no pátio interior do tribunal da Boa Hora. Falaram à saída da sala de audiências, dias depois do julgamento, após a leitura da sentença. Rodeado de jornalistas ansiosos por lhe arrancar uma frase para o último capítulo da história, Ricardo agradeceu a Zé Pedro, de longe, com um aceno de cabeça. Mariana ficou para trás.

— Obrigada — disse, emocionada.

— De nada — sorriu-lhe. — Sabes que fiz isto por ti, não sabes?

Mariana assentiu com a cabeça.

— Sei — respondeu.

— Achas que... talvez, um dia nós...

— Não faças isso — interrompeu-o. Agarrou-lhe as abas do casaco e abanou-o com o vigor carinhoso de uma demonstração de amor mal resolvido. — Abraça-me — pediu-lhe.

Ele envolveu-a nos braços e ficaram assim, em silêncio durante muito tempo. Quando se afastaram um do outro, Mariana limpou os olhos húmidos e alisou-lhe o casaco. Uma derradeira carícia.

— Se te faz sentir melhor — tentou sorrir —, também não fico com o Ricardo. Já estou a tratar do divórcio.

— Eu só quero o melhor para ti.

Mariana fechou os olhos por um segundo.

— Eu sei — disse. — Eu também desejo o melhor para ti.

— Se mudares de ideias, sabes onde me encontrar.

— Não vou mudar de ideias, Zé Pedro.

— Mas, se...

Ela impediu-o de continuar com um gesto. Ergueu a mão, como que a despedir-se.

— Zé Pedro, deixa-me ir embora, antes que desate aqui a chorar. — Ao sair do pátio pela porta de acesso às escadas que conduziam à entrada principal do tribunal, voltou-se para trás. — Não esperes por mim — disse-lhe.

Saiu do tribunal apressada e entrou no carro, onde Ricardo a aguardava com as janelas fechadas, remetido a um silêncio estóico perante o cerco dos repórteres.

— Estás bem? — perguntou quando ela bateu com a porta.

— Estou — retorquiu-lhe. — Vamos embora daqui.

Era Janeiro de um novo ano. A escova do pára-brisas lutava para libertar o vidro das gotas de uma chuva que começou tímida e acabou num dilúvio fresco e redentor. Ricardo concentrou-se na condução e respeitou o silêncio de Mariana. Ela virou a cara e viu pela janela as pessoas na rua a apressarem-se a abrir os chapéus-de-chuva ou a correrem para se abrigar. Pararam num semáforo. Mariana distraiu-se com as gotas de água que escorriam pelo vidro lateral. Hipnotizada, pensativa, seguiu duas gotas a descerem, como se fizessem uma corrida pelo vidro abaixo. Sentiu-se aliviada. Agora, ponderou com gratidão, poderia recomeçar a viver. Tomara as decisões acertadas, tinha a certeza de que sim, e de nada lhe valeria ficar a pensar como poderia ter sido a sua vida se não tivesse sido assim. Aquela etapa estava terminada e havia um futuro inteiro por explorar. Era o momento de seguir em frente.

15-3-2003/05-2-2004

Revisão: **Leya**
Paginação: **Leya**
Impressão e acabamento: **Guide**